雁荡洲纪事

姜盛武 ◎ 著

中国文联出版社

图书在版编目（CIP）数据

雁荡洲纪事 / 姜盛武著 . -- 北京：中国文联出版
社，2023.8
ISBN 978-7-5190-5278-2

Ⅰ.①雁… Ⅱ.①姜… Ⅲ.①散文集—中国—当代
Ⅳ.①I267

中国国家版本馆 CIP 数据核字（2023）第 143930 号

著　　者　姜盛武
责任编辑　胡　笋
责任校对　贾文梅
装帧设计　中联华文

出版发行　中国文联出版社有限公司
地　　址　北京市朝阳区农展馆南里 10 号　　　邮编　100125
电　　话　010-85923025（发行部）　　　85923091（总编室）
经　　销　全国新华书店等
印　　刷　三河市华东印刷有限公司

开　　本　710 毫米×1000 毫米　　1/16
印　　张　15.25
字　　数　234 千字
版　　次　2023 年 8 月第 1 版第 1 次印刷
定　　价　78.00 元

一幅江南湖区乡村风情画卷
一部真实的"三农"发展史
一首为百姓鼓与呼的时代歌
一本用心炽情叙述的故乡书

《雁荡洲纪事》
县级文联 2021 年度文艺扶持项目

姜盛武的文字，从形式到内容，都发生了很大的变化，文字里透露出"弘扬地方文化的情怀"和"为百姓鼓与呼""为时代放歌"的思想，有了一个成熟作家的自觉意识。透过文本看得出，盛武在写作路上是有"野心"的，他深知自己有多大的提升空间，这是非常难能可贵的品质。

——上饶市作家协会主席、上饶市文学院总编辑、中国作家协会会员、

散文家：石红许

《雁荡洲纪事》是姜盛武见证时代的文学"作品"，作家本身也是自己最好的"作品"：艰苦、受挫、成熟、温情、感动、成长。个人与时代，点点滴滴里，没有比成长更可贵的事情了。成长的标志是不问前程，包容向善、向阳、向未来。

——《江西工人报》资深编辑、知名作家：王志远

没有长期深入的洞察，是无法完成如此多角度的人性刻画的，正是这些人性的滑行、碰撞与纷纷扬扬的交织，才立体地呈现出乡村的迷茫，刺痛生生不息的内在蓬勃。文本从头至尾都弥散出一种饱满的现实张力、绵密的生活质感和若隐若现的思辨性。

——上饶市作家协会副主席、中国作家协会会员：石立新

序一　用文字低吟浅唱

◎ 石红许

　　离开鄱阳二十多年了，仍常常怀念在《波阳报》时的几年时光，怀念那里的人和事，怀念那里的一草一木，鄱阳养育了我，给了我许多美好的往昔，在记忆的河滩上闪耀着像星星一样的光芒。

　　封存在时光相册里的诸多美好图画，就有一个从团林镇的雁荡洲走来的年轻人，他就是姜盛武，他给我的第一印象是：清瘦、文静、腼腆，不善言谈，甚至说话的声音都压得极低，却勤奋好学，周身散发着一种强烈的求知欲的气息。

　　姜盛武最初建立的关系，严格意义上说，就是编辑和作者之间的关系。那个年代，一张县报牵动了多少人的心，成了多少人的寄托，难计其数。我有幸结识了一批或深或浅的友情，但很多人走着走着就走散了。转身一看，盛武仍然与我同行，因为挚爱文字、因为文学的爱好，彼此并不需要过多的言语，以至于后来，我们就是在文学的时空伴随而行。

　　那个时候，最便捷的交通工具是自行车。周末的时候，我最喜欢骑辆自行车去县城周边的乡镇转一转，盛武家到县城有三十多里路，我骑车去过好几次，吃过他夫人烧的饭菜，不记事的味蕾早已忘了佳肴美味的味道，却清晰地记得盛武与我探讨未来的路怎么走的问题。我鼓动他参加汉语言文学专业的自学考试，先拿到大学文凭，今后无论从事什么工作，文凭就是敲门砖。盛武默默地就这样一路走来，孜孜不倦地攻读，最终拿到了大学自考毕业证书，还考到了教师资格证书，先后从事过村干部、乡镇干部、民办（私立学校）教师等工作，不管工作怎么变化，文学都是挂在前进路上的一盏明灯，他都一直朝着这个方向奋行，坚守着写作，不忘文学初心。

其实，因为各自忙于生计、生存，中途我和盛武有很多年没有联系过。但并不代表没有关注，偶尔在鄱阳的一些文化、文学类刊物，或《波阳报》（2003 年 12 月 17 日，经民政部批准，原波阳县恢复为鄱阳县），或在省内一些报刊上，都阅读到了盛武的文字，暗暗欣慰他没有放弃。

写作是为了内心的表达，是为了让平庸的生活更愉悦，是为了在纸上放飞自己的梦想。再看他的文字，从形式到内容，都发生了很大的变化，由原来的以抒发个人情怀为主，转变为关注地域文化、关注乡土乡愁，文字里透露出"弘扬地方文化的情怀"和"为百姓鼓与呼""为时代放歌"的思想，有了一个成熟作家的自觉意识。

《雁荡洲纪事》是这个意识的最好体现。姜盛武把故乡倾注在笔端，力求能真实反映从人民公社末期到改革开放时的大发展，到新时代脱贫攻坚和乡村振兴真实的"三农"发展史，去描述湖乡日渐消失的风俗人情，真实再现具体的"三农"场景和雁荡村四十多年的"三农"变迁史，表现出社会的大进步、国家的大发展、民族的大复兴并不是一蹴而就的，而是充满着艰辛曲折，凝聚着一代代人的奋斗汗水。这里面，有他对人生的回溯与思考，有他对社会发展变革的认知，也有他尝试探讨个体生命如何理性地面对变革时代，如何在变革时代奋发有为，为家庭幸福、为时代发展做出自己的贡献。透过文本可以看出，盛武在写作的路上是有"野心"的，他深知自己有多大的提升空间，这是非常难能可贵的品质。

散文是文学大家族的一碟小菜。归根结底来说，散文文体还是有点尴尬的，边界厘清的问题一直争论不休。阅读《雁荡洲纪事》，盛武提出了关于散文体裁文本的问题，我有不同看法，需要与盛武商榷。关于《雁荡洲纪事》，盛武称是一篇长篇叙事乡土散文，是一篇非虚构文本，其中有些内容采用了小说刻画典型人物的方法……首先，肯定了盛武追求在写作中的大胆探索精神，但是，在实际操作中，就会遇到绕不开的问题，如何去写作散文？在文学界，一致认为真实是散文的品质，倘使文中人物出现虚构，情景、情节存在大量虚构叙述、描写，追求故事性，那就有了小说的倾向，读者很有可能仅把它当作小说阅读，那就与作者贴标的散文相悖。当然，《雁荡洲纪事》好不好看，不是我说了算，最终还是让读者评判，留给时间去说话。

浩浩雁荡洲，我看到了一只大雁起飞，搏击长空。期待盛武精耕细作，写作更多的是反映鄱阳湖区的精品力作，在文学之路上越走越远。

权且为序。

（作者系上饶市作家协会主席、上饶市文学院总编辑、中国作家协会会员，散文家）

序二 探求个体生命如何理性面对变革时代

◎ 王志远

  长篇叙事乡土散文《雁荡洲纪事》是一篇非虚构的跨文本的文字。供职于鄱阳教育领域的作家姜盛武，曾有 20 多篇作品在省市各类征文中获奖，数篇作品入选散文专辑。已出版了诗文集《那片湖山》和散文集《梦里湖乡》。《雁荡洲纪事》是他的第三本作品集，全书有四辑，共收录作家姜盛武的 45 篇作品，计 19 万余字，即将出版。

  入夏，南风开始从鄱阳湖悠悠荡来，午后堆积起来的云墩如高原雪山一般素洁巍峨，与水天相接处逶迤的湖山合为了一幅虚实相生的写意山水画。一只东方白鹳展翅掠过云墩，如一片丝带飘舞着，然后悬浮在浩浩汤汤的湖天之上，慢慢地向湖岸飘来。东方白鹳硕大的羽翅下是一望无垠的稻浪和绵亘的圩堤。青荻沿湖簇生，一溜溜的小鱼儿在青荻的脚下和水荇中穿游，油鸭子成对在浅水里游荡，翠鸟立在随风摇曳的青荻上，倏尔钻入水中，长喙叼起一条鱼儿……一切是那样的澄明、浪漫、飘逸、温柔、洒脱，她们的倩影诗意地倒映荡漾在清汪汪的湖水上，流淌在作家的血液里……

  鄱阳湖的水如触角般伸入东岸逶迤的群山中，于是绽放出上百个珊瑚般的湖汊半岛。凤凰山脚下有一个月亮湾形状的湖汊，秋冬满汊雁荡，当地人，自爷爷的爷爷起，就叫它雁荡洲，作家生命的根须在雁荡洲的泥土里蠕动吮吸，滋养了身体的茎叶。

  鄱阳湖畔东岸的鄱阳县境内有诸多的湖汊，每个湖汊就是一个湖畔半岛，每个半岛都有一个村庄。雁荡洲汊是其中的一个湖汊，汊上的半岛是雁荡村，是"我"的老家。

文字以鄱阳湖边的雁荡村为轴心，以"我"生活的雁荡村为圆心，以农村人物真实故事和鄱阳湖畔风情为主要元素，以"我"在雁荡村求学、办学当教师和被选为村干部，到后来担任乡镇干部的历练过程的所见所闻为素材半径。

"生产队的女劳模""抓阄承包湖汊""外出的第一波人""圩堤抢险风波""捡花生攒学费""离家漂泊""初夏民兵集训""争水械斗""村干部收提留""村里第一个大学生""取消了农业税""硬化第一条村级公路""村里没了贫困户"。这是《雁荡洲纪事》其中的章节脉络，90后、00后，估计对其中的一些关键字眼比较陌生。细读慢品，你会明白，这里有不同时代的乡村气息，有少为人知的湖区"特色"，有乡里乡亲的命运起伏，也有"我"的挣扎探求。作家的笔下，有兴奋，有无奈；有快乐，有尴尬；有苦难，有未来。骨子里嚎叫的是时代的声音、时代的节奏，以及永不放弃、"我"和乡亲们与时代共振的对抗命运的豪迈脚步。

再看现如今的一些所谓"躺平""内卷"的情绪，显得非常小家子气，非常没有格局、没有精气神。人生不如意十之八九，没有哪个时代里的人不累不忙不苦。新的事物涌现出来，新的矛盾自然就伴生，回头看，都是过程中的常态，眨眼间，你可能就被时代甩得老远。《雁荡洲纪事》诠释了什么叫"不负韶华，向未来"。

"生产队里的牛倌光头赶着一条条大水牛从溪边走过，我忒想自己能放一回牛，体验一下骑在水牛背上颤巍巍的滋味。"这是艰苦年代童年的快乐。

"奶奶便劝慰母亲，人不怕多，有人就有世界，丝瓜茄子是吊大的，穷人的孩子是苦大的，孩子出了世，只要能吃个半饱，到了时候照样会长大。"这是乡村生生不息的生命的力量。

《雁荡洲纪事》是姜盛武见证时代的文学"作品"，作家本身也是自己最好的"作品"：艰苦、受挫、成熟、温情、感动、成长。个人与时代，点点滴滴里，没有比成长更可贵的事情了。成长的标志是不同前程，包容向善、向阳、向未来。

《雁荡洲纪事》从"我"记事起的20世纪70年代中期开始叙述，贯穿了

"我"的童年、青少年、青壮年三个人生阶段，真实地反映了从人民公社末期到改革开放大发展，到新时代脱贫攻坚和乡村振兴真实的"三农"发展史。

作品描述了湖乡日渐消失的风俗人情，真实地再现了具体的"三农"场景和雁荡村四十多年的"三农"变迁史，表现出社会的大进步、国家的大发展、民族的大复兴并不是一蹴而就的，而是充满着艰辛曲折，凝聚着一代代人的奋斗汗水，也表现出社会的发展进步和变革必定会产生许多新生事物，也会淡化和消亡不少传统文化的美好记忆，还会改变人的思想观念和人性的认识，从而进一步影响个体的命运。作品旨在通过"我"对自己家乡——鄱阳湖畔的一个村庄的真实叙述，以小见大地呈现农村、农业、农民在这场历史大变革中的深刻蜕变，最终表现党和国家实施乡村振兴的重大决策对"三农"和民族复兴的伟大的现实意义。

《雁荡洲纪事》有"我"个人对人生的回溯与思考，有个人对社会发展变革的认知，尝试探讨个体生命如何理性地面对变革时代，如何在变革时代奋发有为，为家庭幸福、为时代发展做出自己的贡献。因为文字叙述的内容时间跨度有四十多年，乡村人物众多，不可能逐一描述。虽然自我定性体裁是散文，实际文字是非虚构跨文本的，其中有些内容采用了小说刻画典型人物的方法，将村里诸多原型人物的真实故事，重点集中在"我"儿时乌卵、翘嘴、子玉、大东、少敏、英子、德成、亮波、猴子、建子等十来个伙伴的身上，突出典型人物的形象（或命运），来反映社会现实。文字的前半部分偏重穿插描述家乡风土人情的内容，语言散文化的特点明显一些；后半部分侧重人物故事和事件的描述，语言小说化特点明显一些，是将散文与小说形式相融合，将写实性与文学性相融合的一种跨文本的写作尝试。

（作者系《江西工人报》资深编辑、知名作家）

序三　朴素之书　乡村之书　现实之书

◎ 石立新

　　差不多二十年了，我目睹的姜盛武的文字，很多时候，都是在以一个赤子的视角，将家乡的人物、乡俗、山川草泽，在时代的前行中坚韧与迅疾变化的种种现实状况，专注地复刻出来点点滴滴。

　　家乡是他的天空、恒定的写作谱系和深植于内心的晶体，在这块充满情感热液的版图上，他从未停过自己的行走。近期，他带来了长篇叙事乡土散文《雁荡洲纪事》。

　　我喜欢这本书在叙述里体现出的厚重、沉稳、缜密和鲜活。在全景式铺展的非虚构叙事中，他有意远离那种巫术般一步三景的叙述，让语言从头至尾保持了一种朴素、舒缓而沉静的自然流淌。实际上，一路只注重技巧的写作易让读者滋生疲惫感，当然，每种风格都有自己的弱点与代价。

　　晋书曰：和光同尘，与时舒卷。近19万字的《雁荡洲纪事》便是这样的一本拥有出色完整性的现实之书，覆盖了姜盛武的童年、青年、中年三个重要的人生阶段，客观而真实地书写了人民公社后期，改革开放到新时代脱贫攻坚，乡村振兴长卷中的中国当代乡村的巨变。人物是《雁荡洲纪事》的亮点，这本书里总计出现了乌卵、翘嘴、子玉、大东、少敏、英子、德成、亮波、猴子、建子、虹、黑虎等72个人物。众所周知，我们与之共存的这个世界的庞大基座是由无数的小人物和生活中无数细微而具体的日常事情组成的。因此，姜盛武尝试通过城镇化进程中人物命运的集体投射来显现时代内容的激变。一般来说，对乡村生活的体验探寻越深，就越能清晰地镂刻出乡村的纹理，越能原味地输出乡村情绪相互紧扣的共振，灵感通常只负责提供一个开头，没有长期深入的洞察，是无法完成如此多角度的人性刻画的，正是这些人性的滑行、碰撞与纷纷扬扬的交织，才立体地呈现出乡村的迷茫，刺痛生生不息的内在蓬勃。越底层的地方，人性越容易显露，也正是这些乡村人物各自命运的朝向，让文本从头至尾都弥散出一种饱满的现实张力、绵密的生活质感和若隐若现的思辨性。

《雁荡洲纪事》是一本朴素之书、乡村之书、现实之书，也是一本很好的自我之书。如果非要挑出一些瑕疵的话，这本书中，人物分配的笔墨过于均匀，主角和配角的差异性不明显，没有落差叙事就无法提供层次感。部分人物的出场略显拖沓和扁平。叙事的本质就是让事情说话，减少铺垫与旁白，建议今后在类似风格的写作中，尽量严谨地剥离一些无关紧要的非叙事成分的存在。

写作是一个需要不断叠加并且自我积淀的慢活，姜盛武的精神岩层里恰好富含这种特质。在默默地坚持建设自己的写作小屋这一点上，他是值得称道的，在他的身上，我看到了：热爱，是最坚实的理由。

好在每一种辽阔，都是从自身开始的，雁荡洲如此，写作亦如此。

（作者系上饶市作家协会副主席、中国作家协会会员）

《雁荡洲纪事》 主要人物

乌卵：儿时伙伴，后来做了木工。

大东：儿时伙伴，后来办服装厂发家。

建子：儿时伙伴，小时溺水而亡。

少敏：儿时伙伴，后来在杭州教书，与妻子英子离婚，找了一位新欢。

德成：儿时伙伴，村里的第一个大学生，在乡镇当干部。后来暗中与别人合伙办厂，被套走不少投资款项，纪检部门介入调查。

亮波：儿时伙伴，建筑工人，后来当包工头发了财。

翘嘴：儿时伙伴，与坏人瞎混，盗窃判刑蹲监狱，与妻子离婚。

子玉：儿时伙伴，考上师范学校，当了几年教师后下海，回村搞养殖业，后来当了村干部。

英子：我的同学，与少敏恋爱结婚，因爱打麻将而欠债，后被迫离婚。

志平：我的同学，与我同年，爷爷是旧社会的地主少爷，村里的贫困户，后被帮扶脱贫。

忙牯：大东的父亲，地道的农民，长相丑陋，性格古怪。

介喜：老支书，处事沉稳公正、忍辱负重，在群众中有一定的威望。

火根：村支书，弄虚作假，曾被撤职，处世圆滑有手段。

讲南叔：老党员，真诚厚道，有正义感。

谷生：村里的名嘴，敢于批评不公人和不平事。

窝头叔：国民党老兵，所在部队战败后被收编入解放军，后退伍回乡，仗义执言。

大馒头：建子的父亲，被村里人称为"弄主"，喜欢出风头。

王林涵：驻村蹲点乡干部。

祝书记：乡镇党委书记，搞不正之风。

方乡长：驻村蹲点乡干部，主持村里换届选举。

矮勇：德成的父亲，吃苦耐劳，是榨油坊撞榨工。

麻棍：乌卵的父亲，穷人翻身的代表，做过大队长，后来停职在加工厂
做菜籽饼。后因领导与邻村的械斗而重伤。

胡霸：少敏的父亲，矿工，与出轨的妻子花枝离婚，后来提前退休。

黑虎：从偷鸡摸狗开始，逐渐成为车匪路霸，最后走上犯罪之路。

猴子：不务正业，成为黑虎的"小弟"，搞得妻离子散，后自杀。

豹肚：单身汉，与少敏的妈妈有染，后来做烧窑工不明不白而死。

建国：退伍军人，先当民兵连长，后来当上村支书。是捕鱼好手，与子
玉的姐姐结婚。

来财：光头的哥哥，村干部，做了许多龌龊事，后去杭州承包建筑工地
食堂发了财。

水生：来财的舅子，村里捕鱼高手之一，承包湖汊，与团鱼是死对头。

德明：德成的堂弟，在杭州打拼，后回乡办服装厂。

团鱼：来财的堂弟，村里捕鱼高手之一，但好斗，喜欢惹是生非。

风林：单身汉，与刘寡妇有染，村里第一波外出务工的人，在外做小包
工头。有钱后染上赌瘾，后得了肠癌，回到村里。

扁腾：乌卵的哥哥，木匠（一开始是泥瓦匠），村里第一波外出务工的
人，后患肺癌。

虎子：一个敢于说真话的小伙子，在圩堤上被来财羞辱而离家出走。十
几年后回来一趟，带回一个云南苗族妻子和两个儿子。

坤叔：老实本分的农民，"我"和乌卵曾跟他第一次去杭州务工。

高老师："我"以前的同事，在雁荡村找了对象，妻子媛琴开门市部。

张车主、曹司机：跑长途客车的车主和司机，与车匪路霸沆瀣一气。

光头：是个牛倌，会打山歌，村里帮扶后脱贫。

丰清：小工，有抛砖绝活。后得了食管癌。

宝香：堂嫂，人民公社时期的妇女队长，劳模。她儿子与"我"同年生，

很小就夭折了。最后中风而死。

春艳：忙牯的老婆，作风不正。

花枝：少敏的妈妈，生性风流，与豹肚有染，被迫离婚。

金花：包工头蔡老板的姨妹，大胆风骚。

小汤：翘嘴的第二个女友，爱慕虚荣，后与蹲狱的翘嘴离婚。

久华：村里的困难户、超生户，在外躲计划生育多年。

虹：高老师的妹妹，冲破世俗与"我"结婚。

三姐："我"的姐姐，勤劳的农村姑娘，为了贫穷的家庭，牺牲了自己的
　　　爱情。

燕子：不畏世俗，与亮波恋爱结婚。

小蓉：大东的初恋女友，和燕子关系好，缺乏主见。

小芳："我"认识的一个外乡女孩，后在城市里迷失。

承祖：村里的石匠，性格开朗，喜欢唱饶河调，后遇车祸而亡。

华兵：村里在外打拼较成功的企业家，多次捐助村里公益事业。

春贵：村里的赤脚医生，是子承父业，爷爷是旧社会的地主。

周驼子：村里的铁匠。

文光：村里的篾匠。

德才、长生、东和：村里的木匠，老手艺人。

成和、幺明、德毛、闰田：村里的石匠，老手艺人。

义驼子、讲清、爱勇、盛东：村里的锯匠，老手艺人。

长春、文焕、任政爱、石建凤、清华、益后："我"的学生。

·····目录

引　子 ·· 1

第一辑 ·· 3

1. 生产队的女劳模 ································ 5

2. 端午节的欢娱 ··································· 9

3. 杂树林里的童年 ······························ 14

4. 加工厂的男人和女人 ······················ 17

5. 榨油坊的煎饼 ································· 21

6. 自卫反击战的英雄 ························· 23

第二辑 ·· 27

7. 牤牷新房上梁 ······························· 29

8. 青青湖边草 ··································· 35

9. 斧头山挖到了陶罐 ························· 38

10. 抓阄承包湖汊 ····························· 40

11. 湖水荡悠悠 ································· 43

12. 建子溺亡 ··································· 47

13. 去竹下村上初中 ·························· 51

14. 奶奶的丧事 ································· 54

15. 英子家的小店 ····························· 56

16. 外出的第一波人 ···································· 58

17. 花枝离婚 ··· 61

18. 穿越食衣山 ······································ 64

19. 圩堤抢险风波 ··································· 68

20. 捡花生攒学费 ··································· 70

21. 三姐出嫁 ··· 74

22. 离家漂泊 ··· 81

23. 年前乱湖抓鱼 ··································· 84

24. 正月湖边相聚 ··································· 86

25. 元宵游龙灯 ······································ 88

26. 春天的粮库工地 ······························ 90

27. 初夏民兵集训 ··································· 94

第三辑 ··· 97

28. 夏旱盼雨 ··· 99

29. 青山灌溉站 ······································ 101

30. 争水械斗 ··· 103

31. 去杭州的路上 ··································· 111

32. 从富阳到沈半街 ······························ 118

33. 在村小教书 ······································ 121

34. 村里第一个大学生 ··························· 126

35. 乡村爱情季 ······································ 131

36. 孩子王的苦乐年华 ··························· 139

第四辑 ··· 145

37. 村里换届选举 ··································· 147

38. 取消了农业税 ··································· 157

39. 硬化第一条村级公路 ······················ 162

40. 子玉返乡 ··· 171

41. 参加乡干部招录考试 …………………………………………………… 178

42. 村子里没了贫困户 ………………………………………………………… 184

43. 裂变 …………………………………………………………………………… 194

44. 喜年回乡 …………………………………………………………………… 200

尾　声 ………………………………………………………………………… 210

书评一　回望有径 …………………………………………………………… 214

书评二　对故乡的叙述从来就不会停歇 …………………………………… 216

书评三　人生是一场不断自我修炼的过程 ………………………………… 218

跋 ……………………………………………………………………………… 219

引　子

　　入夏，南风开始从鄱阳湖悠悠荡来，午后堆积起来的云墩如高原雪山一般素洁巍峨，与水天相接处透迤的湖山合为了一幅虚实相生的写意山水画。

　　一只东方白鹳展翅掠过云墩，如一片丝带飘舞，然后悬浮在浩浩汤汤的湖天之上，慢慢地向湖岸飘来。高架铁塔上盘桓着一个硕大的鸟巢，那是一对东方白鹳的爱巢。一只东方白鹳站在高架铁塔巢窠里翘首张望，她的巨大的翅膀下还有两个毛茸茸的脑袋，那是她精心孵化出的孩子。从天边云墩飞来的东方白鹳离岸近了，他的翅膀不再扇动，而是翩然伸展，开始了滑翔，一直滑向高架铁塔顶端的爱巢里。他的爱侣站在爱巢上引吭呼唤，它收敛了翅膀，飞身落在他们构筑的爱巢里，他们激动地引颈拍翅相拥，然后振翅起飞，围着他们的爱巢和孩子旋舞。

　　东方白鹳硕大的羽翅下是一望无垠的稻浪和绵亘的圩堤。鹭鸶们如白云般簌簌飘落，悠然地在田畴间踱步。青荻沿湖簇生，犹如一群青青子衿立在水岸边，痴情地想念那在水一方的女子。一溜溜的小鱼儿在青荻的脚下和水荇中穿梭，油鸭子成对在浅水里游荡，翠鸟立在随风摇曳的青荻上，倏尔钻入水中，长喙叼起一条鱼儿，又倏尔贴着水面飞逝了。水鸥轻盈地贴着湖面掠飞，我的视线也随之拉得很长很长，拉到了横无际涯的天边，我似乎看到了若隐若现的鄱湖帆影。瓦蓝的天幕，雪山般的云墩，透迤的群山，浩荡的湖水，旋舞的白鹳，汹涌的稻浪，悠然的白鹭，俏皮的小鱼儿……一切是那样的澄明、浪漫、飘逸、温柔、洒脱，她们倩影诗意地倒映荡漾在清汪汪的湖水上，流淌在我的血液里……

　　鄱阳湖的水如触角般伸入东岸透迤的群山中，绽放出上百个珊瑚般的湖汉半岛。凤凰山脚下有一个月亮湾形的湖汊，秋冬满汊雁荡，自爷爷的爷爷起，人们就叫它雁荡洲，我生命的根须在雁荡洲的泥土里蠕动吮吸，滋养了我身体的茎叶。于是，我的生命如洲上其他绿浪似的生命一起恣意生长，一波接着一波地涌向湖边，和风细雨时在碧波荡漾中随波逐流，暴风骤雨时在大浪汹涌中奋力竞逐，汇入了长河，望见了大海，又在春江水暖时像鱼儿一样兴奋地忘情地洄游到村前的小溪和池塘里，像一群嘻嘻哈哈的孩子一路撒欢地奔向湖边。

第一辑

1. 生产队的女劳模

4 岁,记忆如布满水汽的玻璃一般模糊。那年,暑气还未褪去,午后知了还在树上断断续续地嘶鸣着,我不知发生了什么事,听见挂在厅堂壁上的木匣子里传出哀伤的音乐,村里的人都不说话,向村外涌去。我们几个穿着开裆裤鼻涕梭溜溜缩进缩出的小屁孩也跟在人群后面往村外走,冷不丁地我被人拔萝卜似的拎了起来,扭头往上瞧,原来是三姐拎起了我。姐姐将我拎到了家转身就走,好在奶奶还在家里。我像往常一样乖巧地爬上摇箩子,奶奶推动摇箩子,叫我闭上眼睛,我脑袋晃荡着,很快就迷糊了。醒来时,漫天晚霞。一家人都在吃饭,母亲把我抱在怀里给我喂饭。我嚼着饭,很快忘了白天的事。多年后,人们聊起伟人逝世的时候,全村人如何排长队到人民公社大礼堂悼念的壮观情景,与我脑海里那年初秋午后模模糊糊的画面神奇地吻合了。

我不再穿开裆裤了,常常和左邻右舍的小伙伴跑到村前的小溪边,用手掏泥巴比赛"摔泥泡"。我们把泥巴掏起来,反复粘路面上的尘土,让泥巴硬实成形,然后噘着嘴慢慢把泥巴捏成碗状。大家站起来齐声喊"一二三",同时倒扣泥碗往地上一摔,"噗啪、噗啪",一个个泥碗底便朝天炸开一道道口子,大家欢呼雀跃起来。

小溪的坝坡上有垂柳、冲天柳、水杉、乌桕树,树下是密不透风的木槿和刺梨灌丛。春天的时候,白润的刺梨花开满了坝坡,整个村子都浸泡在花香里。笃、笃、笃,长脚杜鸡在木槿和灌丛中发出间谍般的暗号,有时大杜鸡会带着一群乌黝黝的小杜鸡匆匆涉水穿过小溪钻进稻田中。羽毛黄白相间的田鸡在稻田中隐没了身子,不知受到了什么惊吓,突然飞蹿出稻田,扑扇着翅膀飞上溪边的大枫树。

生产队里的牛倌光头赶着一条条大水牛从溪边走过,我忖想自己能放一回牛,体验一下骑在水牛背上颤巍巍的滋味。光头是个癫痫头,20 多岁了还是单身,他是家里的老小。听说他小的时候,他父亲把他送到学校读书,他读了半年，箩筐大的字也不认识一个，更不要说写字了。他父亲叫他算一下院子里有几只鸡，他不数一二三四五六七，却指着院子里的鸡说，乌鸡、麻鸡、白鸡、花鸡、鸡公和孵蛋母鸡，他父亲气得用竹梢子揪了他一层皮。他委屈地哭着嚷嚷："一家人都干农活，偏要我读那么难的书，我才不愿意读书呢！"他父亲气不打一处来，跺着脚骂他讨饭坯子，不再让他读书，干脆叫他到生产队放牛挣工分。我们雁荡村有四个生产队，光头是我们第二生产队的。光头天生是个放牛的料，生产队的 10 来条牛被他放养得肚皮滚圆、屁股撅撅的。他每天像游魂一样在田地畈上放牛，男女社员们讲的荤笑话他听得最多，社员们都喜欢拿他开玩笑，说光头（灯泡）来了都晃眼睛。光头读书像块方木头，学打山歌却在行。村里有很多男社员在耕作时苦中作乐，都喜欢打山歌解闷，光头听几遍就能唱得八九不离十。他有时站在村前的田地畈上放牛，时不时也会打几句山歌：

　　日头哥哥快下山，我打长工真为难，
　　一天三餐糙米饭，一片腌菜下三餐。

　　日头哥哥慢下山，我请长工也为难，
　　一天三餐白米饭，咸鱼腊肉不离餐。

　　东家东家你莫好高，餐餐都是倒糖糟。
　　有朝有日时运转，看你们倒灶不倒灶！

　　光头变换着长工和地主的角色唱《日头哥哥快下山》山歌，抑扬顿挫的腔调拿捏得恰到好处，听起来既狂野又绵长，有一种旷古的穿越感。

　　我的三个姐姐读了两三年书，便回家砍柴、割草，到了十五六岁就跟着母亲进了生产队干农活挣工分。村里每个生产队的农具舍、粮舍、烟舍、伙房、牛圈、晒场等都集中在村北面的金家山。除了粮舍是瓦屋，其他的房舍全是茅屋。各家都是靠挣工分过日子。

　　我的堂嫂宝香干农活样样在行，她手脚麻利，做事又积极，30 多岁就当上了生产队的妇女队长，还入了党，是村里少有的女党员干部。她每天起了床，脚下就像踩了风火轮，村里村外，田间地头，风风火火地刮过来刮过去。

农忙时在早饭后，她几乎连走带跑地从村上弄喊到村下弄，催着叫各家的妇女上工干活。吃了几十年的大锅饭，人们都疲了。她催喊一遍人们全当耳旁风，催喊两遍人们只当给耳根挠挠痒，到了第三遍宝香嫂便催骂起来，啪啪啪，嘴里像吐针，说出来的话让人听了很是刺耳。各家的女人们或披头巾或戴草帽，大家嘟嘟囔囔，一路发着牢骚，骂宝香嫂是个催命鬼。

农忙干活，工夫累。有时抢种抢收还要拗昼（加班加点的意思），生产队给每位社员发干粑或煎饼。五六岁的我，嘴馋不怕难为情，只要听到说分吃的，便跟着母亲一起去生产队的烟舍。母亲分到干粑或煎饼，就让我带回家与哥哥们一起分食，还叮嘱我们不要争抢。

妇女们陆续到了烟舍，噘着嘴随意地靠着墙壁围成一圈，有的妇女怀里抱着孩子喂奶，自己的另一个大一点的孩子立在一旁，等母亲喂完了弟弟奶，再背回家。人还没有到齐，宝香嫂招手叫我蹲在她的面前。她有个儿子，听说是与我同年生的，不幸夭折了。她想再生一个儿子，不知怎么回事绝育了，生不出来。每次看到我，她阴云密布的脸上多半会多云转晴。她有时摸摸我的头看着我，脸上甚至会露出少有的微笑。我想，她一定幻想我是她的儿子，她母爱的光辉灿烂起来。

那时的农村里，几乎个个孩子都是满身的痱子，晚上洗了澡又没有爽身粉擦，如果几天不下湖游泳，身上的痱子叠加起来，一整块一整块的，就像世界地图一样布满全身，浑身燥痒得不自在。有些痱子还会"升级"成疖子，就像身上起了一个个坟包子，肿胀灌脓，痛得晚上睡觉都不能翻身。那时生了疖子，根本不吃消炎药，只是摘乌桕树的叶子放在嘴里咬几个牙齿孔，贴上去吸聚脓毒。连续贴几天乌桕叶，疖子就像活火山爆发，用手指一挤压，令人作呕的脓毒如岩浆般冒出来，多次挤压后，疖子才会渐渐消肿，留下一个永远的疤痕。有时我和小伙伴在一起，没事就互相拨痱子，就像一群小猴子聚在一起互相找身上的虱子。宝香嫂的指甲拨痱子的时候又快又准，就像用尖刀子戳气球，不到两三分钟背上的痱子全被她扑哧扑哧戳破了。拨痱子的时候感觉很舒服，拨完了身上就像着了火，涩辣辣的痛。

痱子拨完了，人到齐了，宝香嫂站起来冲着妇女们就是一通连珠炮：眼下又是割禾、插秧，又是拔豆、种芝麻，工夫乱如麻，大家就早一点出工啰！

非要一遍又一遍地催才出来……夏天不晒背，寒冬吃个鬼呀……到了冬天孩子饿得吃两餐，又埋怨说分的粮食少了。"炮弹"放完了，宝香嫂开始扯着嗓子分工，谁和谁到三亩丘割大豆，谁和谁到鲇鱼洼水田插秧，谁和谁到麻子岭的两亩半给棉花苗打枯叶……都不要偷懒，功夫做得好，我会给大家记 8 分。生产队的男劳力干得好，一般每天记满分，叫 10 分劳力；也有特殊能吃苦耐劳的庄稼好把式，有时破例记 12 分，能记上 12 分的男劳力找媳妇都容易些；女人也有 10 分劳力的，但少之又少，宝香嫂就是女人中的 10 分劳力。宝香嫂每天傍晚与生产队长一道把生产队的各块田地都跑一趟，商量着怎么安排第二天的农活儿。每天蒙蒙亮，她就要起床看看天。天气好，她便脚下生风地催妇女们早一点下田地干活儿。抢种抢收的时候，为了节省时间，她干脆直接挨家挨户地交代各家的妇女到哪块田地干什么活儿。她下了田地，扎手勒脚带头干活儿。有的中途回家给婴儿喂奶，担心完成不了分给自己的活儿扣工分，宝香嫂就对她说：喂完了奶早点回来，我先帮你一阵子。有时谁家来了客人或谁家有急事，分下来的活儿没干完，宝香嫂也都会帮人家收尾。宝香嫂每天最早下田地干活儿，最后一个离场，中间也歇得少。她总是说，共产党员要有共产党员的样子。宝香嫂干活儿在行，处处带头，自己又吃得了亏，虽然有时说话冲了一点，妇女们也不在意，都服她管。

分完了工，宝香嫂一边招手喊保管员王大叔给大家分煎饼，一边回过头来叮嘱大家趁上午天凉，手脚麻利一点不要挨力（偷懒），不然拗昼也要把分下去的活儿干完。王大叔提着一个鼓篮子边走边笑嘻嘻地说："清早赶凉歇，昼时怕得热，夜里发心焦，再来赶明朝。"宝香嫂骂他，不给大家鼓劲打气，尽放消极屁。妇女们乐呵呵地你一声她一句地与王大叔套近乎，眼睛都直勾勾望着篮子里褐黄的煎饼。妇女们从侧腋衣袋里掏出手帕或布片，做好了接煎饼的准备。王大叔提着篮子给每人挨个分一块比巴掌大一些的煎饼。我母亲加上三姐，分到两块。煎饼还有热乎气，母亲撕开一块，一半给三姐，将剩下的一块半用手帕包好，叫我拿着带回去，让奶奶分给我和哥哥们吃。我走到半路上，偷偷地咬了一口，口感油嫩绵软，恨不得躲在角落里吃独食。那天，母亲和三姐真的拗了昼才回到家，扒了几口饭，宝香嫂又开始催叫上工了。20 世纪七八十年代，几乎每个家庭都是一群孩子。母亲生了 8 个子女，没有吃过一口好饭，没有睡过一个安稳觉，儿多母苦。记得到了年终，因为挣得工分不够，没有分到多少口粮，母亲便流涕落泪说生这么多鬼儿（孩子）怎么养大哟！奶奶便劝慰母亲，人不怕多，有人就有世界，丝瓜茄子是吊大的，穷人的孩子是苦大的，孩子出了世，只要能吃个半饱，到了时候照样会长大。奶奶只有父亲一个儿子，她巴不得儿孙满堂。

2. 端午节的欢娱

煎饼是端午节前生产队新打的麦子磨的粉做的，新鲜的菜籽是油煎的，散发着从泥土里生长出的茂腾腾的活力。麦子收割前的一两个月，正是青黄不接最难熬的日子。早上母亲煮饭，锅里的米粒捞得几乎一粒不剩，能照到人影，然后哗啦把一盆子剁切后的菜叶子倒了下去。到了吃早饭时，各家大人小孩都端着饭碗串门或聚到村中十字路口聊天。我尖着嘴喝菜叶粥，看到邻居王丰清的碗里滚动着灰黑色的薯渣粑，眼巴巴地站到他面前。王丰清便用筷子拨一个到我的碗里，我便一口咬住薯渣粑嚼起来。人们在秋天磨红薯粉的时候，把红薯渣捏成团，架楼梯放到瓦沟上晒干，然后储藏起来，到了青黄不接的日子再拿出来磨成粉，揉成乒乓球大小的粑，放在粥里煮着吃。

园子里的菜再疯长，也跟不上全家当口粮吃的节奏。三姐经常一大早就提着竹篮子，手里拿着挖菜钩子，匆匆走出家门，到田埂地头钩挖荠菜、野菠菜、黄菜，早饭时提蓬蓬松松一篮子野菜回来。中午米饭是不够吃的，奶奶把野菜洗干净剁了切了，掺在米饭里蒸菜饭。

青黄不接的日子是一天天挨着过的，要挨到芒种麦子熟，多一天都觉得漫长。麦子熟了，人们便能度过早稻收割前的饥荒。那时，人们用分到的麦子磨成粉，在端午节时做酒水发粑，包饺子。生产队芒种前后割了麦子便连夜磨粉，煮手擀面分给社员尝鲜。晚上，母亲带一个砂钵去生产队分面条，叮嘱我和哥哥们不要睡早了。我们眼巴巴地等了许久，实在撑不住了便倒头睡了。可能过了半夜，母亲把我和哥哥们一个个摇醒拉起来，我们睡眼惺忪半跪半趴在床上。母亲高兴地说："孩子们，分到面了，醒醒瞌睡，妈来喂你们吃。"母亲托着半砂钵手擀面，一筷子一筷子地挑起了面条，像燕子妈妈给雏燕们喂虫子似的，一个一个喂我们。至今想来，那是我一生中吃过的最美味的手擀面。人饿的时候，吃什么都觉得香，而且会一辈子留在记忆里，日后吃再好的，都难以超越当时的那种美味的感觉。20 世纪 80 年代末，我们老家还种着小麦，后来生活条件好了些，种麦子的少了，都改为买袋装面粉了。

以前，父母总为过年过节发愁。不过，母亲总会说一句：空时不空节，空节一世穷。家里再穷，也要打开门待客，也要让孩子们有个吃的盼头。

农村"四月工夫乱如麻"之后，母亲开始着手准备过端午节的吃食。母亲第一件事是腌咸鸭蛋，她从米糠里掏出积攒了多日的十几个鸭蛋，端出腌腊肉留存了卤水的坛子，将洗净的鸭蛋一个个小心翼翼地放进去。盖严后，母亲把它放在碗橱底下，再三叮嘱我和哥哥们不要乱动。

端午节的前两天，母亲与左邻右舍的大妈、婶子们一道提着竹篮到野外的坝坡上精摘细选新鲜箬叶。回来后，母亲在长竹竿上绑上镰刀，到棕榈树下割掰下几扇棕叶。母亲将采摘来的箬叶用井水一片一片地洗刷干净，放入锅里氽一下水，棕叶则放在滚水里煮软。母亲转身把旧年备好的糯米和豇豆倒入盆子里，先用水漂泛掉米虫和豇豆瘪粒，再搓洗滤水晾干。灶头挂钩上还有一小段熏黑的腊肉，母亲割下一块，切成小半碗腊肉丁，将半干半湿的糯米和豇豆掺在一起，淋上少许香油用筷子拌匀。

母亲坐在矮凳上裹好粽子，又爬上楼取下搁置了一年蒙上了灰尘的笼屉、竹匾、大木盆和其他器具，用箩筐挑到湖边刷洗。翌日，父亲早早地挑满了一缸水。母亲端出昨晚就泛好的水酒（发酵用的），先用勺子舀一点放在嘴边尝一下甜辣，然后掺水放糖精。以前自家磨的面粉，要先用疏密不同的小筛子，筛滤出头粉、二粉、三粉和麦麸。母亲一般先用二粉试一下酒水的好歹。面粉倒入盆里，母亲舀入调好的酒水，搅拌均匀后，她便双腿跪在蒲墩上反复使劲揉压。粉团像一只不听话的小白猪，在母亲的手中翻转挣扎。粉团揉压好了，母亲盖上一条毛巾，等待粉团膨发。我和哥哥们早就七手八脚地搭好了铺板，垫上了洗净的被单。粉团膨发得像婴儿肌肤般嫩滑，母亲用手指点按几下，粉团已有了弹性韧劲，便动手做粑了。水烧好了，母亲把卤水缸里的咸鸭蛋捞起来洗净和粽子一起放入锅里，上面叠放笼屉蒸粑和饺子。灶膛里的火烧得滋滋作响，灶台上的汽水噗噗蒸腾，端午节的味道氤氲开来……端午节那天，我和哥哥姐姐每人的口袋里揣着一个点了洋红的咸鸭蛋，脖子上各挂着两个牛角形豇豆粽子，嘴里嚼着酒水发粑，跟在母亲的身后，到湖边看赛龙舟，到村后的大晒坪上看放神仙牛（以前斗牛的娱乐）。

端午节是青黄交接后的第一个节日。人们吃上了新麦子磨的面粉粑，赶在双抢高潮来临前进行短暂的欢娱。人们把搁在老碾屋穿枋上狭长的龙舟放了下来，扫灰冲洗，抬到路边倒扣检修，然后涂上桐油再让火辣辣的日头晒上一两天。将船体翻个身，睡了一年的龙舟醒了，便有了精气神，浑身亮堂堂的，油木味像荷尔蒙般浓烈。几十个青壮劳力光着膀子，下身只穿一条裤衩，肩上搭了一条毛巾，他们齐刷刷地弯下腰，伸手抓住船舷，喊了一声"起"，龙船便上了他们的肩膀。各家的女人把划桨交给了自己的男人，他们把划桨搭上另一只肩，斜伸入船舷下，手握桨柄，以肩为支点，撬挑船舷换肩省力。窝头叔将一条红布披在龙舟头上，谎爷伍公仂点燃了一炷香，站在龙舟前面恭恭敬敬地鞠躬作揖，嘴里念叨着："龙船下水，风调雨顺，五谷丰登……"窝头叔原是国民党的老兵，被解放军抓着了俘虏，改编成了解放军。新中国成立后，他退伍回乡，为人霸气也硬气，村里搞什么事，少不了他。谎爷伍公仂差不多70多岁了，大半生都是在船上度过的，挂帆掌舵几十年，鄱阳湖里的大风大浪他都经历过，村里每次划龙舟少不了他掌舵。他们两个一出场，就是闹闹热热的事。每年赛龙舟，窝头叔在船头擂鼓，谎爷伍公仂在船尾掌舵。

爆竹噼噼啪啪响起来，硫黄的味道溅入鼻孔，人们闻到了喜庆的味道，纷纷走出家门，簇拥着龙舟向湖边走去。偌大的内珠湖放一只龙舟下去，就好像湖边的树上掉下了一片叶子。赛龙舟前，参与赛龙舟的人们都要热身排练几天。我和建子、翘嘴、大东听到"通通"的鼓声就撒开脚丫子往湖边跑。船里蹲坐着两排光膀子汉子，身子统一前倾，双手握桨，轻拨水面，谎爷伍公仂摆动几下手中长长的舵桨，船掉头面向大湖。窝头叔头扎红布，坐在船头高喊大家做好准备。开始他是坐着的，有节奏地敲着鼓点，让大家划桨的动作保持一致，然后他站起来，双手举起鼓槌，上下翻飞，"通、通、通……"鼓点越来越响，节奏越来越快，船上的汉子们"呵呵呵"地喊着号子，奋力划桨，船舷周围水花飞溅，如鲤鱼跃水，又如风吹飘叶，刮离湖岸，船尾划下一道粗长的水痕。岸上的孩子们兴奋得顿足跳跃，嘴里哇哇地喊叫着快点，快点，再快点！

浩浩荡荡的湖面都归白沙洲水产场管辖，只有沿湖的48汊分归各乡镇的自然村所有，不过端午节赛龙舟则可以在大湖里竞渡。每年各村龙舟下水，号子声、击水声、爆竹声，搅得满湖像烧开的水般沸腾。沿岸各村，人们几乎倾巢而出，这里一簇，那里一片，站在岸上叫喊助威，有时看到自己村里的龙舟处在下风，急得顿足，真是"龙舟爬不动，急煞岸上人"。人们划够了，赛完了，擦背洗脚，划龙舟的汉子们齐喊一声：起！扛起龙舟上岸。正如元代鄱阳诗人叶兰《划船歌》中所描述的"少年结束赛龙舟，掣楫讴歌健如虎"，全村男女老少一路说说笑笑，燃放鞭炮，簇拥着龙舟回村。

赛龙舟是湖面上的比拼。龙舟刚抬上岸，大家很快又聚在一起嚷嚷着放神仙牛。放神仙牛，说白了就是斗牛比赛。鄱阳湖东岸多丘陵，有些离湖较远的村子，端午节玩不了赛龙舟，就组织一场水牯牛相斗。其实，靠湖和不靠湖的村子都有端午节放神仙牛的传统，人们享受的是端午节的欢娱。

每年清明后，草疯长起来。放牛基本上不用牵在手上，把水牛们赶到山坡上、地沟里、水渠边、湖滩上，牛绳往犄角上一绕，随它们自由海吃去。春耕后，水牛们基本上没有什么重活，能足足清闲两三个月。每天青嫩嫩的草扫到它们的嘴里，条条水牛都起了膘，背宽的可以放几盘菜，腿比瘦女人的腰还粗，冬天瘦尖的屁股也阔撅起来。牛养得膘肥体壮，"双抢"耕田耙地时才有力气使出来。水牛们每天吃饱了草，奔跑着发牛疯，你撞它一脑，它撞你一屁股。有的水牛找不到对手，干脆跑到水坝脚下用犄角斗地坎。生产队的牛倌们有时也偷着在空旷的湖滩草洲上放牛相斗，让水牯牛们较较力。

端午节的晚上，村里年轻的小伙子怂恿几个生产队长到老碾屋碰头商议放神仙牛的事宜。放神仙牛的时间一般定在五月初六的下午，地点就在村后的大晒坪上。初六上午，各生产队都挑选好了参加比赛的"神仙牛"。各生产队的牛倌们都围着"神仙牛"忙活起来。有煮稀粥拌米糠给"神仙牛"加餐的；有往"神仙牛"身上抹香油，再用大篦子给"神仙牛"梳毛刮虱子的；有用手柄剃须刀刮"神仙牛"犄角的，刮得尖刃如刀后抹上油；还有的到各家凑鸡蛋，准备给"神仙牛"赛前或赛后加营养。吃过午饭后，人们陆续聚集到各自生产队的牛圈前，大家谈笑议论着哪条牛有实力，小孩子在人群里追逐嬉闹。爆竹在牛圈前噼里啪啦响起来，各生产队的队长牵着头扎红布的"神仙牛"大摇大摆地走在前面，孩子们顾不得大人的责骂，咕噜咕噜地窜到队伍前面呼叫着，各队的社员像送子弟兵上前线般跟在后面。几百号的队伍呼啦啦地都往村后的大晒坪聚集。

全村的男女老少几乎站满了大晒坪南面的高坝。坝坡上木槿丛中夹杂着一簇簇的栀子花，芬芳馥郁。母亲牵着我的手，找到左邻右舍的大妈和婶子们一道站在坡坝上的一棵苦楝树下。大人们都嚷叫着反复交代自家孩子不要下坡坝，担心被水牯牛撞了踩了。四个生产队的4条"神仙牛"，生产队长和平时放养参赛水牯牛的牛倌，还有生产队选派负责抓牛的十几个男劳力都各自分组站在大晒坪东西南北四面，大家都威风八面、牛气十足。各生产队的队长招手碰头议了议斗牛的规矩，斗牛比赛在大家的欢呼中开场了。

斗牛先要把牛鼻子上的鼻针（也叫鼻环）抽掉，然后解下牛绳。牛听人话就是因为被牵住了牛鼻子，牛绳是拴系在用竹子削的鼻针上的。牛长了一颗齿就要穿鼻针牵养，免得它糟蹋庄稼。牛穿鼻针是非常痛苦的，一根铁钉捅穿牛鼻子，鲜血往下吧嗒吧嗒滴，还要往伤口上抹一把盐防止伤口感染，往往痛得牛四腿抖颤，哞哞直叫。第一组比赛的两个牛倌抽掉各自"神仙牛"的鼻针，把鼻针和牛绳一圈圈收起来。另外一组的牛倌则把各自的"神仙牛"的眼睛蒙起来。站在中间的惹牛相斗的两名社员背对背，手里各扯着一块红布，不停地抖动，招惹各自的"神仙牛"，激发它们的斗志。两条"神仙牛"的牛劲上来了，哞叫着，躬腿耸背，向中间红布奋力冲去，两个惹牛相斗的社员连忙收起红布撒腿退到一边，只听得"咣当"一声，两条水牯牛的牛头径直硬生生地撞在了一起。接着是牛头相抵，犄角相扣，互相拼力推挤，为了立稳足，两条水牯牛的身子随着你来我往的力量比拼而不断改变姿势和角度，四腿蹄子也在晒坪上划下一道道沟痕。人们站在高坝上高喊，打噫乎。"咔嚓、咔嚓"两条水牯牛的犄角开始了对撬，好残酷，牛脖子上、牛肚子上划下一道道血痕，一条水牯牛被斗得前腿跪地，负责抓牛的青壮社员赶忙操起竹竿把另一头牛拦开，避免另一头牛进一步攻击。双方的牛倌各自伸手抓住牛鼻子拉着归队，早就有人用竹筒装好了鸡蛋，托着牛的下巴，叉开牛嘴直接灌了下去。接下来第二组斗牛比赛很快又开始了……人们站在高坝上顿足高喊，暂时忘掉了平日的劳累和贫困，清空了储满大脑的一切烦忧。有的太过激动，边叫边跳，一不小心竟从高坝上滚了下来，吓得连滚带爬地往高坝上攀登，然后缩在树底下呼呼喘气。

牛相斗的时候，有时斗红了眼就会失控。有一年，牛倌光头养的一头牛斗输了，被斗赢的牛追离了大晒坪，大伙拦不住，这头牛漫山遍野疯跑。生产队长便组织队里所有的男劳力去追牛。几十号的劳力拿耙子的，操扁担的，握钢叉的，跟在这头"神仙牛"的后面气喘吁吁地追。我们这些屁孩儿也跟在后面一路跑，一路看热闹。大家一直追到山穷水尽的湖滩边才把这头牛截住。光头上气不接下气地跑来了，将早已做好的绳套抛甩过去，牛头套住了，大家赶忙围拢过来，托牛下巴的，抓牛耳朵的，捉牛角的，大家团团围住水牯牛。光头一手掐住牛鼻子，嘴里冲着水牯牛骂骂咧咧：不争气的，输了还装疯，明天饿你一天试试看。牵牛回村的路上，大伙儿都说累趴了，晚上叫生产队长放话煮手擀面吃。

我最后一次在端午节看生产队放神仙牛是包干到户的前一年。那次我们二队的一头水牯牛的一只眼睛被五队的水牯牛的犄角撬瞎了，各家还凑足了十几个鸡蛋慰问这头虽败犹荣的水牯牛。此后生产队再也没有让这头水牯牛下地耕种。包干到户后，耕牛都分下了户，端午节便没有人提放神仙牛的事。偶尔有放牛的孩子们凑在一起，偷着进行斗牛比赛，被大人知道后，少不了挨一顿"竹笋炒肉丝"。那头眼睛被斗瞎的水牯牛分不下去，生产队便把这头牛卖给了县城的罐头厂，各家分到三尺的确良白布。大人们都很高兴，我们这些屁孩儿却难过了好一阵子。

3. 杂树林里的童年

雁荡村与对面的花园村只隔一条田垄，一条小路连接着两个村子。小路夏天阴凉，冬天阴森。我从来不敢独自走这条道，总是跟哥哥或其他的小伙伴后面才敢穿越。夏天，大家一身臭汗钻进林荫小路，出来时汗早已不知踪影，摸摸手臂还凉丝丝的。林荫小路两边是茂密的杂树林。杉树、樟树、乌柏树、苦楝树、栎树、油桐树、泡桐树、野桑树、野桃树，像一支杂牌军混列在了一起。林间窝着各种鸟儿：喜鹊、八哥、鹧鸪、杜鹃、伯劳、黄鹂、白头翁、麻雀、丝毛雀、山雀、乌鸦，也有夜间叫起来让人毛骨悚然的猫头鹰。每到傍晚，鸟儿们从四面八方飞归林中，在枝头像开汇报会似的叽叽喳喳个不停。林子里鸟多，鸟窝也多。初夏时候，鸟儿下蛋孵雏鸟。放了学，邻居乌卵邀上我和德成、亮波、子玉，一头钻进杂树林爬树掏鸟蛋。一沓鸟粪掉到乌卵身上，他便歪着头指着树上的鸟骂骂咧咧。金黄蓬松如葫芦的丝毛雀窝织在粗大的旱茅簇丛里。锯齿似的旱茅叶像锦衣卫守护着鸟巢，我们伸手过去掏鸟窝，旱茅叶们立马扑过来在手上横七竖八地划上几刀。小巧玲珑的丝毛雀和一颗颗麻卵色的鸟蛋强烈地诱惑着我们。那时，我非常想捉到一只丝毛雀，因为丝毛雀会"啄命"。

农闲时，一位穿长衫的算命先生，他背着行囊，手上拎一方形细竹栅栏鸟笼走村串户，他用驯养过的丝毛雀给人"啄命"。算命先生站在一户农家小院子里的八仙桌前，一群人围过来。算命先生从行囊里取出一个扁形木匣，打开木匣，里面是一排叠得齐整整的命牌。他把木匣正对着鸟笼，先尖着嘴吹了一声口哨，伸手抽开笼栅，丝毛雀立即从笼子里钻跳出来，向人群摇头张望了几眼，便在命牌上来回蹦跳，然后低头叨起一张命牌。算命先生随机抽下命牌，郑重其事地打开，煞有介事地高声解读："人命有时，富贵在天……"人群先是屏息倾听，继而有人惊呼命牌灵验。那时，我觉得这小小的鸟雀是神鸟，竟能先知先觉。后来才晓得算命先生事先将炒熟了的谷子嵌进命牌四角，丝毛雀蹦来跳去是找命牌里的谷子吃，才会啄起命牌。至于解说命牌，全由算命先生察言观色随机胡诌罢了。

丝毛雀太机灵了，我连它的羽毛都没摸到过。喜鹊的窝安在粗壮高大的泡桐树上，大如菜篮，可望而不可即。麻雀、八哥、鹧鸪的窝喜欢筑在杉树上。杉树满身是刺，想掏鸟蛋却不敢抱树爬，只能合伙偷偷地扛来九节木梯靠着树身爬上去。下面两三个人扶木梯，胆大的上去掏鸟蛋，往往爬到木梯的最后一节，离鸟窝还差一点时，一只手抱树，一只手伸出去掏鸟蛋。结果，掏鸟蛋的人往往会被杉树刺扎得龇牙咧嘴，只得咬着牙坚持掏下一个个鸟蛋放进裤兜里。八哥蛋差不多眼珠子大小，蓝绿色；麻雀蛋半个拇指大，灰色，有斑点；鹧鸪蛋比八哥蛋稍大一些，灰白色，有斑点。有一回，我们几个在下面扶木梯，瘦精的乌卵像猴子一样爬到木梯的最上面一截，却还差那么一点。他的一只手好不容易伸进头顶上的鸟窝，刚划愣了几下，手立马缩了回来，嘴里大叫：死掉、死掉（方言，就是"不得了，遇上麻烦"的意思），而我们老家方言又把"鸟"读成了"掉"，亮波以为鸟窝里有死鸟，笑着说：死鸟（掉）也要一只。乌卵蹬蹬蹬地爬下木梯，竖起一个手指，哭丧着脸说自己被鸟窝里的什么东西咬了。"是不是蛇？"建子惊诧地问。因为蛇爬上树"扫蛋"也是常有的事。乌卵听建子这么一问，吓得哇哇大哭了起来。亮波赶紧跑到住在陈家桥边的英子家里借来一根长竹竿，对着鸟窝就是一顿乱捅。稻草、枯树叶、鸟毛和灰屑稀里哗啦像电影中一群慢动作的蝱贼从高处纷纷跳下来，钻进眼睛里掺得人难受得不行。只听得"啪唧"一声，一条灰色的东西从树上掉落下来，在地上不停地蠕动。我们擦眼一瞧，原来是一只大壁虎。乌卵一个箭步跨过去，用脚使劲地在地上摩踩。

乌卵的手开始肿了，我们都吓得不轻，我回到家告诉奶奶。奶奶说，赶快到屋檐下蜘蛛网中间捉一只蜘蛛放在乌卵被壁虎咬的伤口上。真奇怪，这只蜘蛛如好色鬼遇到了美女，一下子被吸引了过去。蜘蛛像磁铁般吸附在红肿的伤口上，吮吸得如醉如痴，一直吸得乌卵的伤口发白，最后才肚皮滚圆的一骨碌滚将下来，神晕晕慢悠悠地一步一踱地走了。

乌卵与我一样兄弟姊妹七八个，是家里的老幺。乌卵的父亲麻棍在新中国成立前是村里最穷的单身汉，身子干瘦，头发稀疏，下巴上长着一颗蚕豆大的黑痣，黑痣上有一根粗毛。刚解放时，穷人翻了身，麻棍当上了大队长。麻棍带队挑圩堤，几十号人吃饭凭饭票和菜票。麻棍不识字，如果叫别人发饭票和菜票又觉得自己没了"权"，他干脆抓起一把饭票和菜票向空中一撒，随大家去争抢。这一下乱了套，有抢得多的，有抢得少的。在那吃不饱的年代，吃饱肚子是大事，便有人向上反映。上面的领导觉得麻棍做事不靠谱，先降了他的职，让他做副队长。麻棍好酒贪杯，有人请他抬菩萨捉鬼抢魂，他是有叫必去。又有人告他当干部搞封建迷信活动，上面便将他干脆一撸到底。后来，经人好说歹说，村支书才把麻棍安排到村办的综合加工厂榨油坊做菜籽饼。

乌卵自从被壁虎咬了手指，每天都会到我家转一趟，奶奶会给他手指的伤口位置擦盐水。乌卵大咧咧地告诉奶奶，他那天站在木梯上掏鸟蛋的时候还看到树林南面的灌木丛里有一男一女抱在一起。奶奶赶紧叫乌卵关上嘴，说他一定是被壁虎咬得看花了眼。乌卵想争辩，奶奶说小孩子说胡话会倒霉一辈子的，要是被人知道了，还会被人打嘴剁手指，乌卵吓得吐了吐舌头，不再吱声了。乌卵便与我蹲在地上玩搭石子。我们手里掷石子、散石子、抓石子，嘴里还念着童谣：

　　　　一石散散开哟，

　　　　二石滚在堆哟，

　　　　三石团团转哟，

　　　　四石滚中间哟，

　　　　五石全包圆哟……

玩尽兴了，乌卵站起来告诉我，过一段时间，加工厂就开始榨菜籽油了，到时候带我一起去蹭面粉煎饼吃。我说我一个人不敢去，因为我不敢穿越通向加工厂的林荫小路，还有就是我父亲是加工厂的厂长，要是知道我是去蹭煎饼吃，会用竹梢子揪破我的一身皮。乌卵说，那就趁我父亲不在厂子里时带我去，我与乌卵伸出手指拉了钩。

4. 加工厂的男人和女人

村前小溪上有一座百年石拱桥，叫陈家桥。从陈家桥穿过田垄便是一条大约半里长的幽寂的林荫小路，路旁树木高大，树冠交错，遮天蔽日。小路两边的坡坎常年都渗出许多细细的泉眼，坡坎下的小沟从未断流过，水清亮清亮的，像花季少女的眼眸。春夏时节小水坑里游动的乌黝黝的蝌蚪和大头针似的浮鱼子，一场大雨会把它们冲到小溪里去，再下一场大雨有可能又把它们带到湖里去。从林荫小路东头钻出来，往右走半里羊肠坡道，便是村办的综合加工厂。自从四哥偷偷带我去加工厂玩了一回，我就对那儿着了迷。母亲叫我们少去，说加工厂机械设备多，很危险，但我们还是经常偷着去，想在父亲办公桌的抽屉里偷找壹分、贰分和伍分的毫子（硬币）。

到了夏天，学校门口就陆续有骑自行车卖冰棍的商贩。自行车后座上放一个木箱子，打开箱子看到的一般是一件旧棉衣，掀开棉衣拨开垫底的塑料薄膜，便见码得像砖头似的绿豆冰棍。上午买的冰棍结实得很，要一毛钱一个，包装纸上还能看到一层冰霜。掀掉纸咬不动，只能用舌头反复舔，再一口一口地吮吸。到了下午，冰棍融化得没了棱角，像胡萝卜根似的冰棍就便宜卖了，五分一个。快要放学了，冰棍融化得剩下半截，五分钱两个。我很少上午买冰棍，每次到父亲的办公桌抽屉里翻找，至多能找到壹分、贰分的毫子（硬币）。有时买不起冰棍，干脆花贰分毫子买一个乒乓球大小的冻米"旱粑"吃。

加工厂是坐北朝南的一长排青砖瓦房，是砖砌立柱横架人字梁结构。柴油机房是一间单独的砖瓦房，建在"Z"字形拐弯后侧，有一扇小侧门和一个洞门与厂房相通，侧门上写着"机房重地，闲人免入"，挺神秘的。每次去了，我和哥哥只能从洞门窥视机房。大多数时候，机房内弥漫着油烟，乌烟瘴气的，冬天机房里烟雾翻腾，好像里面有妖魔作怪，巫师与魔鬼正在斗法。柴油机时隐时现，浓浓的油烟味呛得人头晕。柴油机未发动时，才能看清一台半腰高的老式柴油机像个正襟打坐的巫师。听父亲说这台柴油机有24匹马力，一条估计5米多长的转轴皮带把柴油机和厂房的主轴轮套转起来，可以同时带动碾米机、轧花机、磨粉机、面条机和轮式碾盘运作。柴油机的噪声特大，一根加长加高的排气管弯成直角穿墙出洞进行消音，可在厂房内说话还是听不清。紧靠机房墙外有个三米见方的冷却池，池水齐腰深。柴油机开动后，池水像蛇一样钻进导管为柴油机体内消渴降温后，便沿着另一根导管穿过隔墙飘入池中，池水循环往返机房，不干不竭。滴水成冰的寒冬，池水凝成厚冰，村里上学的屁孩儿们，故意绕弯路到加工厂，大家轮番爬进池子，扶着池沿嘻嘻哈哈地过一把滑冰瘾。

厂房分机米间、轧花间、碾盘间、榨油间、粉丝加工间等几个生产区域。每次去厂房里玩，远远地就听见了机器的轰鸣声，那台24匹马力的柴油机像个超人，一根主轴带动各种机器忙活。厂房最西面是机米间，乡亲们早早地挑了稻谷来排机米队，每担箩筐上横放一只扁担，箩筐和扁担上都用毛笔写了"某某制办"。还没排上队的乡亲，有的干脆把扁担横放在箩筐上坐着排队，有的则蹲在墙角聊天抽旱烟。轧花间与机米间相隔不到三米，没有脱籽的棉花一袋挨着一袋摆放在轧花机一侧。一个戴草帽和口罩的妇女，站在轧花机后面，双手抓捏箩筐里的棉花，均匀地撒在轧花机的轴台上。棉皮和棉籽分离，棉皮像云团一样从轧花轴的缝隙中涌吐出来，纯柔而绵软。两个戴草帽和口罩的男子，一个往麻袋里塞棉皮，一个弯腰往麻袋里装棉籽。轧花机喷溅起的棉丝如柳絮般沸沸扬扬，人站在旁边不一会儿头发就白了，身上也会长一层绒毛。撒棉花的妇女是少敏的妈妈，叫花枝。母亲生我时差不多四十岁，和我玩得要好的伙伴们的妈妈大多是30来岁，都比我母亲年轻。花枝圆脸，扎一个马尾辫。少敏的爸爸胡霸是矿工，几个月才休假回来一次。花枝几乎是一个没有男人管的女人，大大咧咧的，爱说爱笑，笑起来像满地撒豆子。工厂里有几个老单身汉，一有空就围着她屁股开玩笑，说荤段子。一次，我站在轧花机前傻傻地看扎棉花，花枝笑着叫我猜一个谜语：猴子猴，坐凳头，吃肥肉，吐骨头。当时没猜出来，还是回来问奶奶才知道谜底是扎棉花。

厂房中间是榨油坊。后墙区域是高腰斜锅炒菜籽的炉灶。春末夏初，新收的油菜籽进了加工厂，油坊便开始忙起来。炒籽的师傅外号叫豹肚，是个光棍，腰圆背阔，可能是常年弯腰用肚皮拱炒菜籽的缘故，背稍微有点弓。他身上的胸毛和腿毛浓黑浓黑的，看起来很吓人。豹肚铲起堆放在炉灶前的碎煤块，"嗖嗖"地掷进灶膛，再用钩火钳捅几下炉栅，灶膛的煤火立马滋滋地喷出红灿灿的火舌。豹肚随即端起一大簸箕筛过的菜籽倒泻进锅里，顺手拿特制的锅铲，将丁字木柄抵在肚皮上，不停地拱推锅里的菜籽。炒菜籽是技术活，既要炒去多余的水分，又不能炒煳，父亲少不了要提醒豹肚。豹肚干活的时候脱得只剩一件腰裤，背上像打了油蜡一样光滑，汗珠在他的背上根本立不住脚，一冒出来就滚到了裤腰。豹肚的裤子总是湿的，其他的撞榨工都笑他是不是与花枝说荤段子，把尿撒在了身上。豹肚毫不介意，炒完了一歇就端一蓝边碗井水，蹲在轧花机前边喝边与花枝说笑起来。花枝叫豹肚打个歌子给她解解闷，豹肚来了劲儿，站起来一只脚前一只脚后，身子前倾，嬉皮笑脸双手故意指指勾勾地边唱边做着撩花枝的动作。

> 日头起山红彤彤，
>
> 姐伙送饭过田垄。
>
> 哥哥问我："么伙菜?"
>
> "一碗韭菜，一碗葱。"
>
> 哥哥一听乐融融，
>
> "不吃你韭菜，不吃你葱，
>
> 吃你火肉煠老鸡公。"
>
> 姐伙一听脸羞红，
>
> 香莫香似韭菜葱，
>
> 亲莫亲似好老公。
>
> 油头姐伙清水郎，
>
> 无米下锅也无妨。
>
> 不爱嫁妆田和地，
>
> 但愿恩爱结成双。

豹肚唱罢，花枝笑骂道："我也不是油头姐伙（闺女），你也不是清水郎（未婚的男青年），唱这个没意思。"两个人说笑正酣，花枝冷不丁地抓一把棉籽朝豹肚脸上扔过去。豹肚望着花枝嘿嘿地笑，棉籽扔在身上好像是花枝的嘴唇吻在身上，格外享受似的。旁边装棉籽的人实在看不下去了，嘟着嘴笑骂花枝不要忘了形，小心头发转到轧花滚筒里去了。花枝便收敛了一些，她笑骂着，叫豹肚赶快滚。豹肚嘿嘿地笑着说，滚到哪里去，滚到你的床上去。花枝又抓起一把棉籽撒了过去，豹肚随手泼了没喝完的水，拍拍屁股笑嘿嘿地蹦蹦跶跶地走了。

父亲经常到城里或外地购设备或谈业务，在厂里的时间少，由一位副厂长负责日常管理。父亲回厂，大家都毕恭毕敬，埋头干活。父亲一走，他们却又嘻嘻哈哈起来。

5. 榨油坊的煎饼

炒菜籽的炉灶左边是四根横木交叉成的"米"字结构的机械碾盘。每根直径约六米的横木下端夹着一只脸盆大小的骑马式铁饼碾轮。炒熟的油菜籽倒进碾槽里，与柴油机轮轴连上动力后，碾盘便呼噜噜地运转起来，像游乐场的"转马"般欢腾。菜籽碾成了粉，就上木甑蒸。乌卵的父亲麻棍在工厂里做菜籽油饼。蒸好的菜籽粉倒进垫了稻草的两根铁圆箍中，麻棍马上赤脚压踩，将菜籽粉压成饼状。麻棍将做成的油饼一层层叠好码起来，差不多肩膀高，再在上面盖压一块厚厚的油树木墩。那时的男孩子都喜欢推铁圈，用一截铁丝扭成凹形，再折成"7"字拐后，插入瘦短竹竿的一端，手握竹推竿，推着被凹形铁丝控制的铁圈，一路上学就像司机开车般满脸的惬意。我们推的都是从木桶上敲下来的铁圈，而乌卵推的铁圈是做油饼的铁圆箍，大家都怀疑他是从加工厂偷来的。

炒菜籽的炉灶右边是一艘大船般的油榨。据说这个油榨是独木油树做的，中间是挖空的榨仓，做完了油饼，榨油师傅们将油饼一块块叠码进榨仓中。开榨时，四五个撞榨师傅手扶着吊在人字横梁上的撞杆，铆足劲儿，嘴里喊着号子：撞油榨哟……嘿嘿，撞油榨哟……嘿嘿，撞杆荡秋千般地有节奏地撞向插入油饼间的楔子。撞油榨是不打折的体力活，师傅们撞不了多久，便脸上挂汗珠子，背上滚汗泡子。他们索性直接光膀子，肩上搭一条灰白的旧毛巾，下身只穿一件裤衩，系上一块油污污的围裙，趁着撞杆冲向榨仓的当儿，扯扯肩上毛巾擦一把脑门或搓几下后背。在"咣当、咣当、咣当"的撞榨声中，榨仓中横放的木楔挤压着包裹的油饼，黄亮、醇香的油脂便从油饼缝里一滴滴溢出，那从庄稼地里生长出的油香渐渐地填满了整个厂房，香气从瓦缝里和门窗中溢出，然后钻进了全村人的鼻腔里。

榨了一歇，大家都喘着粗气，一边反手用毛巾拉锯般地搓擦后背汗水，一边往加工厂院子的大树底下井边走。德成的父亲矮勇也是一个撞油榨的师傅，五短三粗，膀大腰圆，像一头水牯牛。他走在最前面，到了井边，他一手拽着桶绳，一手抓起提水桶，咣当扔下去，摇晃两三下桶绳，打起满满的一桶井水，劈头盖脸地倒下去，还张开嘴巴接水，咕噜咕噜几下漱漱口便喷出来，转身扔下桶到一边擦身子。

乌卵早就从他父亲那里得到消息，头油榨完了，厂里会在傍晚煎油饼打牙祭。恰好父亲有事出差了，我说机会来了。傍晚放了学，乌卵带着我和德成像老鼠出洞般在油榨坊门口探头探脑。豹肚把炒籽锅洗好了，灶膛的煤火红得像鲜嫩的瘦猪肉。麻棍用大锅勺调好了一木盆子放了韭菜的面粉筋放在灶台上。锅很快就烧热了，豹肚到油槽里舀了一大瓢新榨的菜籽油，沿锅淋了一圈，锅里随即滋啦啦地冒着油香。豹肚不紧不慢地用大锅勺把木盆里的面粉筋搅了搅，抄起灶台上的另一个大铁瓢舀起一瓢面粉筋淋在锅面上。噗嗒嗒……噗嗒嗒，面粉筋在油煎下突突地冒泡。豹肚不停地用大锅铲摊抹面粉筋，用大锅铲把煎饼翻个身。油黄油黄的，一块黄绿相间像老虎皮似的大煎饼渐已成形，小麦和韭菜最原始的色鲜味在炉火和新鲜菜籽油的作用下释放出诱人的气息，整个加工厂都弥漫着韭菜煎饼的魅惑，我们的口水已经涌到了嘴边，像挂面似的往下掉。矮勇端来一面竹筛匾站在灶台，豹肚沿锅铲了一圈，整个大煎饼都动了身，他再用力一铲到底兜挑起大煎饼放进竹筛匾里。第一块大煎饼摊好了放在案板上，麻棍拿起刀，横一刀竖一刀地将大煎饼划成了许多巴掌大的小块，大家向案板围过去，伸手去拿煎饼。麻棍看到我们这些眼巴巴的小脑袋，随手掀起几块，分给我们，挥一下手，示意我们赶快走。煎饼还有点烫，我们用衣角兜着，急不可耐地撕下煎饼一角，边走边唑啦唑啦地嚼起来，那油滋滋的韭菜煎饼的美味深深烙在我的童年记忆里。第二天我和乌卵与其他的小伙伴去斧头山放牛，一路上都在说着煎饼的美味。

包产到户后，村支书火根自家带头开了一个油榨坊，德成的父亲矮勇与他人合伙购置了柴油机、碾米机、磨粉机办了加工厂，我二姐夫的父亲在乡政府当干部，购置了柴油机和轧花机，办了棉籽加工厂。不到三四年的光景，村集体加工厂就撑不下去了，父亲便辞了职回家。加工厂的一些老职工三番五次到我家，请父亲出面承包加工厂。父亲看到了国家发展的形势，加上他自己的哮喘病已初露端倪，就没有答应再回加工厂。后来，加工厂的财物卖的卖，分的分，最后只剩下一排空壳厂房了。

6. 自卫反击战的英雄

我上小学前，有一天没一天地读了半年的幼儿园。村里的幼儿园设在宝香嫂家里，她的女儿荷凤当老师。7岁了，我该上小学了。想让家里给我买一个书包也是奢望，家里的购布证也用完了，母亲只好扯了一件破旧的裰子，给我缝了一个书包，叫哥哥给我买了一支铅笔和一本草黄色的作业本，把我送到村小读书。村小的两排教室是人字架的瓦房，墙壁是用夹板夯起来的土墙，抹了拌有稻草茎的泥浆，刷了一层石灰水。每间教室靠走廊的位置都有两扇木栅栏窗户，靠门的墙光线好，挨着黑板架子，黑板是用几块木板拼接起来的，有点像铺盖板，用石灰和桐油搅拌的油灰打了底子再刷成黑漆漆的，看上去油滑光亮，但一道道裂缝明显地横亘在黑板上。

教室后面就是村医春贵的茅草房。春贵家在新中国成立前是村里的三号地主。他父亲兄弟六个，解放时政府留给他家一座八柱的房子，剩下的田产、房产和财物充了公，被政府分给了村里的穷人。春贵的叔伯脑瓜子赶不上我族爷的脑瓜子转得快。我的族爷是村里头号地主，旧社会的保长，家里有十几间房子。解放军南下到了县城后，我的族爷知道改朝换代是大势所趋，识时务者为俊杰，他便主动请土改干部清算他家的财产，全部充公，一样不留。自个带着他的书生儿子，也就是我的堂伯瑜祖，到山上砍了不少竹子拖到湖边，搭了几个草棚，一家人钻进草棚过活。土改干部认为我的族爷思想开明，反而留了一座房子给族爷一家住，还按实际人口分了田地，安排了堂伯瑜祖当乡村老师，我的族爷也就被当时的人们称为开明地主。而春贵的叔伯们都把积攒的银花边（银圆）和其他贵重物品东掖西藏，还不愿搬出房子，结果之前在他家做苦力的长工们都站出来控诉，他们才挤牙膏似的把藏起来的财物供出来。二号地主会先家跟春贵家差不多，被村里人骂为粪缸里的石头——又臭又硬，下场比春贵家还悲催，会先的孙子志平跟我还是同年老庚，后来成了贫困户。

春贵茅草房的土墙不到人头高，我和几个小伙伴有次口渴，钻到他家的茅草房喝过水，走进去感觉阴凉凉的。他家卧室的隔间墙是用密匝的竹竿拼成栅栏隔开的，糊了厚厚的报纸。他家收拾的倒也干净，竹栅墙上还贴了毛主席语录和天女散花的年画。只要看到春贵家的茅草房升起炊烟，我们就会高兴起来，知道要放学了。

两棵一般大的古枫生长在靠村南端的校园角上，如一对孪生姐妹。这对古枫三人才合抱得过来，盘根错节，像蟒蛇般裸露于地面。树干斑驳累累，树皮皲裂脱落了不少，枝节处分布着大小不一的黑窟窿，这对古枫的年岁加起来可能有几百了，看上去像是进入了耄耋之年。古枫近处有一条环村小溪潺潺流过，溪水清澈，古枫的身姿倒映其中，枫与水相互映衬，俨然一幅风景优美的油画。两棵古枫出生时，可能村子还没有出现。她们看着一代代村里人从奶娃子长大，再结婚生子，直到年老死去；她们看着炊烟袅袅每天晨昏升起，陪伴着村子繁衍生息。她们身上的斑驳就是村子的历史。她们阅尽人间寒暑和风雨，是村民心中的神。正月里，村里人都会虔诚地在她们的身上系一条红布，祈望她们守护和保佑村人平安。

当南国的暖风吹皱一泓溪水时，两棵古枫便挥动着无数嫩绿的小手向人们报告春的消息。枫叶在春风夏雨中一天天大起来，颜色也随着深了起来。两棵古枫似两把巨大的绿绒大伞，各自撑下半亩地的荫凉。这时候，古枫也变得热闹起来。树上是"鸟的天堂"。鹭鸶、喜鹊、乌鸦、八哥、麻雀……它们盘踞枝丫之间或树窟窿之中，加固着窠巢，或清闲栖居，或孵育雏鸟。盛夏时节，树底下全是花白的鸟粪。日出觅食日落归巢时，鸟影翩翩、鸟语阵阵，一派喜气洋洋，甚为壮观。树下是我们这些屁孩儿的游乐场。下课了，我们飞也似的涌至古枫下踢毽子、练王字、跑阵、滚萝卜、捉迷藏……老师们有时也会从办公室钻出来，在古枫下散步、纳凉，或者与孩子们一起游戏。

那年秋季开学不久后，校长和老师们组织全校的学生把课桌和凳子搬到古枫下，把黑板架子也搬来靠古枫摆放，两位老师把全校最好的一块黑板抬放在黑板架上。黑板上写了几个大大的仿宋体粉笔字，我那时还是读二年级，认的字不多，写了什么都忘了，几百号学生围树而坐，叽叽喳喳闹腾，早把树上的鸟吓跑了。

古枫犹如一把绿色的巨伞，荫蔽了全校师生，湖风荡来，格外凉爽，与平时在旧砖瓦房的教室里烤鸭子般上课简直是天壤之别。我们坐在古枫底下觉得又新鲜又惬意，心里盼着能每天都在古枫上下课。大家正兴奋的时候，教务主任吹了一声口哨，喊了一声："大家静下来，端正坐姿。"

这时，校长陪同一个身穿绿色军装、头戴镶了红五星的绿色军帽、精神抖擞的解放军战士过来了。大家忍不住小声议论，这个解放军战士不就是同一个大队，邻村范家舍的范庆和吗？教务主任带头鼓掌，那时我们对解放军崇敬得不得了，小手都拍红了，唯恐自己拍得不响。校长与范庆和都站在了古枫下的黑板前。校长双手示意大家停止鼓掌，向大家做介绍，说这位解放军叔叔参加了对越自卫反击战，他所在的炮兵营荣立集体二等功，他是对越自卫反击战的英雄，也是我们大队的骄傲，今天邀请范庆和叔叔到我们学校，是请他讲一讲他在前线对越自卫反击战中英勇战斗的故事。我们一听要讲故事，还是讲战斗故事，又啪啪啪地鼓起掌来。

范庆和讲了多长时间已经记不清了，很多故事细节我也记不起来了。但是有一段我现在还记忆犹新。他说，他们的炮兵营晚上接到命令，队伍在黑咕隆咚的夜色中被拉到一个较开阔的山坳坡地上，便轰隆隆地放了大约半个小时的大炮。炮弹嗖嗖像火龙们吐出的火舌，排山倒海般喷向对面的高山，火光中望见对面远处的山头都炸平了，自己的耳朵虽然塞了东西但还是被震得好长时间听不见声音。天亮之前回到驻地，上面说任务完成得很好，他们所在的炮兵营荣立集体二等功。他说，后来他们经过被轰炸的那座山的山脚下，散落的粉尘都有足足齐腰深。

我读三年级时，听说范庆和退伍转业了。因为立了功，被安排到萍乡的一个煤矿工作。开始的头几年，他过年过节还回来，我碰到过几次，对他充满了由衷的崇敬。后来，他几年难得回来一次，对他的了解就越来越少了。

第二辑

7. 牶牯新房上梁

那个春天的晚上，在村大队做文书的大哥抱来了一个灰色的较精致的长方形塑料匣子放在他房间的桌子上，大哥说这个灰色的塑料匣子叫收音机。只听大哥压低声音对父亲说："今天晚上有重要新闻，可能要到半夜才能播放，村支书叫我守着收音机及时收听广播，明天一早告诉他。"

之后的几天上学路上，我听到村民都在议论要实行什么分产到户。过了不久，村里真的动起来了，各生产队的田地、耕牛、农具也陆续分下了户。

分产到户后，我家与谷生、三羊、丰和三家共分到一条水牶耕牛。农闲时，每家轮流看管放养。我是老幺，放牛的活儿隔三岔五自然就分给了我。自从耕牛分到户后，我和建子、翘嘴、大东、子玉经常结伴放牛。我们都喜欢跟以前生产队的牛倌光头在一起放牛，源于喜欢听他讲生产队的故事和听他打的山歌。光头是来财的弟弟，头上长满了癞痢，到了夏天，癞痢流脓，苍蝇像一架架轰炸机似的跟着他在他头上狂轰滥炸，后来头顶被"炸"平了，成了寸草不生的"光头"。光头一直单身，一直放牛。光头的哥哥来财结婚后分家立了户，大包干后没两年，光头的父母相继过世，他只分到一亩不到的田地。来财知道弟弟只会放牛和耕种，便分给他一头小牛犊子，他把小牛犊子养成了一条大水牶。水牶膘肥体壮，耕种完自家的那点田地，光头便把水牶牛租给抢种的人家。农忙抢种抢收工夫要紧，光头和他的水牶牛便抢手得很，有的人家干脆叫光头牵牛一起来帮忙耕种，给工钱还管饭。光头的水牶养得好，谁家的水牝子（母牛）发情，便牵着自家的水牝子到光头家来，请光头牵他的水牶与水牝子配种，一次给个几块钱。

出了村口，把水牛赶下小溪，顺手把牛绳甩搭在牛背上，水牛便自个儿沿着溪边吃草。水牛的眼圈边、脖子腋下趴满了牛虻。水牛的尾巴荡秋千似的不停地甩赶着牛虻。几只牛背鹭亦步亦趋地围在水牛身边，瞅准了牛身上的牛虻，脖子像弹簧般拉伸啄食过去。水牛迈腿，摇摆屁股，胆大的牛背鹭干脆扇两下翅膀，掠上牛背，啄食牛脖上、牛耳里的牛虻。水牛宽阔的脊背成了鹭鸶们流动的舞台，颤悠悠地荡起了华尔兹。大自然是这般和谐美好，敦厚粗犷的水牛与纤柔优雅的鹭鸶能如此默契地在山乡田园的舞台上搭档演出，光头有时不需要我们怂恿，他自个儿都会打上一段山歌：

> 十八岁姐仂周岁郎，洗手洗脚抱上床。
>
> 半夜三更毛仂你莫哭，我是你老婆不是你的娘。
>
> 十八岁姐仂周岁郎，屙屎屙尿抱下床。
>
> 要不是碍的公婆面，我一脚跺你滚下床。

光头打的这段《望郎媳》是我们最喜欢听的山歌，特别是听了"要不是碍的公婆面，我一脚跺你滚下床"，大家都哈哈大笑起来，还忘不了做一番跺脚踢人的动作。

小溪像一条长长的食槽，足够水牛们吃上半天了。我们跨过小溪，俯下身子在溪坡上摘野草莓，也就是鲁迅先生的《从百草园到三味书屋》中提到的覆盆子。初夏时节，溪边地坡上的野草莓像是天上的仙女打翻了宝盒，洒落得漫山遍野都是红玛瑙。有野草莓的地方必有刺梨灌丛，刺梨的茎蔓上长满了像鹰喙般的倒刺，摘野草莓的时候要小心翼翼，稍有不慎，手指或手掌就会被倒刺划伤。刺梨就像一个微型的狼牙棒，据说可以治尿频尿急和糖尿病，到了秋天便有人采摘卖到药店。野草莓的颗粒如小米大小，熟透的野草莓颜色会由红变紫，摘的时候要轻，一用力就瘪得手指满是汁水，边摘边往嘴里送，甜蜜蜜悠悠地沿食道流进心窝窝里。吃得差不多了，各自将头顶上的半边破草帽倒扣过来，把剩下的似红玛瑙的野草莓小心翼翼地一颗颗放进去。

有种蛇莓菢子与野草莓的模样几乎一样，吃不得。翘嘴吃错了一回，说眼睛放花，神志恍惚像喝醉了酒一样出现幻觉。还有一种是割麦时的刺菢子，也叫麦菢子，茎蔓有倒钩刺，想吃这种菢子要用镰刀割一挂刺蔓回来，一颗一颗地摘下来慢慢唆着吃。每次放牛，大东总要想法子搞吃的，带上小铲在坡坝上挖土灶，煨红薯和花生，放丝网粘鱿鲴子烤着吃，戽泥鳅放在他家煮面条吃。

大东的父亲牤牯是一个牛贩子，秤砣头、三角眼、大龅牙、一年到头胡子拉碴的，说话鬼叫鬼叫，因长相难看，村里很多人暗地里叫他鬼王。牤牯家常年养有两三条水牛，耕种时轮流使唤，农忙时还租给别家耕田耙地。他家还养有两三条母黄牛，每年都会漏下一两条小黄牛犊子，养大了过年过节就杀一条卖牛肉。牤牯房子的南边建了一间大瓦屋牛圈。他用大方料做栅栏将牛圈分隔成大小数间，每间都铺上稻草。每天暮色四合的时候，牤牯赶着牛回来，他夹在牛群间，时不时地吆喝一声："嘿嘿，你们这些瘟神咯，走快些……"每次到大东家玩，远远地就闻到他家牛圈里刺鼻的牛粪和牛尿的臭骚味。大东家每隔十天半月就清一次牛圈，牛窠粪草要装几大板车，他家种田地不缺肥，庄稼总比别人家的长得茂腾。牤牯隔三岔五便出门赶牛集，与十里八乡的牛贩子聚在一起兑（换）牛。有一回，牛贩子在离村不远的钟子岭赶牛集，大东便带我和建子去分牙钱。牛贩子们之间兑好了牛，在场的人都会分到牙钱，小孩子也有份，能分到五毛钱或一块钱。兑牛除了看牛是否膘肥体壮，还要看牛的腿脚利不利索，耕作好不好使唤。牤牯兑牛有一套，据说干活再懒疲的牛，经过他的手都会迈腿如风。赶集兑牛前，牤牯会牵出懒疲牛在院子里不停地甩鞭子抽打，直抽得这懒疲牛看到他就跺脚迈腿，浑身哆嗦为止。赶牛集时，牤牯便在买家的面前夸自家的耕牛如何好使唤，他扬起鞭子，做要打的样子，那头懒疲牛一见他举鞭，便迈腿蹦哒起来。买家一看，自是喜欢，当即成交，牛价自然也不低。

牤牯会兑牛，家里庄稼种得好，分田到户后没几年就盖了十柱到头的砖瓦房。他家竖屋和上梁时，我们几个小伙伴都去抢了米粑和糖果。

牤牯家盖房子，几乎动用了全村的手艺人，木匠、石匠、锯板匠、铁匠、篾匠，各匠师傅带徒弟上户，还有帮工的。他家每天四五桌人吃饭，下午半昼送面条做点心，都用水桶挑。

篾匠和铁匠不是盖房子的主力军，但有他们干的活。盖房子，挑土担沙，少不了畚箕、扁担。村里做篾匠的只有文光，他个子矮，总系着一件脏不拉几的围裙。我家与他家是屋前屋后的邻居。文光的院子里半边是竹林，他每天傍晚在院子里剖大竹，劈竹片、削篾丝，第二天赶早编一担畚箕再上户或干农活。牤牯提前请他上户，编了十几担畚箕和几担竹篓，削了数根竹扁担。

村里的铁匠铺与窝头叔家只有一路之隔。铁匠铺天晴和农忙不开张，下雨和农闲的时候才开炉。铁匠师傅周驼子，个子高、背拱得像袋鼠，可能是学徒时抢大锤导致的，他的徒弟干葫，黑瘦，肚上肋骨根根凸起。铁匠铺的四壁蒙了一层煤灰，肥猪般粗壮的风箱躺在炉台上，干葫用小肚子抵着拉杆不紧不慢地拉风箱，炉火随着鼓风扑哧、扑哧喷射出芒刺般的红色火苗，满屋子都充斥着煤焦味，我对煤炭形色味的认知就是从铁匠铺开始的。炉台左前角的木墩上趴着一只大乌龟似的铁砧。下雨天，我上学经过铁匠铺，总能听到铁匠铺传出咣当咣当的打铁声。周驼子光着膀子，带着破草帽，用铁钳从炉腹中夹出鲜红的瘦肉似的铁块放在铁砧上，他用小铁锤敲，干葫用大铁锤砸，两人鸡啄米似的挥锤轮番锻打，火星如血浆般四溅开来。冬天下了雨，人们都喜欢在铁匠铺里蹭热乎，进门的人都要递一根香烟给周驼子。这是周驼子最作的时候，他有时还会在打铁的空隙得意地打一段歌子：

　　　朝打铁，晚打铁，

　　　打把剪刀送姐伙，

　　　姐伙叫我歇一歇，

　　　我不歇，我要回家去打铁……

平时周驼子给各家用钝了口的锄头、镢头、耙子、铲子、犁铧、耙齿、铁箍、鱼镖、菜刀过火上钢，锻旧如新。皮匠憨，铁匠顽。牤牯担心周驼子误事，提前到周驼子的铁匠铺订制由龙凤边框和中间镶嵌大"福"字的大梁挂环，还有码钉和横梁的挂钩。

木匠和石匠是盖房子的主力。木匠活放在老碾屋做，有几个师傅就有几张大桌凳，横一张竖一张地放着。桌凳的凳面厚实，一般都是一根粗木锯剖成两半做的，凳脚有大人的腿粗，不是真正的好劳力，扛不起。盖木头房子要选一个掌墨师傅（相当于房子木头结构部分的设计师）。村里能掌墨的师傅只有三个：德才、长生、东和，谁家盖房子都会请他们三个，他们轮流主脑掌墨。牤牯家是德才师傅掌墨，他的鼻孔特别大，鼻毛钻出鼻孔，横眉虎眼，看了第一眼，不敢看第二眼。德才师傅脖子上搭着一把"7"字形角尺，端着墨斗在刮了皮的木柱上画墨线、拉墨线、弹墨线。长生师傅挥动大斧劈叉、劈叉剁方料，剁几斧松一下手，往手心吐几口唾沫，搓一搓，又挥起斧头剁劈起来。东和师傅用刨子推刚剁劈的毛坯方料，刨子像一辆吉普车在方料上快速行驶，一条卷曲的木片像长舌头从推刨中间的口子里梭罗吐出来。我和小伙伴有时趁东和师傅不注意，一人偷着扯一条就跑，在卷曲的刨木片上挖两个眼，套在脸上做眼镜。刚学徒的，一般刨树皮，磨斧头和凿子。褐色粗壮笔直的杉木放在马凳上，徒弟用刮刀呼啦啦刨皮，刨得像女人手臂般白嫩。徒弟按照师傅画的墨线，用斧头撞打凿子挖穿枋眼。村里锯板师傅只有两组，一组是义驼子和讲清，一组是爱勇和盛东，四个人除了义驼子瘦长一点，其他三个都是肩宽背厚、膀大腰圆的汉子。他们将粗大滚圆的木料横放在两匹高马凳上，轮流分组光着膀子呼呼地来回拉着一张足有两米长的大锯，肩背上的汗珠子噗啦噗啦地往下滚。

木匠师傅们累了，就坐在一起抽烟，东家每天给上户的师傅一包香烟，一般是经济牌、海鸟牌、勇士牌的，几分钱一包。有句顺口溜说：江西老俵，经济海鸟。壮丽牌的和庐山牌的香烟要三毛六分钱一包，那时只有乡干部才抽得起。

石匠们的工地在新屋场上。村里做石匠的最多，师傅自然也就多，而且都是年轻的师傅，每个人都带两三个徒弟。村里手艺好的石匠师傅有成和、幺明、德毛、闰田。牤牯一个也不得罪，安排他们各带徒弟砌一面墙，让他们比拼一下手艺和功夫进度。砌墙之前，他们将毛坯红石锤凿成立木柱的磉墩（也叫磉盘或柱础）和下墙脚的红条石。师傅雕琢有花纹的厅堂磉墩，徒弟锤凿方形磉墩和下墙脚的红条石。帮工的挖好了地基，师傅们便带徒弟砌墙脚，竖屋后才能砌砖墙。

到了竖屋的日子，木柱和穿枋都要扛到新屋场上，木匠师傅们把木柱和穿枋拼装好，几十个好劳力用粗绳拉，用杉木交叉夹，木柱和穿枋便竖立了起来。胆大的木匠师傅对应爬上木柱，用绳子拉起一根根横梁，搭拴在对应木柱的楔头上（也叫狮子口），房框子就稳当了。房子中间对应的最高两根木柱叫栋树，也叫顶梁柱，架在栋树上的横梁叫大梁。大梁是不能随意架上去的，上大梁关系着子孙后代福禄喜寿，是主家盖房子的一件大事，要选吉日。上梁之日东家要摆上梁酒，亲戚朋友多半会挑粑送匾前去表示祝贺。厅堂壁挂的"天官赐福"是东家的母舅送的，大梁则多半是岳父家送女婿的。大梁当中挂上一方大红布，贴上个大"福"字，上梁的前一天晚上要敲锣打鼓迎回来，主家摆"暖梁"酒。

上大梁一般都赶早。大东家上大梁,我和翘嘴、乌卵、建子、德成、子玉、少敏、亮波几个人天刚蒙蒙亮就到了大东家的新屋场。彼时全村的孩子都来了,仰着脖子张望。上梁的良辰一到,鞭炮齐鸣,几个木匠师傅分别站在厅堂两边的穿枋上,用绳索将大梁缓缓拉起,帮工的亲友,在下面顺着托举。大梁拉上了最高的穿枋时,掌墨师傅指挥着对上狮子口。如果上梁之时,正好下一点小雨,便是最好的彩头,叫雨淋狮子口,福禄喜寿全都有。掌墨师傅一边用斧头往下锤打,一边将亲友或自家做好的米粑和糖果抛下来。大人小孩一窝蜂涌过去,连滚带爬在地上抢粑果,掌墨师傅从拉大梁开始就站在栋柱上边抛粑果边掌彩:

福矣,上梁上梁,喜气洋洋哪,

福矣,大梁好比一条龙,摇头摆尾向上行。

福矣,抛梁抛得高,子子孙孙戴纱帽;

福矣,抛梁抛过头,子子孙孙赛诸侯。

福矣,抛梁抛到东,寿比南山不老松。

福矣,抛梁抛到西,子孙状元三及第。

福矣,抛梁抛到南,福星高照满厅堂。

福矣,抛梁抛到北,金玉满堂全家福。

福矣,美酒浇梁头,祖祖辈辈出王侯;

福矣,美酒浇梁腰,祖祖辈辈做阁老;

福矣,美酒浇梁尾,祖祖辈辈做官清如水。

地上来贺梁的亲朋好友"喃、喃、喃"地应和着架梁师傅的掌彩。站在大梁下的小孩子有的牵起衣角兜接着粑果,有的把伞撑开倒举着接粑果,有的冲过去抢崩掉在地上的粑果。爆竹噼里啪啦响,喝彩声一浪高一浪,上梁仪式进入高潮。据县志载,宋代鄱阳文人洪适,曾写过《澹津卜筑上梁文》,其中有"抛梁东,螺洲水转至皇宫,枉教地签传前古,调鼎曾无尺寸功"的掌彩妙句。大东家上梁,抛了很多米粑,但我只抢到五个米粑和两颗糖果。米粑上还沾了泥,拿回家洗了洗,切开边,放在粥里煮了,捞起来吃得龇牙咧嘴。

包产到户后,与牤牯一样先后盖新砖瓦房的有三四十户人家。阶级斗争没有了，春贵一家子的头也抬了起来，经过几年时间在田地上精耕细作，加上紧巴细捏地过日子，他家也在村子最北面盖了一栋八柱屋。春贵家的茅草屋曾被煤油灯惹火烧过一回，要不是他家离村前的小溪近，加上左邻右舍的男女老少都帮忙救火，他常年卧病的妻子就要被烧死在茅草屋里。春贵的新砖瓦房砌了院墙，院子里种了菜蔬，还挖了一口井，冬干的时候半个村子都到他家挑井水。

牡牯盖了大房子，走路都神气得很，但他在自己的老婆春艳面前神气不起来。春艳丰满爱俏，嫌牡牯长相丑，身上脏臭，与牡牯分床睡。平时牡牯一进房门，春艳便举起扫帚把他赶出去。牡牯有时到别人家帮忙耕种故意喝醉酒回家，装酒疯赖躺在春艳的床上。春艳便喊两个女儿过来将牡牯拖出去，然后咣当把房门锁上。牡牯一不做二不休，到了半夜竖起楼梯爬上厅堂穿枋，再下到春艳的房间里。

我们几个要好的伙伴在大东家打平伙（凑份子），大东的母亲春艳倒是乐意，随意用她家的油盐酱醋和烧她家的柴火，甚至她还会凑几个家常菜。牡牯见我们在他家闹腾，便骂骂咧咧，说我们是一群流打鬼，叫我们滚。但我们不怕牡牯，因为春艳会站出来，骂他是恶鬼出世万人嫌。村里传言春艳差不多有一桌子的相好的，牡牯一出门兑牛，她就乱来。牡牯曾假装出门兑牛，半道上折回来抓到过春艳与人偷情，狠命揍过，但不管用。春艳风流惯了，她与人相好一点都不怕难为情。她挑明地说，就是不愿与牡牯在一起。牡牯自知离了婚，可能也难再找到女人，一辈子光棍就打定了，便对春艳偷汉子的事情睁一只眼闭一只眼。有时，他也会喝醉酒敲村里寡妇的门。

8. 青青湖边草

早春，我和小伙伴们去湖边放牛，农田里到处都有紫云英的身影，她们从隔年的稻茬周围争先恐后地钻出来，嫩茎上开出一朵朵小红花，宛如一枝枝小莲花。紫云英也叫红花草，是生命力极强的草本植物，经冬的她们齐刷刷密密匝匝地在春风中微笑，蓬勃地生长着，远看像铺在地上的紫色流苏。

紫云英花盛期，香气弥漫乡野，万千蜜蜂聚绕在成片的紫云英上采蜜，整个田野嗡嗡作响，一片生机盎然。到了插秧时节，紫云英被耙操入土，浸泡在田中成为绿肥。

那时，我和小伙伴们到了湖边草滩把牛绳挽在了水牛角上，就开始疯玩，跑到湖边捡石子打水漂，挖野荸荠，拣岸滩上花纹好看的河蛤子……望见村子里升起了炊烟，再跑到牛身旁，发现牛肚子还是半饱，慌忙兵分几路把水牛赶到长满紫云英的水田里。水牛们张开大嘴伸出砍刀般的粗大舌头卷割着紫云英，鼻子里呼啦呼啦地喘着气，不一会儿牛肚子就滚圆了起来。回到家，父亲看到像皮球一样的牛肚子，就知道水牛吃了紫云英胀了气，便操起竹梢枝往我的屁股上抽。

雁荡洲北面的斧头山脚下的杨家洼，是大片的水田和湖滩。早春时节，鄱阳湖边的草坪田埂开始泛青，成簇成片地密密匝匝地生长着藜蒿，水菊也羞涩地露出了毛茸茸青嫩的面颊。小时候的正月，家里没有客人来的时候母亲便独自一人提着竹篮到湖边去掐青嫩的藜蒿，中午餐桌上便有了一盘清香爽口的藜蒿炒腊肉。

"正月藜，二月蒿，三月作柴烧。"到了清明前后，野生藜蒿逐渐清风隐退，而水菊正青春丰腴。"三月三，水菊粑。"家乡有清明节吃水菊粑的习俗。母亲会在清明节的前几天熬夜用手推磨，提前磨好几升米粉。

"清明时节雨纷纷"，烟雨笼罩湖山，天地朦胧，母亲撑着一把旧雨伞，提着一个椭圆形的竹篮子，带着我和哥哥到湖滩摘水菊。湖滩上的荸荠草和马鞭草已经泛绿，贴地生长的水菊青灰粉嫩，叶子的灰白绵毛上沾满了细小的水珠，触摸上去有湿软的感觉。湖滩田畴上水菊萋萋遍地，人们俯身蹲在湖滩各处采撷水菊。没多久，蓬蓬松松的水菊就装满了我们的竹篮子。

母亲回到家，洗木盆、竹筛和笼屉。她从菜坛里抓出几把春不老腌菜，再切一些豆腐丁，然后割下一小块腊肉切成细丝。一切妥当后，母亲便生火，一口大锅烧水，一口小锅炒饺子馅。母亲把饺子馅炒成六分熟，铲起来足足一蓝边碗。水烧开了，母亲把洗净的水菊倒入锅里，用锅铲搅动水菊，待水菊软了下来，母亲立马把水菊捞起来放入竹筛里滤水，再剁切水菊。菜刀"咔嚓、咔嚓"把水菊剁得细碎后，便放进小木盆里用洗衣的蛮锤捣成泥糊状，再把米粉倒进木盆。母亲转身从锅里舀了一瓢温水不紧不慢地浇在粉上，用手搅和均匀后不停地翻转揉压，直到粉团反复拉伸有了筋丝韧劲，表面看上去光滑如绿玉才作罢。接着母亲把粉团搓成几根条形，再掐捏成一个个的粉疙瘩，开始包水菊米饺。母亲揭开四沿汽水腾涌的笼屉，绿莹莹的水菊米饺和清明粑像在蒸桑拿的孩子，浑身汗津津地挤挤挨挨卧在笼屉里。刚出笼的清明粑温软香糍、淡甜韧糯，忒好吃了！母亲做的乡间清明传统美食，让我们从小有了口颐之福。江南春季多雨潮湿易感染疾病，水菊能祛风除湿和解毒。母亲说：小孩子吃了清明粑才健旺。

惊蛰雷声响过之后，湖滩和山坡上冒出了地皮菇，把筷子削尖，蹲下身采地皮菇就像夹菜般轻松；中午的时候太阳暖烘烘的，母亲便提着小木桶赤脚下湖滩摸螺蛳。春二三月，全村人的餐桌上都能端上干辣椒炒地皮菇和螺蛳米粉糊。

斧头山，也叫王坟山，像个癞痢头，山上的树几乎都被砍光了，只剩下零星的荆棘灌木丛。斧头山上有一座淮王衣冠冢，解放初期垦田造地时被村民无意发现，从墓中挖出了十几车的墓砖和一些器皿，留下了一个大墓坑。暮春时节，坑里长满了青翠欲滴的荆棘灌木，金樱子开出一朵朵白玉兰般纯洁的小花，还有那粉紫色的红玉坠花像月季花一样的艳丽绽放。整个墓坑荆棘灌木丛犹如一束硕大的花篮，蜜蜂、细腰蜂、蝴蝶在上面飞舞，小红隼和黄莺飞上飞下啄食荆棘灌木叶片上的毛虫。荆棘灌木的掩映下，墓坑显得阴森而又神秘。"淮王墓、淮王坑，是人都要避三分。"即使大白天，也很少有人独自经过那里，墓坑里的野草莓再大再红再诱人也没有小孩敢去摘。

山腰间的坡地上漫山遍野的油菜花像燃烧了一整个春天的大火，接近了尾声，剩下了星星点点的火苗。田埂地头满是一簇簇嫩绿如发丝的野韭菜，我们放牛的时候都带着竹篓或竹篮子，里面放镰刀、小手铲和野菜钩子。用一截粗铁丝锤成尖扁钩子，另一端烧红嵌入短圆木的手柄里，一把野菜钩子就做成了。初夏的田埂地头最多的是"猪不嘴"（蒲公英），也叫野菠菜，但叶子上有毛刺，猪特喜欢吃，钩一篮子"猪不嘴"快得很，把一篮子野菜放到池塘里抖几下去掉泥，回家后倒入猪圈，猪围过来，嗷叽、嗷叽吃得特别开心。我们见到大簇的野韭菜就挖它们的根。野韭菜的根像极了大蒜，叫蕌头或荞头，有特殊的香气和辣味。赶上菜园里青黄不接，几乎家家挖藠头当菜吃。藠头促消化、强食欲、利尿祛湿，但吃多了会上火。我们还拔路旁的马齿苋，同样带回家当菜吃。马齿苋叶子、嫩茎炒着吃味特酸，奶奶说马齿苋清热利湿、解毒消肿，但我并不喜欢吃。现在城里人都特意买马齿苋吃，比一般的蔬菜还要金贵，说是可以预防癌症，没想到以前农村人吃的野菜现在还能当药吃。

水田里的秧苗绿油油的随风扭腰，湖滩上墨绿色的荸荠苗密密匝匝如梳起的长发。放了假，放牛的、砍柴的、捡牛粪的、钩野菜的都往斧头山和杨家洼出发。把牛绳来回挽扭在牛的犄角上打个结，甩几鞭子把牛赶下杨家洼的草滩上，大家就开始疯起来。玩打仗、斗鸡、滚草人，累疯了就摘地柿子（野蓝莓），挖野荸荠吃。满山地都是地柿子，拣熟透的往嘴里送。野荸荠要到湖滩沼泽地上挖，袖子要扎到臂膀高，伸手往泥水里掏挖，一颗只有拇指大，费很大的劲也只能挖到一小捧，洗干净了，一把撸进嘴里嚼，吞下汁水再一口吐出渣皮。

9. 斧头山挖到了陶罐

建子掏挖荸荠时，掏到一只小陶罐，小巧玲珑的上面还有花纹图案，他洗干净了说带回去做油罐。建子挖到陶罐的事情，很快就传遍了村子。村里上了年纪的老人说，斧头山原本就是一座"王坟山"，在山脚下掏挖到陶罐器皿不是什么稀罕事。相传明朝分封到鄱阳的淮王有八代九王，死后大多葬于珠湖北面的韩山。其中有一位淮王作恶太多，死后怕人挖其墓穴，便在生前沿珠湖边各山头建了多座墓穴，嘱其王子王孙在他薨后每座墓穴都葬入同样的棺椁，以迷惑后人。斧头山的淮王坟是衣冠冢，坐东北朝西南，面珠湖，有神道、碑碣、石人、石兽、石鼎香案、拜台。听村里老人讲，日本鬼子炸鄱阳城的时候，山上的树木棵棵都有腰粗，遮天蔽日，全村的男女老少躲进去，外面都看不见树林里有人，还是新中国成立后大炼钢铁时把山上的树砍光了，坟前的石雕都用作修桥铺路，能毁的都毁了。后来，山腰垦地，山脚开田，种上了庄稼。

过了不久，又听说村主任来财在杨家洼自家的水田里挖到了一个陶罐。来财傻子弟弟就是光头。包产到户前，光头专门在生产队放牛。来财娶了同村的一个叫芬珍的弱不禁风的女人，育有三个女儿和一个儿子。来财带着弟弟光头在杨家洼拜台的位置前的草滩上开荒田。有人看见来财傍晚时从杨家洼回来，肩上扛的畚箕里有一个茶壶大的陶罐，用稻草盖着，光头跟在后面。光头见了人就忍不住，傻笑着说挖到了一个陶罐，里面有金饺子……"住嘴。"来财使劲瞪了光头一眼，斩断了他的话。半年后，来财开始盖新房。新房盖好了，光头从原先低矮的土坯房里钻出来，背着一床旧棉被站在新房子前，说也要住一间新房。芬珍一听，尖起嘴来就骂光头是杨家坟埋不下的，早该发脐风死，还来住新房，赶快滚。

芬珍说的杨家坟在杨家洼的南坡。以前稳婆接生，剪刀还没煮开，消杀未到位就用上了，有些新生儿七天内便出现破伤风，叫"脐带风"，也叫"七日风"。村里人都将发"脐带风"夭折的孩子浅埋到杨家坟。"发脐风""杨家坟埋不下的"也就成了村里人对小孩最毒最狠的"开口骂"。我母亲生的头两胎就是发"脐带风"夭折的，也埋在杨家坟。母亲说，旧社会的新生儿"发脐风"较多，一些野狗半夜里把白天刚埋的夭亡的新生儿刨起来吃，有些夭亡的新生儿可能埋下后又短暂的活过来了，被野狗撕咬时，便会从杨家坟传来凄惨的婴儿哭声。

光头边退让边争辩说：陶罐是我挖到的，哥哥说卖了陶罐里的金饺子盖房，叫我也住一间，你们说话不算数。芬珍一听随手操起门口的扫帚劈脸就打光头。光头转身就跑，边跑边回头骂嫂子不得好死。芬珍举着扫帚将光头一直追到老碾屋才骂骂咧咧地折回家。光头只得背着旧棉被又钻回了土坯房。没过几年，芬珍患上了乳腺癌，不到四十岁，病了大半年，便死了。村里人都议论来财挖到了金元宝，发了外财，自己驮不起，受不住，又隐瞒不散财，连自己的傻子弟弟都欺骗，死了老婆折了活财。村里也有人说芬珍应该早点打短命，也有人说老天先要折磨恶人，再让恶人去见阎王。死了老婆的来财有半年像打了霜的树叶蔫蔫的。后来，他精神头又提了起来，村里便传出他经常往林寡妇家钻的事情。来财的舅子水生责怪自己的姐夫没有尽心医治他姐姐的病，见到来财时眼睛都要爆出来了，就像见到仇人似的。

10. 抓阄承包湖汊

　　水生是村里出了名的捕鱼好把式，他的舅舅是赵关村的渔民，他捕鱼的本事是从他舅舅那里学来的。赵关村是饶河双港和鄱阳湖交汇的一个勺形的半岛，古饶州有名的双港古塔就建在这个村南面的龙脉悬崖上。崖上古塔耸峙，让人联想到那悠远的历史。以前，在鄱阳湖边打渔和行船的人们，都会牢记一句话：鄱阳湖里行船，康郎山为岸，双港塔为标。康郎山属余干县，是朱元璋与陈友谅大战鄱阳湖的主战水域。相传双港塔是鄱阳明代在朝为官的博士湖人陈世纲所建，我在1989年曾和四哥一起爬过这座古塔。塔是中空的，我们沿着塔身内窄窄的台阶往上爬，从塔孔向外望，鄱湖水浩浩汤汤，"君看一叶舟，出没风波里"，不少渔船在波涛中飘飘摇摇。向下望去，浪涛拍崖，心惊胆战。那年夏天，长江沿线河湖持续特大洪水，双港古塔在一个风雨交加的晚上轰隆栽倒在湖里，就像一个饱经风霜、承受不住岁月的风雨而自殇的老人。从此，人们的视线里少了一道悠远的历史风景。

　　赵关村是渔村，世世代代都以打渔为生，这个村的人会各种捕鱼的把式。网捕、钩捕、笼捕、鸬鸟捕鱼、沉船捕鱼、徒手摸鱼和用火光照捕……水生读完小学就到赵关村他舅舅那里学捕鱼，几年下来，连在湖汊中摆迷魂阵和赶鸬鹚捕鱼他都学会了。

　　湖边长大的人，不论男女老少都喜欢捕鱼。只要有了空闲，就想法子捕鱼，在湖边柳树荫下放扳罾和钓鱼的，沿湖放丝网和镖钩打鱼的，在圳沟水田里下笼濠的，浅滩推袋网和请鱼的……湖边的小孩子一般都在中午、傍晚和放假的时候放扳罾和钓鱼。大东、建子、乌卵和我凑钱到集镇上买了十几个鱼笼子，天天傍晚放学时打着赤脚下到湖湾、圳沟、水田里放鱼笼子。鱼笼子用竹丝编制，内装倒须，也叫"倒须笼"。鱼笼子有几种：花笼子，两头有口，中间倒须，放置在湖边的流水口或荷花丛中，游鱼进了笼不能出。花笼子里的鱼最杂，小鲫鱼、鳑鲏子、鱿鲴子、翘嘴白、黄鳝、泥鳅和虾子都有，多的时候能有四五斤，少的时候只有半碗。水退时，虾笼子装放在湖边圳沟狭口水浅的地方。我父亲说虾子是爆竹虫子变的，他说五月割麦子，麦穗上落满了爆竹虫子，到了中午，爆竹虫子纷纷飞跳到圳沟、池塘、湖水里，就成了虾子。我年少时割麦，看到过爆竹虫子，见到旱地的浅水沟里也有虾子，但没见过爆竹虫子跳到水里变虾子，觉得父亲是唬我的，因为我们兄弟几个都遗传了父亲吃虾就过敏的坏毛病，父亲说爆竹虫子变虾可能是唬我们恶心，不要去吃虾子吧？虾笼子的口朝上尾向下，鱼虾随水退而入笼，虾多鱼少。鳝鱼笼，夏天放置田头沟中或田睦缺口中，笼口朝下尾向上，张捕逆水而上的鳝鳅，也经常会张捕到有斑点的花肚皮水蛇。水蛇与鳝鱼像麻花一样缠绕在一起，我们不敢下手，想找水生帮忙，但水生像夜游神一般飘忽不定，很难找到他。我们便去找村里另一位捕鱼好手建国。

建国是个退伍军人，兄弟六个，他是老三。建国退伍回来不久，就把村里的世俗搅了个底朝天。他与村里的姑娘春萍谈恋爱不到两三个月，春萍的肚子就大了。春萍的父母极力反对，硬是将春萍远嫁了。建国受了打击，退伍回来也没有什么正事可做，晴天就操了一把藕铲，腰上扎一个蛇皮袋，到山坡地坎挖蛇，到圳沟田埂挖鳝鱼；雨天他就扛着扳罾，提着丝网或鱼镩下湖捕鱼。麻棍一副热心肠，担心建国这样下去要一直单身，暗中点拨建国到村支书火根那里要个"一官半职"。建国便真的去了火根家，拍胸脯说自己可以当村里的民兵连长。火根满脸堆笑，打哈哈说要考察考察，内心里鼻子哼哼。差不多半年过去了，建国想当村干部的事泡也没冒一个，而蛮驼子的儿子尧庆却当上了村民小组的组长。据说尧庆能当上村干部，是蛮驼子在一次群众大会上大喊大叫，揭了火根少时讨饭偷狗过年的老底。建国跑到火根家问自己当村干部的事怎么没动静，火根还是说要考察考察。建国气不过，走出火根的院子门随口骂了一句：你这老家伙就会打草人拜石像——欺软怕硬。第二天半夜火根家堆在路边的稻草垛不知怎的就起火了，要不是左邻右舍跑去救火，火根家的砖瓦房就烧了。没过多久，建国就进了村委会，当上了民兵连长。村里有人传言火根家的稻草到底是建国暗地里烧的。也有人说那天傍晚麻棍找火根办什么事，蹲在稻草垛下抽烟等了很长时间，可能是麻棍扔的烟头引起的。其实，火根家的稻草是怎么着火的谁也说不清楚。建国当了村干部后，不久就找到了对象，很快与子玉的姐姐结了婚。

建国是个粗放型的人，耿直、爽快，没有来财那么多的花花肠子。我们去找他抓鱼篓子里的水蛇，他二话没说，伸手就到鱼篓子里捞水蛇，我们看了都咂舌，他边捞边轻描淡写地说：水蛇毒性不大，即使被咬了也至多起一个像蚊子叮的小包。建国捞起一条水蛇，骂了一句"投错胎的"，随手一扬，嗖的一声将水蛇扔进了湖里，那动作轻松得像扔一片树叶似的。

雁荡洲上游拦了一条湖坝养鱼，以前是村集体的鱼塘，包产到户后村委会发给村民承包，两年一个周期，抓阄决定承包权。来财想掺股子承包鱼塘，但又不好明的出面，就让堂弟团鱼出面与喜欢捕鱼的水生争承包权。团鱼明摆着占优势，但水生圆滑，暗中也会使法子。承包湖汊抓阄是晚上在来财家里进行的，由来财主持，几乎各家各户都有人去凑热闹。村支书火根一到场，团鱼一通大喊大叫，好像他承包湖汊的事情十拿九稳。水生脸上堆笑，在人群中穿梭见人就分香烟。真想承包湖汊的就是团鱼和水生，但抓阄前却有十多个人举手，喊着要竞标，其实他们都是团鱼和水生叫来的"替身"。八仙桌上放了一沓准备做阄用的信笺。来财把阄做好了放进一个平时盛米的升筒里，放了一双筷子在桌上，说只有一个"有"阄，其他都是"无"阄，抓阄时不能伸手拿，要用筷子到升筒里夹，夹到写"有"字的承包湖汊。

抓阄开始后，桌上登记了姓名的都围了过去，挨个用筷子夹阄。有人夹了阄后便转身到一边准备开阄，他的身后随即围拢几个人，叽叽喳喳要他马上开阄，这个人拗不过，打开阄，一个"无"字，围观的人都禁不住唉声叹气。抓到"无"字阄的人一个个垂头丧气地败下阵来，大家都把目光集中到团鱼和水生两人的身上，因为只有他两人抓的阄都放进裤袋里未打开。团鱼等不住了，从左边的裤袋里掏出阄来，大家围过去，是一个"有"字，团鱼满脸喜悦，哈哈大笑起来，人群也随之哄笑起来。一边的水生漫不经心地说，我的阄还没开呢。他从右边裤袋里掏出阄来，有几个人围过去看，竟然也是一个"有"字。这一下人群可炸开了锅，大家纷纷向来财讨说法。来财先是蒙了一阵子说不出话来，接着满脸涨成猪肝色，结结巴巴地说，这怎么可能呢？建子的父亲大馒头气冲冲地扑到八仙桌前，骂道：你们这些阴司狗子，搞什么鬼，把我们这些摸牛屁股的当猴耍，这叫抓的哪号阄？说着，拿起桌子上装阄的升筒子向院子外面一扔，人群中一阵叫好。火根赶紧出来收场，把团鱼和水生喊到八仙桌前，对着大伙说，你俩抓的阄都不算，你俩干脆在大伙面前来一次石头、剪子、布。随即人群中有大笑的，有随声附和的，叽叽喳喳，鹅嘶雁叫。团鱼和水生两人摇摇头，在大伙面前硬着头皮，扎手勒脚，一来二去，我锤啊、我包啊、我剪啊……两个大人玩起了娃娃的游戏。最终水生"剪"了团鱼的"布"，拿到了两年的承包湖汊权。围观的人们又起哄，说水生咸鱼翻身真走运。水生又掏出香烟打了一圈，大家才稀里哗啦散了场。

抓阄的第二天早饭时，端红薯稀粥的，端青菜稀粥的，端荞麦粑稀粥的，都从自家端到了老碾屋碰头聊天。大馒头左手托着一个大海碗，右手捏着筷子在空中划拉着，大喊大叫地调侃着团鱼和水生抓阄的内幕：来财事先做了个"有"字阄给堂弟团鱼，桌面上做的阄都是"无"字阄。有人亲眼看到团鱼将桌面上抓到的阄放进右边裤袋里，却从左边裤袋里拿出一个"有"字阄，只是看到的人不好也不敢当场揭穿。也有细心的人发现水生使人到桌上撕下一张信笺说是上厕所，暗中做了一个"有"字阄，水生把桌面上抓的阄放在左边裤袋里，将"有"字阄放进了右边的裤袋里。两人明争暗斗，都抓了"有"字阄。

抓阄的当晚，原本火根也准备向着团鱼的，结果被大馒头一闹，只得用小孩玩的把戏来主持公道收场。

11. 湖水荡悠悠

水生有了一片湖汊，便有了舞台，他想把在赵关村学到的十八般"武艺"都用上。他先在湖边空地上搭了个人字草棚，里面放了张竹床，铺上一层稻草垫，再把一床染了蓝花的家织布棉被铺在上面，枕头下面是一把四节干电池的长柄手电筒。棚子的横梁上挂着一盏煤油马灯，灯泡熏得黄紫黄紫的，就像他自己几天没洗过的泥巴脸。竹床底下放着高腰下水裤和高脚靴。草棚外面堆放着拉网、围网、丝网、推网、捞网、扳罾和鱼笼子。一条黄狗趴在草地上，舌头吐得老长，耷拉在下巴上，眼睛专注地看着湖中木桩上伫立的鱼鹰。

水生买来放丝网捕鱼的小划船，买来像杀猪盆差不多模样的腰盆准备养鸭用。水生早上划船放丝网，傍晚扎着裤脚站在湖水里满怀期待地收丝网。拉起网来，上面粘挂了不少鲀鲳子和鳑鲏子，有的尾巴还在不停地甩摆着，水花溅到脸上丝溜溜的。这样的小鱼去内脏时不要用刀剖，用手指挤压鱼肚就出来了。鱼洗净后撒点盐，晒一两天，用油煎，放生姜大蒜和红辣椒，外黄内白，肉嫩鲜美；不放油，用盐巴干炒也可以，炒干了水分，鱼皮松黄，肉质酥脆，是水生早餐吃粥的美食。

水生脑瓜子活溜，早稻收割前买来一批鸭苗子，用围网圈在湖里。养鸭用的腰盆系在湖边的木桩上。水生猫着腰在湖岸田坎上挖土灶煮饭。柴烟弥散开来，湖岸、草棚和水面都飘忽地朦胧了起来。扒完了一小盆子饭，水生从土灶里抽出一根未燃尽的柴火棒子，点燃了叼在嘴唇边的香烟，他叭叭地吸几口，伸了伸腰，就踏进椭圆形的腰盆。他的身子立在腰盆里晃晃悠悠，像喝醉了酒。腰盆里放着一个小板凳和两只木瓢似的手柄划桨，水生坐下后，两手划桨，腰盆划出两条水纹像一条鳑鲏子灵活地向围网游去。围网栅栏被打开，水生吆喝一声，黄绒绒的鸭苗们像一股泥水涌出围网。

早稻没有收割完，鸭苗们是不能上岸的。水生只能划着腰盆陪着鸭苗们在湖沿草滩、荷叶间和芦苇丛里打圈圈。湖边水田刚收割完，水生的鸭苗们犹如士兵抢滩登陆般漫涌上岸，千军万马般横扫一丘丘水田，把掉在水田里的稻穗收拾得干干净净的。那些来不及跳到水塘和圳沟的小青蛙，还有躲闪不及的蚱蜢有时也会在劫难逃。没几天，鸭苗们的毛由黄绒变成麻紫色。"早插一天，早熟一七"，鸭苗们横扫水田之后，人们开始赶牛耙田抢插晚稻。犁翻耙耖过后，水田里的蚂蟥、螺蛳、泥鳅都泛了起来。水生又把他的鸭子大军赶进水田，再来一次地毯式的搜捕。放鸭归来，水生像一位司令官指挥着他的千军万马漫过田垄，潮水般涌入湖中。十几天下来，鸭子们的毛换成了麻褐色。

鸭子们出笼了，水生买了辆嘉陵摩托，一有空就在村子里兜圈圈，吸引了不少小孩站在门口观望，有些女人看水生的眼神开始有点异样，视线跟随着摩托被拉得老长。还有胆子大的女人，开玩笑说要搭水生的摩托去集镇和县城。

桃花流水鳜鱼肥的季节是各种鱼逆水洄游产卵的时候，水生从赵关村舅舅那里借来十几只鸬鹚，趁水上派出所巡湖的空当，赶早或贪黑地在外湖赶鸬鹚捕鱼。水生赶鸬鹚捕鱼的几天，也是学校早读学生缺课最多的时候。我们不去学校，而是直奔湖边看水生赶鸬鹚捕鱼。晨曦里，朝霞倒映在湖里像丝巾般漂动。小船早已被水生从湖汊挪到了外湖岸边。水生踏上船，鸬鹚像士兵一样分列在船舷两边，它们随着船的摇晃，都张开翅膀颤颤巍巍地扭摆着身子，它们的脖子上都套了一根麦秆粗细像项圈的麻绳，这是水生防止鸬鹚吞食大鱼的招数。水生蹲下身子把湖水舀到中间的鱼舱里，舀得差不多了，他便回到船尾撑桨。小船载着鸬鹚荡悠悠地离开了湖岸，水生放下桨，躬身从船底抽出一根长竹篙，直起身子冲船舷的鸬鹚们环视了一遍，然后嘴里打了个呼哨，双手握篙扭身向船舷上一抹，鸬鹚们扇动翅膀扑扑地扎进湖里，湖面上像扔下十几块黑色的大石头，"咣当、咣当"溅荡起一圈圈竹匾似的大波纹，朵朵浪花在霞光中跳跃。不一会儿，先钻出水面的一只鸬鹚，扇动翅膀跃上小船，喉囊鼓鼓的，水生一伸手抓住它的脖子，把它喉囊的鱼挤入中间有水的鱼舱里，又随手把鸬鹚扔进湖里。接下来，一只只鸬鹚像飞檐走壁的黑衣侠客纷纷跃上小船，水生似乎忙不过来了。一番紧张忙碌之后，水生向湖面打了一个呼哨，先后跃上小船的鸬鹚吐了鱼就不再下水，又一个挨一个地分列在船舷上。水生弯腰从舱里拣些小鱼，掷套圈似的抛向一只只鸬鹚，为它们优异的表现打赏。鸬鹚们扇动翅膀张开长喙，没有一点偏差地接住抛来的小鱼，囫囵地吞了下去。

水生撑起桨，小船向湖岸荡过来。小船靠了岸，船舱里有不少于半斤到两斤左右的鱼，大多是鲫鱼、胖头鱼和青鱼，它们的肚皮鼓鼓的，有的在来回游动，有的肚皮朝上泛了起来。水生把肚子鼓鼓的活鱼捞起来，随手扔进湖汊里。这上了籽的鱼，回到湖里，过几天鱼籽就能从鼓鼓的肚皮里钻出来，湖汊里会有很多像牛粪团一样的鱼卵泡漂荡在水面上，过不了多久它们就会像焰火一样绽放开来，散落在湖汊的各个角落。

这时，水生冲着站在湖岸边的我们高喊：你们这些不知早夜的孩子，还不赶紧回去吃早饭上学，等下屁股又要挨揍啰！我们回过头，夹杂在树丛里的村庄上空已升起了炊烟，便撒开脚丫子往家里跑。

小暑南风起，麦子熟了。女人弯腰一茬茬地割着麦子，男人打好捆后用绑篓一担担地挑回家，小孩捡掉在地里的一根根麦穗。橘红色的夕阳向连绵起伏的龙吼山滑下去，天边的晚霞飘落在湖水里，荡荡悠悠的像在湖里摆洗的红丝绸。割完麦子的女人们的衬衣被汗水湿透，紧贴在身上，她们便陆陆续续地从坡地下湖来。她们在湖岸的芦苇丛停下，摘掉草帽或头巾，躬腰弯腿脱了鞋子，扯掀下外面的衬衣，直接穿着半截背心式的内衣和裤子就下了水。涉水到齐腰深，向四周警觉地张望一下，便蹲下身，仰面让全身浸泡在湖水里。她们有的双手掬几捧水扑向面颊，随即抹抹脸，然后站起来，被浸湿的内衣紧贴肌肤，上半身凹凸的曲线立马勾勒了出来。她们打开发束，把长发抖进湖水里来回摆动，双手不停地揉着头发。夕阳给青色的芦苇涂上了一抹金色，在晚风中婀娜地摇曳。女人们洗得差不多了，抬起头甩甩长发，发梢上的水滴像细碎的玻璃溅在她们身边的湖面上，漾起朵朵水花涟漪。有的女人还没泡够，又蹲下身子扬起头，惬意地泡在湖水中，直到夕阳在山坳露出半边脸，她们才像一朵朵出水芙蓉水淋淋的悠然上岸。从湖里洗澡上岸的女人，走在路上担心被熟人撞见，故意用长发遮住面颊，还害羞地把草帽紧紧地贴在胸前。

夏天，睡下去、睁开眼，天就亮了。一大早，湖边柳荫下就蹲满了洗衣的女人，她们脚下蹲着过桥洗衣凳，手中的衣服在湖水里不停地扭摆，然后被她们拽上洗衣凳反复发泄似的搓着捣着。水鸟从湖对岸的群山翩翩飞来，鱼儿从芦苇丛中游出来，淡淡的雾气从湖面弥散过来。叽叽喳喳，湖边的早间新闻发布会也就在这个时候热热闹闹地开场了。女人手中的捣衣蛮锤溅出的水珠和她们嘴里吐出的家长里短此起彼伏地在湖面上飘荡翻飞。湖水荡悠悠，刚升起来的朝阳一不小心滑落在湖里，就像女人的一抹红唇一样，在水中晃荡。

那天早晨，从后来嫁给来财的林寡妇的嘴里传出：有个女人在前一天贪黑下湖洗澡后就钻进了水生湖边的草棚子，一直没出来。到了吃午饭的时候，从来财女人嘴里吹出来的绯闻刮遍了村子的每个角落，村里除了耳聋的和还在吃奶的孩子，差不多都知道了。

12. 建子溺亡

知了子叫，

早谷子黄，

你睡踏板我睡床，

碓下舂米碓下量，

新妇仂偷米顾爷娘。

南风悠悠，熏得人像喝醉了似的。各家院坝树上的知了此起彼伏地嘶鸣着，耳膜都被震得痒痒。那是我读小学的最后一个暑假，村里一些比我小几岁的小屁孩儿，在长竹竿上套一个塑料兜网或插一个球拍形的竹篾缠上蜘蛛网满村转悠捕知了、春牛和唧唧麦。知了有铜色的和黑色的，网住了就剪掉它的尾翼，它的肚皮上好像有个开关，它不叫时，按一下，知了就嘶鸣了起来。春牛也有铜色和黑色的，它的触角又长又软，就像古装戏剧中武将头盔上的野鸡毛，春牛爬行时慢腾腾的，样子真的像一头牛。我至今都不知道唧唧麦的学名，它是一种甲虫，金色甲壳上有漂亮的斑点，捉到了就用红头绳系住它的一条腿，抖动着红头绳让它在头上飞旋，别提多高兴了。但我已经不再玩这些小虫子了，最吸引我们的是村子三面环绕的湖水。每天吃过午饭，我和大东、建子、乌卵、翘嘴、德成、亮波、少敏骑上牛背，手上的鞭子不停地抽打着水牛们的屁股，恨不得立即来一阵风把我们刮到湖边。

碧波荡漾的雁荡汊，荷叶田田一片，粉红色的荷花若隐若现。南风拂动清香，像热恋中的情人的呼吸，魅惑沁人。到了湖滩，我们把牛绳挽在牛角上，就撒欢地在湖边跑起来。我们边跑边叫，把在湖边草洲觅食的几只白鹭惊得双足慌抖，白羽急翩，飞向了湖的另一边。湖风从龙吼山荡过来，荷花的香味也涌了过来，好像整个身子都浸染在清香的荷花浴池里。眼前满湖成片的荷叶在南风的吹拂下起伏着，一张张翡翠般的荷叶中冒出了一朵朵粉嫩的荷花，美得一朵赛过一朵。有的荷花开得婷婷舒放，嫩蕊摇芳，有蝴蝶静

47

立于上；有的荷花缤纷落尽，只留下了青涩的莲蓬，小蜻蜓轻点其上。一群群鱿鲳子像一连串梭镖似的在荷叶丛中穿梭。一对对油鸭子在湖底扎猛子，忽地钻出水面，惊飞了芦苇上落足的翠鸟。

湖心插了不少木桩，像迷宫似的围着丝网，这是水生围在水中的迷魂阵。几只鱼鹰黑衣侠客般飘落在木桩上，长久地一动不动注视着迷魂阵。鱼儿们只要误游进了迷魂阵的入口，最后就会沿着迷魂阵的通道进入倒须笼子里。正当我们的眼睛疲倦的时候，扑哧、扑哧，鱼鹰们像一道道黑色的闪电刺入湖中，湖面上只看到几个泛动的漩涡，当我们四下张望的时候，发现几个黑色的影子已经消逝在湖岸的芦苇丛中。

先一批的荷花已褪尽芳华，一个个绿色的莲蓬就像一支支朝天吹奏的唢呐，诱得我们嘴痒痒。俗话说"私人的莲子众人的藕"，但雁荡汉里的莲子和藕都是众人的，只要有空，自己又愿意去摘，就没有人会拦你。只是荷叶茎上有刺，荷叶下的湖水看似平静，但湖底却因旧年的冬天人们挖藕而布满大小深浅不一的藕坑，游水时误入藕坑，舔底歇脚时就会脚下踩空，轻则呛水，重则溺水再也爬不起来。

一到夏天，大人们最当心的就是自己的孩子下湖摘莲蓬。我的父亲，每天用毛笔在我和几个哥哥的脚踝处画一道墨圈，不许我们下湖去玩，回家时墨圈没了就用竹梢子揪屁股。夏天不下湖游水，就算是饿我们三顿饭也做不到。屁股挨了几次揪，我们出去放牛时就带上每天写大字的毛笔和小瓶的墨汁。下湖狗刨够了，先躺在草滩上晒裤衩。夏天的烈日很快就把裤衩晒干了，回家前叫了伙伴帮忙画墨圈，居然多次蒙混过关了。村里的女人都吓唬自己的孩子说，湖里有许多水鬼，躲在荷叶丛的藕坑里，一个藕坑里藏着一个水鬼，藏在藕坑里的水鬼最擅长的伎俩就是拖人的脚。女人们说得神显佛显的，吓得我们这些小屁孩儿不敢在湖边荷叶丛下水。

绿色的莲蓬在水里吹着喇叭诱惑我们，顾不得许多，大家七手八脚地快速脱掉背心。大东喊了一句，游水去摘莲蓬太冒险了，骑水牛过去，我们立马转身去牵水牛。乌卵和建子回过头来挤眉挤眼地笑我们是胆小鬼，说完背上草帽冲着我们哈哈笑了两声，便"扑通、扑通"跳入水中，他们像两只油鸭子一样，向荷叶丛中游去。我们几个胆小的，把水牛赶到湖边，水牛们都巴不得下水，"晃荡、晃荡"扑了下去，像几块千斤巨石滚下湖，把近岸的湖水都搅浑浊了。我们夹着草帽跳上牛背，像一只只大蛤蟆趴在千年大乌龟上一样。水牛们先是将头全部沉入水中眯了一下脑，然后仰起头，鼻子里不停打着喷气。我们抖动牛绳，嘴里"嘿驾、嘿驾"地驱赶它们游向荷花丛。早已游到荷花丛的乌卵和建子，草帽里已有了几个莲蓬。建子半卧在一个大荷叶上，正在剥莲蓬吃。水牛们像一艘艘浮出水面的核潜艇一样在荷花丛中游弋。我和少敏、德成、子玉都是胆小鬼，跨着趴在牛背上摘莲蓬；大东、翘嘴、亮波他们几个胆大，干脆侧身坐在牛背上或站立在牛背上摘莲蓬。

我们浸染在荷香的缥缈中，恍如神游在太虚梦境。翘嘴摘了一朵荷花扮着鬼脸戴在头上，亮波骂他"男人带花，乌龟王八"，翘嘴立即将荷花掷向亮波，大家嘻嘻哈哈地笑起来。正笑间，大家看见建子和乌卵好像在水里摔跤般地打水仗，开始大家还鼓掌加油，后来发现建子手脚乱划，像发癫痫的鸭子在水里扑腾，嘴里呛水哈气，手胡乱地抓乌卵的肩背。乌卵的身子被建子的手扒沉下去，嘴里也开始呛水。乌卵手脚慌乱地在水里蹬踢划拉，身子本能地使劲挣脱建子的手，哭嚎着：救命哪、救命哪……建子的手从乌卵的肩背上奔拉了下去，无力地划拉了几下，头在水里又冒了两三次，水面上留下一个浅浅的漩涡就再也没有冒出水面。少敏离乌卵和建子近一些，还是他反应快，催赶自己的水牛游向乌卵，嘴里喊乌卵往自己这边划。乌卵完全蒙了，只是在原地扑腾。少敏的水牛靠近了乌卵，少敏按下牛头叫喊着乌卵抓住牛角，乌卵在水里挣扎着抓住了一只牛角，死死地抱住不放，少敏使劲把乌卵拖拉上了牛背，乌卵趴在牛背上嘴里喘喷着粗气，语无伦次地哭着："建——建——子——溺——溺——水——了。"我们早就吓蒙了，听乌卵一说，都慌乱地催喊自己的水牛往岸上游，水牛游向岸边的几分钟里比几十年还长。德成和亮波还没等水牛到岸就跳水往岸边爬。上了岸，只有少敏留在岸边看着乌卵，我们撒开腿向四处散开，边跑边喊：建子溺水了，建子溺水了……在田地里劳作的人们，扔掉手中的活儿，跑向湖边。

建子被大人们捞了起来，肚子鼓鼓的，放在大东的水牛背上顶水，一路上建子的嘴角里不停地冒水，他的手像吹掉叶子的枝丫随着水牛的迈步而无力地晃荡，大东在前面牵着牛，我们浑身瑟抖着跟在几个大人后面抽噎。水牛把建子驮到村头的大枫树下停了下来，有大人从家里拿来大簸箕倒扣在地上，把建子从牛背上抱下来，面朝下肚子顶在簸箕上，建子的头耷拉着，手垂掉在地上，嘴角还有水流出来，大人们不时地用手指试着建子的鼻吸并且翻拨着建子的眼皮，然后都是摇头叹气。围观的人越来越多，很多妇女都哭骂老天作孽。不多时，我们听到了：宝啊，儿啊……撕心裂肺的哭喊声由远而近，建子的母亲发疯似的跑来了，她看到建子纹丝不动地趴卧在大簸箕上，立马晕倒在地。妇女们都哭着围过去手忙脚乱地把建子的母亲抬扶坐在大枫树底下，擦汗、掐人中。建子的母亲醒过来，第一声就是："儿啊，你就这样走了，叫老娘怎么活下去呀……"过了一会儿，建子的父亲大馒头打着赤脚跑来，站在建子面前摇着头捶胸顿足，嘴角抽动哭叫道："老天，你怎么这样恶呀，嗨呀呀……"

老家的风俗，死在外面的孤魂野鬼是不能安放在家里的，短命鬼一般是不能放着过夜的。建子溺亡的当天就草草地埋了。我跟建子是同日出生的，互称老庚，平日里见到建子的母亲叫同年姆妈。建子溺亡后，她每次在路上碰到我就哗哗落泪，以至于我后来看见建子的母亲就远远地避开。

建子溺亡后没几天，我和大东、少敏、翘嘴、德成、子玉、建子、亮波、英子都收到了辅导区小升初的录取通知书。只有乌卵没考上。实行九年义务教育是二十年后的事，我们读小学时是五年制，小升初是要考试录取的。村小学五年级毕业班50多个人，升上初中的不到10个。麻棍买了一条牛给儿子乌卵放，说先放牛养养坏，再大些就去学手艺。

建子挺聪明的，他是录取初中里的人分数最高的。他平时在学校里读书看上去并不用功，但考试成绩总跑在前面。冬天里下了课，男生都靠在土墙下挤"暖和子"或到操场上"跑阵"。不具挑战性的"暖和子"游戏，建子是不参加的，建子忒喜欢"跑阵"。学校的操场上画有一个大的"跑阵"，有100多平方米。"跑阵"是分组对抗赛，双方各派几个人高马大或灵活敏捷的"骁将"从对方的"7"字拐的通道攻阵门，对方也会派"大将"在"7"字拐的圆形圈内守阵门，其他的小喽啰们要在阵内守住最后一道屏障。出阵和攻阵都不能用脚踩画线，踩了便是"自杀"。"跑阵"是集智慧、胆量、力量和团结协作的仿军事活动游戏。建子身手敏捷，"跑阵"时总喜欢冲锋陷阵。

教室外的走廊上用粉笔画了几个王字格或田字格，这是女生们的专场，她们围在一起，依次往格子里扔掷饼干大的小青石，然后单脚落地，跳着在格子里蹦移小石块，一级一级练跳，有的女生一歇下来能跳完全格。每逢外面刮风或下雨，建子便插到女生堆里去"练王字"和"练田字"，他甚至还与女生一起跳长绳和踢毽子。

建子溺亡前的那年正月，他和英子还参加了村里正月里临时凑合的灯戏班。那些年，人们都还窝在家里，过了正月初五，村里一些爱唱爱跳的妇女、年轻姑娘和小伙子便聚集在村头古色古香的万年台上排练灯戏。村里几个民间老艺人，有负责扎各种竹篾纸花灯的，有负责导演情景剧灯戏的。灯戏班除了排练滚龙灯，还排练挽车灯、蚌壳灯、划船灯、书生赶考灯、八仙过海灯、乔老爷坐轿灯……村里的串堂班配以锣鼓、二胡、唢呐等乐器演奏饶河调，咚咚锵锵、滴滴答答、昂昂扬扬、咿咿呀呀，整个万年台都活色生香了起来。建子扮演书生赶考中挑行李的书童，英子扮演打渔船上的渔家小姑娘。那时，农村虽然穷，但正月里是真的热闹。正月十一、正月十二出花灯，几十号人的队伍一路上吹吹打打走村串户。各村的灯戏班互访，到了一个村子，便有村里主事的站在村口燃放爆竹接灯。灯戏班进村后，在村子中的空旷场院开演灯戏。演完之后，村里便有人开始打彩，放一挂鞭炮，给自家演灯戏的亲戚披上一匹布或一床毛毯。看到建子和英子披红挂彩地回来，我羡慕得要死。但我父亲从来不肯我们兄弟姊妹扮演灯戏，说演戏是下作之事，还说演戏的是疯子，看戏的是混子。建子是天生的情种，喜欢往女生堆里扎。他那么小的年纪竟然就对英子有了好感。我与建子最为要好，他曾偷偷地告诉我，说他一定要考上初中，不然的话就不能与英子在一起了。因为英子成绩一直很好，考上初中是肯定的。如果建子不溺亡，我们上初中可能会有更多的欢乐，他也有可能会与英子有花季懵懂的故事发生。

13. 去竹下村上初中

乌卵不知怎的，在建子埋下去的第二天竟病了。我邀他出去玩，他没了平日的机灵劲儿，呆呆的，软绵绵的，叫他也没有什么反应，村里的赤脚医生春贵说是低烧，但几天下来吃药打针就是不见好，整天处于昏睡之中。乌卵的母亲凤仙喊我的奶奶过去看看，我家与乌卵家前门搭后屋，奶奶抬脚过去看了后，神神叨叨地说，看样子是到湖里游水掉了魂，要赶快叫魂，不然会遭灾的。凤仙一听慌了神，担心乌卵像建子一样被水鬼勾了去，马上与丈夫麻棍商量为乌卵叫魂。奶奶手持红布，乌卵的父亲麻棍手里拿着乌卵的一件背心，肩上扛着一个楼梯往湖边走去，乌卵的母亲凤仙提着一个托盆跟在后面。托盆里摆放着一只刚杀的鸡、一小段腊肉、一条咸鱼、两个煮鸡蛋，另外倒了一盅茶和一盅白酒，放了一双筷子和一叠草纸。我和大东、亮波、翘嘴也跟着往湖边走去。麻棍到了湖边，把楼梯靠在湖边的一棵老柳树上，便与凤仙一起蹲在老柳树下，把托盘放好，埋头焚烧香纸，把手中的背心放在火上弹了弹。凤仙嘴里好像在说自己的孩子不懂事，惊扰了水神，今天带来了酒食犒劳大神，请大神大人有大量，放自己孩子一马。麻棍站起身爬上靠在老柳树上的楼梯，一只手抖动着乌卵的背心，叫喊着：乌卵毛仂，魂归本体呀，跟着我和你妈妈回家呀！他连叫了几遍，便下了楼梯，对凤仙说了句，回去吧！凤仙一路叫着"乌卵儿，跟妈回家啦……"到了家，麻棍将乌卵的背心在昏昏沉睡着的乌卵头上轻轻地摆来摆去，嘴里念叨"乌卵儿到家啦！"蹊跷得很，第二天乌卵真的好了，下地走路，吃饭喝水，问答自如，跟没生病似的。农村叫魂这事儿，我至今都还没有弄明白，只能说是巧合罢了。

咕噜咣当，我很快就到了13岁，要上初中了，村里也通电了。电是从离村两三里外的灌溉站接过来的，栽杉木做电线杆，变压器也是共用灌溉站的。因为变压器离村太远，电压不足，白炽灯泡的钨丝是红的。全村是一个总电闸，到了贪黑时，村里的电工师傅把闸刀向上一推，暗红色的光影便从全村的树丛中柔柔地溢了出来。虽然通了电，但断电是家常便饭，家里还要随时备着鱼泡灯，有买了黑白电视机的人家必定要买一个稳压器。夏天的傍晚，我有时连晚饭都不吃，就跑到姐夫的弟弟国华家看《射雕英雄传》，后来又看《霍元甲》《陈真》《再向虎山行》《萍踪侠影》，就像中了邪、上了瘾似的，天亮了就盼天赶快黑。

我与少敏、翘嘴、亮波、英子拿着粉红色的初中录取通知书，到五里外的辅导区竹下学校报名。母亲从米缸剥了几升米装进小蛇皮袋里，搭在我的肩上，再将东借西凑来的十五元报名费放进我衣袋里，反复叮嘱我不要掉了。大东、德成、子玉到西山景中学去读初中。西山景中学是县直中学，重点招高中生，初中每年只招一个重点班，德成和子玉的成绩确实蛮好的，但大东的成绩与我们差不多，不知是通过了什么关系去读的。

竹下学校在竹下村的北面，背面是一条长圩堤似的坝坡，长满了灌木和高大的苦楝树和杉树，坡坝外是豆腐块似的水田。学校的房子坐北朝南，操场很大，有两个篮球场，没有围墙，两边是长排的青砖平房教室，中间有座万年台，像"山"字形，左面是小学，右面是初中。两边"凹"形的房间是学校行政办公室和教师办公室，墙上刷了石灰水，白得像浇了一层雪。

我们先到学校拐角的总务处换了饭票。一个上衣口袋挂钢笔，穿蓝色中山装的老头让我们先后把米倒进斗秤里称，然后分别给了我们一小叠饭票，上面盖着章，有一两的、二两的、半斤的，嘱咐我们不要弄丢了。然后，我们转身到另外一间办公室报名。一位瘦个老师对我们说：学校没有宿舍，等天凉了，就到村里找个亲戚借宿。我说我的大姐就嫁在竹下村，瘦个老师哦哦了两声就给我们发书。

我们每天都要赶早去学校上早读，上了早读课后在学校吃稀粥。我们用罐头瓶子带咸菜，有带咸萝卜的，有带春不老腌菜的，也有只带一块豆腐乳的。有时，我们放了假去湖边用扳罾扳小鱼虾，晒干，用大粒子盐炒酥脆，再装到罐头瓶里带到学校在喝稀粥时吃。

我家和翘嘴的家相隔不到三座房子，天蒙蒙亮谁先起床，谁就主动邀对方，再邀亮波，最后邀少敏。少敏住在同村的外婆家，他不到学校吃稀粥，他的外婆会在前一天的晚上留一碗米饭，第二天少敏用菜籽油炒得粒粒油黄油黄的，吃了再去学校。我们看着少敏吃油炒饭，满是羡慕嫉妒恨，只是没有说出来。翘嘴最喜欢搞恶作剧。有一次在初冬的清晨，我和翘嘴起得特早，外面还是乌漆抹黑的，头顶上只有冰冷的星星闪着寒光，整个村庄都还在沉睡中，村外的树林传来乌鸦令人毛骨悚然哇哇的叫声，翘嘴嘿嘿地笑了几声，他竟然双手捂嘴也学起乌鸦叫起来。翘嘴的叫声尖中带颤，比乌鸦叫得更恐怖。翘嘴叫几声，便停一会儿，接着又叫几声，从村子的北头一直叫到亮波家。

到了中午回家吃饭时，全村都在议论昨天晚上听到的"鬼叫"，都猜测村里将有人去见阎王了。我和翘嘴差点笑出声来。懵懂的年龄从来没有预见，觉得一切都是憧憬中的美好，就像我从来没有想到那样疼爱我们的奶奶会在我上初中的那年去世。

14. 奶奶的丧事

奶奶是个特迷信的人，有点小病小痛都要表姐去菩萨面前烧香搭交子占卜。有时还非要把菩萨抬到家里，请村里的马手起轿问菩萨。父亲是奶奶的独子，也是孝子，即使知道问菩萨是迷信，也遵从奶奶的意愿。每次请马手到家里抬菩萨，都要准备一桌酒席。奶奶去世前的一个月，人糊涂了，天天嚷着要问菩萨，父亲实在没办法，只好在一把小竹椅上扎上红布，叫三哥和四哥抬着小竹椅在奶奶面前摇晃，奶奶点着头，含糊不清地说菩萨保佑，自己好过多了，虽然全家人难过，但还是忍不住摇头笑了。

八十七岁的奶奶去世时，儿孙满堂，都跪在她床前为她送终。她临终的前几天，嘱咐三个姑母在她死后为她超度，做功德。三个姑母真的请来十多个僧、道，为奶奶做了三天三夜法事，念经，做斋。孝堂白布幛幔，高挂十大阎王图和天堂地狱图，勾心挖眼、开膛剖腹、走地签、下油锅……看得人心惊胆战。请来的和尚披袈裟敲木鱼诵经，道士穿道袍挥拂尘舞宝剑，咪咪嫲嫲、叮叮当当、乒乒乓乓，也不知道和尚道士搞什么名堂。现在回想起来大概是假和尚和假道士，但儿时的我深信不疑。父亲和母亲、姑姑和姑父，还有族亲外戚等孝男孝女跟在僧道后面一会儿下跪一会儿作揖。道场设在老碾屋，每隔几米就是一张桌子叠椅子，上面搭白布拉了一座"奈何桥"，"奈何桥"上放纸人纸马、纸凤纸鹤。村里的很多老人都拄着拐杖到我家看做道场法事，小孩子看得忘了回家吃饭。入葬的前一天，串堂班奏哀乐引路，族亲抬着奶奶遗像，几十号人披麻戴孝地跟着到湖边"买水"。回来后，族人给奶奶沐浴入殓。晚上家祭，祭拜由堂伯主持安排，先是孝子孝孙，再是家族内亲，然后是出嫁之女和外亲。奶奶是有福有寿的老人，子嗣又多，除了内外的家族亲友，还有不少的村里晚辈和小辈前来讨孝求福，祭拜了两三个小时。翌日发丧，用长长的白布围着灵柩，八抬八扯，招幡引路。父亲披麻戴孝，端着灵牌，低头弯腰，行走在棺材头前。母亲和姑姑、姐姐披麻戴孝跟着棺材尾，边哭边行。其他孝男孝女手拿短竹竿卷各色纸的"哭丧棒"一路送葬，沿途鸣爆、烧纸，近百人的送葬队伍浩浩荡荡，惹得路人驻足观看。到了祖坟山，所有的孝男孝女围跪于坟坑旁边。山夫举杠移肩，棺椁落地，用绳索套棺下葬。道士手持招魂旗站在坟坑前，轻敲铙钹先诵一段经，再从鸡笼子里抓出带来的公鸡，将鸡冠掐破滴出血，从不同方向祭棺。然后，他又从米袋里抓出一把把大米，一边向早已牵好孝衣的孝男孝女们抛撒，一边围着坟坑棺椁呼唱龙决：

> 天灵开，地灵开，四方神圣好安排。
> 手把罗盘摇一摇，二十四山都来朝。
> 手把罗盘照一照，二十四山变光耀。
> 前有朱雀人丁旺，后有玄武锁明堂。
> 左有青龙送财宝，右有白虎进田庄。
> 禄到山前人富贵，马到山后旺儿孙。
> 一祭东方甲乙木，代代子孙得福禄。
> 二祭南方丙丁火，代代子孙登朝堂。
> 三祭西方庚辛金，代代子孙发万贯。
> 四祭北方壬癸水，代代子孙顺流水。
> 五散中央戊己土，子孙富贵万万年！

道士每唱一句，孝男孝女便呼应一声"呵"。道士呼完龙决就掩土平棺，孝子迎回灵牌，孝男孝女脱掉孝服回家。

奶奶是正老归山，丧事也是白喜事，下葬后要摆酒席招待亲朋好友。酒菜还未上桌，串堂班便吹起唢呐、拉琴唱曲，咿咿呀呀地唱起饶河调。大家起哄围成一圈，要做斋的和尚与道士们表演节目。一个微胖的中年和尚，扎好袖子勒起裤脚，向大家抱拳拱手，说了声献丑了。他嘴里衔一条毛巾，随即搬起院子摆酒的八仙桌，两只手臂举起八仙桌的一条腿侧立起来，沿着人群走了一圈；接着他绵腰后倾，将八仙桌的一条腿放入垫了毛巾的口中，腮帮被整个八仙桌压得颤抖。他腰身微颤继续后倾，双手扶稳了腮帮上的八仙桌后，摊开手来呈护抱状。八仙桌独脚踩在他的腮帮上如一个怪兽玩起了"金鸡独立"，大家齐声叫好，这个和尚才双手扶住八仙桌，干净利落地将八仙桌平放在地上。一个略瘦的老道士摘了扣子脱掉道袍，单手托着一个青花瓷坛，轻步快走来到场子中间，他先将右手食指顶住坛底，左手拨转瓷坛，瓷坛在他的食指上像地球仪般快速地转动。转过之后，他耍盘起瓷坛来，只见瓷坛在他的手上翻飞，忽左忽右，沿着他的手臂滚过头颈，滚上背，滚过腰，又沿着腿滚到脚背，然后他脚背一挑，瓷坛嗖地腾过头顶，大家吓得缩起脖子，生怕瓷坛砸到自己。只见老道士一个扫腿转身，双手向天一举，瓷坛向他手中飞落而来，被他抱合在手中，大家又是一阵喝彩。以前，我只知道和尚会念经，道士会画符，不知道他们确实也有自己的独门绝活。我们老家有句逗乐子的谐音俗语"什么'事'，和尚打道'士'"，说的就是和尚与道士唱对台戏吵架的笑话。

　　奶奶葬得很风光，让村里的老人羡慕不已，都说如果自己百年之后能葬得这样隆重就知足，都夸奶奶一生圆满，生的儿女有孝心。我觉得奶奶去世的丧葬礼仪太烦琐了，烧落气钱、沐浴、化妆、穿衣、移床、开路、庆庚、升棺、打绕棺、辞灵、闭殓、祭扛、起丧发架、丢引路钱、看地斩草、烧望山钱、下葬、掩土、出魂、看地、迎龙奠土、封七等程序仪式一个没落下，头尾十多天，把人折腾得不行。不过和尚与道士顶八仙桌、盘耍瓷坛，我觉得还真有点意思。

15. 英子家的小店

　　奶奶去世后，翘嘴很长一段时间不敢赶早到我家来邀我上学。他又不好意思邀英子同去上学，当然他也不敢邀英子。英子的爸爸是国编老师，长得瘦长，人站在院子里像根芝麻秆立着，戴着副黑框眼镜，人一碰到他的眼光，就浑身立马冷得打寒战。英子的爸爸在乡集镇初中教书，每天骑自行车来回，我们都搞不明白他为什么不带英子到他所在的学校读书。英子的妈妈在家开了一个小卖部，她的家并不在路边，而在村子中间的陈家桥边，她家把大瓦房的走廊砌墙隔成一间小卖部，外墙开一个桌面大的窗，用几块小木板做栅板，卸下栅板就可以看到货架上花花绿绿的小百货。英子的妈妈是个丰满的女人，屁股撅翘，胸脯鼓鼓囊囊的，她脸相轮廓好，一笑起来眼睛很有磁力，只是脸上有些雀斑，像溅了苍蝇屎一样，煞了一道好风景。英子像她妈妈一样，上初中前的那个暑假，她的身体像老家的酒水发粑般膨胀起来，可惜脸上也泛出了雀斑。英子的妈妈会做生意，我们读小学时，她家的小卖部来了时新货，就让英子带到班上让我们先睹为快，再让我们心里痒痒，然后我们就带着家里给自己买本子和笔的毛票，在上学前飞跑去她家买条形的泡泡糖、圆锤子的棒棒糖、五颜六色的气球、儿童电子手表、塑料小手枪、彩色乒乓球……有时班上只有一两个人口袋有钱，也成群结伙地去英子家。英子的妈妈每次看到我们去买东西，都让英子卖给我们。英子卖东西时，脸上总带着春风般的笑，轻声细语，两个可爱的小酒窝荡漾着。买好了，大家就你推我揉地嘻嘻哈哈往台阶下走，免不了回头看看英子，有一次建子回头看痴了，被后面的乌卵撞下了台阶，摔得鼻青脸肿，大家笑得人仰马翻。

去竹下村有两条路，一条是小路，一条是马路。我们去学校常走近一点的小路，傍晚放学走马路。小路要经过一片水田、一个山坡树林，然后沿着一条水渠一直走，穿过马路后就望见了学校。出了村，我们就远远地望见前面英子的身影，少敏向我们使个眼色，吹个呼哨，大家便脚下生风大呼小叫地朝英子追上去。英子听到后面的跑动声，回头转身笑着让到一旁，我们又像一阵风呼呼地刮过英子的身边，在英子的前面不远处刹住脚步停了下来，都傻乎乎地回头望着英子笑起来。大家等英子差不多走近了，就自然地分开，像保镖般护在两边。一路上，我们嘻嘻哈哈地说笑着，英子从不搭理，只是不时地甩甩马尾辫，偶尔抬头甜甜地微笑，一直到学校各自分开。有时，我们上学和放学路上都觉得少了一个人似的，蓦然才知是少了建子。我想，如果建子没有溺亡，他一定会逗英子开心，我们一路上也一定是撒满笑声的。

除了农忙的时候，我们会带咸菜在学校吃顿午饭，一般午饭都回家吃。来回时间非常赶，大家也就不再相邀。上午放了学，大家都一溜烟地往家跑。

早上在学校只吃了二两稀粥，肚子早空了，到了放午学时眼睛都有点放花，还要赶五里路回家。有时，我跑得耳边呼呼生风。累了就拖着腿捂着胸口走一歇，再跑一阵。回到家，有时母亲还没回家做饭，我自己就生火炒一碗饭，要么干脆从饭盆里掘一碗未蒸的捞饭，就着咸菜扒下去。吃了饭，几乎又是一口气跑到学校。

天越来越冷了，早上赖在被窝里根本不想起来，几次早读都迟到，我被老师罚站在教室门口。我和翘嘴、亮波各背了一床破棉被，到我大姐的邻居家借宿，恰好我和大姐邻居的儿子爱民是同班同学。大姐家和她邻居家同住在一座明代留存下的老宅里，中间有一口天井，雕梁画栋，古色古香，但阴沉潮湿。两家的长辈原是堂兄，各住一边。大姐一家子人口多本来就拥挤，爱民家在老宅旁盖了一栋砖瓦房，老宅只是他爷爷住，有空余房间。爱民的爷爷学过把式，家里的厅堂横梁上用粗绳放下两个吊环，爱民和他的几个弟弟放学做完了作业，就轮流换着花样翻吊环，有时他们从吊环上翻下来，经常吓得我吐舌头。到了晚上，爱民的爷爷就教他几个孙子练简单的手脚功夫，诸如蹲马步、开测、抢短凳子、在长凳子上翻身衔稻草、学野鸡走路等。我和翘嘴、亮波看多了，免不了也跟着学几下，特别是学野鸡走路，双手平伸，两条腿一蹲一直，前后来回快速伸缩，到现在都还有一点基本功。借宿后，我和翘嘴、亮波就不再赶早了，仍是在学校吃顿稀粥，中午跑回家吃午饭。下雨天，大姐留我们三个吃午饭，吃苦槠豆腐和红薯粉糊。苦槠豆腐有点像猪血块，吃多了嘴有点麻麻的感觉。竹下村有座食衣山，紧靠村子北面，方圆三四里内树木异常地繁茂，村里人到了秋冬时节便到食衣山采苦槠籽，晒干后去壳掺米磨成豆腐。食衣山是过去竹下村人的衣食来源，至今还保护得很好，每次回老家经过竹下村，都能望见食衣山仍然郁郁葱葱的。

16. 外出的第一波人

少敏没有借宿，他的外婆给他买了一辆旧自行车，他仍是早上在外婆家吃油炒饭后再骑车到学校。英子也没有借宿，可能是女孩子住别人家也不方便。后来听说少敏有时骑自行车在村口等她，把英子带到了竹下村口后就自个儿骑到学校。初一只有两个班，我和少敏、亮波分在一个班，翘嘴、英子分到另外一个班。有时中午和傍晚放学，我和翘嘴、亮波也会在半路上遇到少敏骑车带英子回家。我和翘嘴、亮波便渐渐地与少敏、英子疏远了。

　　我读初一时，班主任是一位县城来的姓周的男老师，教语文的，四五十岁的样子，从头到脚收拾得整齐干净。他借宿在竹下本地一位老师家里，星期一从县城骑车来校，星期六下午回县城。那时每个星期放一天半假，周六的下午和周日整天。第一次作文讲评课，周老师读的优秀作文不是我的，只是点了一下，说我的作文写得还可以。我自三年级开始写作文就经常得到语文老师的表扬，周老师点到我的作文，我并不感到意外。到了第二次作文讲评课，周老师读了我的作文。后来每次作文讲评课，周老师几乎都要读我的作文，一直到初二换了胡老师，照旧读我的作文点评给全班同学听。如果说我现在为什么喜欢倒腾文字，首先要感谢这些老师的鼓励。有次周老师在讲课的时候说到他在云南生活的几年，说那里的天气特怪，"一山分四季，十里不同天"。课后我们都好奇起来，周老师怎么还在云南生活了几年？后来，我们才知道周老师的故事很神秘。周老师年轻教书时正值"文化大革命"，他不拘小节，大热天搬了张竹凉床在操场上光着膀子睡，吓到了几位女生，被人告了，判为流氓罪，遣送到云南边境劳改。周老师没有娶老婆，上课一板一眼，语调总是不温不火的，整个课堂像打了霜的树叶，蔫蔫的。我们班的教室紧靠教师办公室，有一次从办公室传来捶桌子和吵架声，我们跑过去看，见周老师两手叉腰，满脸怒气，嘴里时不时骂几句：我怕谁，老子就一个人，不让我调回县城，想整我，老子还怕整吗？我们听不懂，办公室的胡老师眼睛一瞪，呵斥我们回教室。

　　刚开学时，班主任周老师说原来教英语的龚老师退休了，上面要派一个新英语老师来，结果一个学期过半，还没有看见新英语老师的影子。学校只好让教语文的祝老师教英语。祝老师上了几节课，有些留级生说祝老师发音没有以前的老师准，便开始捣起乱来，故意与祝老师唱反调，在课堂上起哄，气得祝教师时不时流着眼泪提前下课，整个学期的英语课就那样稀里哗啦地闹完了。我至今都怨恨那几个留级生，自己不想学，把我们那一届新生害惨了，以至于我们那一届的都被英语拖了后腿。到了初二，一位从集镇中学调来的高老师教我们英语，因为我们初一的英语几乎没有学，高老师提问，我们一问三不知。高老师气得嘴尖颤动，像老鼠嘴龛动着的样子，仿佛要咬人似的。最终他怒火爆发，把手上的粉笔头使劲往墙上砸去，吓得我们都吐舌埋头。每次上英语课，我们都战战兢兢，像过难似的。我拼尽了全力，每次英语考试也只是及格，坐在我后面的女生，每次听到我读英语单词跑调时，都咯咯地笑。

亮波的英语比我还差，初二没读一个月就退学了，可能是实在读不下去了，也正巧村里在杭州承包了建筑工程的扁腾回乡带人去他的工地务工，亮波的父亲便托扁腾带亮波去杭州做泥瓦匠学徒。

扁腾是乌卵的哥哥，做泥瓦匠，跟老石匠茂才学的手艺。村里人盖砖瓦房，扁腾跟着茂才上户吃别人的，喝别人的，每天一包经济牌或海鸟牌香烟，下午有一碗面条点心可以吃，还有工钱，挺让人羡慕的。我三哥小学毕业后，也跟村里的社来师傅学木匠。第一年几乎就是帮他师傅家挑水和干农活。第二年社来师傅才带我三哥上户，磨磨斧头凿子和挖榫眼，每餐都要先给师傅盛饭。学徒规矩多，吃饭要快，必须在师傅放下筷子之前扒完碗里的饭，不能在桌上乱吃荤菜。有时活儿做错了，师傅除了呵斥还用木尺敲头以示惩戒。三哥回来说给我们听后，我不再羡慕学徒了，下决心要好好读书。

扁腾和风林是村里最早离乡出去闯荡的。风林是单身汉，不喜欢种庄稼，也没有手艺，到处游赌，赢了钱就晚上翻刘寡妇的院墙，他父亲骂他是二流坯子。后来风林输多了，还不起赌债，偷着出去了。过了两三年，风林回来了一趟，径直住到刘寡妇家，带刘寡妇去了一趟县城，给刘寡妇买了不少时作时款的衣服。风林在村子里转悠，逢人就说自己在杭州包了一个小工地，想带一些人去干活。村里人不理风林，只有扁腾愿意跟着去。风林叫刘寡妇把田地租给别人种，带她到工地上的食堂做饭，刘寡妇觉得她和风林没必要偷偷摸摸，把自己的孩子交给公公婆婆，便真的跟风林去了杭州，村里的风言风语刮了几天才停歇下来。

扁腾跟着风林出去了一年，腊月带了几千块钱回来，找了对象，一口气拿出了三个"9"的彩礼，就是三个900元。这一下，村里人傻了眼，都跑到扁腾家，要跟扁腾去杭州找活干。分产到户也就十来年，人们便感觉上面压下来的负担越来越重了，手中的钱也越来越不顶用了。人们守在家里种庄稼，辛辛苦苦一年到头，人工不算，去了化肥和农药的成本，交了农业税，所剩无几。有些人家赶上歉年，白种不说，还要亏欠，连农业税都交不起。村里分春夏秋三次缴农业税，春季交油菜抵税，夏季交大豆抵税，秋季交花生、棉花和芝麻抵税。湖区丘陵，半山半水的村子多，种庄稼也是半干半浸。水田小而分散，种的水稻只够吃，地里种的都抵缴了农业税，唯一能留下的就是我大伯经常说的几粒牙齿药（稻谷）了，家里有剩余劳动力的都想出去找活路。正月还没过了元宵，村里七八个青壮年劳力，用大蛇皮袋装棉被，用小蛇皮袋装衣物就跟着扁腾去了杭州。我三哥学徒差不多三年了，正月过后他跟着社来师傅在县城人家做家具。他没跟社来师傅打招呼，也没有向家里通个气，便与村里几个同龄人，偷偷地从乐平爬火车，辗转去了杭州。我母亲得知后急得到处打听，发疯似的。父亲正卧病在床，三哥出去几个月都没有音讯。农村那时还没通电话，三哥到底是死是活我们都不知道。父亲的病情日渐加重时，三哥回来了，还穿着出去时的衣服。他说自己在杭州富阳找到了一处工地，回来是带被子、衣物和干木工活的工具的。没过几天，三哥不顾父亲和母亲的阻拦，还是扛着被子和衣物，提着工具包去了杭州。

17. 花枝离婚

上学的路上，漫山遍野金黄的油菜花如一张张硕大的金箔晃得眼睛晕晕乎乎，许多蜜蜂嗡嗡地在花蕊上悬浮着采花粉。密密匝匝的油菜花香味太浓烈，直冲鼻孔，呛得囟门发胀。母亲叫我不要钻入油菜地玩，否则会诱发脑膜炎，治不好会变成傻子。母亲不是吓唬我，老支书的儿子就是因为在油菜地里玩诱发的脑膜炎，救过来后，脑瓜子较以前迟钝了许多。天晴了，人们钻进油菜地里套种大豆，男人在前面用长柄叉铲打豆坑子，女人在后面丢豆籽，男人打完了豆坑子就在脖子挎上装了稻草灰的竹簸箕，跟在女人后面追肥。种豆的人从油菜地里钻出来，头发上、肩背上都是黄金金的菜花粉。

路边的小树林里有一个养蜂人的小木屋，盖的是一张大帆布，外面摆了几十只蜂箱，蜜蜂像阵雨般呜啦啦地飞来飞去，像无数密集的轰炸机似的嗡嗡作响，在蜂箱上狂轰滥炸。养蜂的是一对中年夫妻，听说是上海人，说吴侬软语，听他们夫妻俩说话，就像听绵柔的情歌对唱。有时经过小木屋，看见男的像古装片里的侠客戴着宽边网状帽，正在不紧不慢地抽蜂屉刮蜂蜜，他的头上肩背上爬满了蜜蜂，像许多顽皮的孩子爬到家长身上嬉闹，他却丝毫不动声色，从容地干着手里的活。养蜂人的女人在木屋的另一侧空地上用蜂窝煤炉子炒菜做饭。炉子一旁是一张小桌子和一只铝合金水桶。我们每次经过小树林都不敢快跑，生怕跑快了，蜜蜂会顺风追着蛰我们。养蜂人跟周边村子的人相处得非常好，有些村干部或年轻的村妇到养蜂的小树林玩，养蜂人都会装几小勺蜂蜜给去的人尝尝。少敏的妈妈花枝爱俏，听说喝蜂蜜皮肤好，少不了到养蜂人的小树林来玩。可能是喝了蜂蜜的缘故，花枝确实是村里保养得最好的，就像开在山坡上的野桃花般粉嫩。

就在清明节放假前，花枝来到了学校找少敏，胡老师正在讲评我的作文。花枝没有打扮，上身穿着一件灰蓝色的外套，下身穿着一件洗旧了的黑色裤子，脚上的布鞋穿一半踩一半，头发蓬乱，脸色憔悴，倚靠在教室门口。花枝扫了一遍教室里的学生，目光落在少敏身上，她也没有向胡老师打招呼，就眼泪汪汪地冲着少敏说："儿子，妈错了，求你原谅妈的错，向你爸说几句好话，让你爸不要和我离了……"少敏冷冰冰地看了花枝一眼，便埋头一言不发。可能花枝事先找过胡老师，胡老师侧身用鄙夷的目光看了花枝一眼，几乎是用轰的语气连说了三个"走"字，叫花枝不要影响学生上课，花枝只好转身悻悻地离去。

少敏的爸爸胡霸早就耳闻了妻子花枝在村里的风言风语，但自己在矿山一两个月才回来一次，没有抓到过现形，不好自扣绿帽子。花枝也摸准了胡霸回来的规律，胡霸一回来，她就做胡霸喜欢吃的，又是甜言蜜语又是玩贴面舞，让胡霸开开心心地回矿山。没想到胡霸也留了心眼，为了抓花枝与豹肚的现形，竟然清明节前就请好了半个月假，买好了几包饼干，怀揣着一截钢管，半夜回到村子，想抓花枝与豹肚的现形，但没发现什么动静，便躲了起来。第二天，胡霸趁花枝不在家钻进了床底下。一连三天都躺在床底下，胡霸并没有发现花枝有什么动静。花枝出了家门，胡霸才钻出来喝水上厕所。

结果第四天，豹肚来了。豹肚和花枝在床上快活，胡霸怒火升腾，倏地从床底下爬出来，牙齿咬得咯吱咯吱响，嘴里骂着奸夫淫妇，操起早已准备好的钢管就往豹肚和花枝的身上揍下去。刚才还扭在一起快活的一对男女，立马吓得扭在一起鬼哭狼嚎。花枝滚下床，拖着胡霸的腿，号哭着"救命啊，要打死人了啊……"沉睡的村子一下子被花枝的号啕尖叫吵醒了。几对邻居夫妻披着衣服敲花枝的门，花枝顾不得羞耻，嘴里哭求着："快、快、快救人，胡霸发疯了，要出人命了……"豹肚被胡霸打得头破血流，鼻青脸肿，蜷缩在床角，嘴角开始流涎水，没有了招架之力。一个男邻居拦腰抱住胡霸，嘴里叫喊胡霸住手；另一个邻居抢下胡霸手中的钢管，冲着胡霸道：用这个家伙打人，出了人命怎么办？胡霸可能是打累了，也气软了，被男邻居抱住后，一个劲地喘气。其他几个男邻居找到豹肚的衣服，随便罩在他身上，抬着他去了赤脚医生贵志家，其他邻居也陆续跑来看热闹问个究竟。村子里的鸡叫起来，狗狂吠起来，整个村子都躁动了起来。第二天吃早饭时，听说豹肚被送到县城住院去了，花枝披头散发，脸上红一块紫一块，她一只手拿砧板，一只手拿菜刀，走几步就哭叫几声：做女人都不要像我一样偷人养汉臭尸万代呀……接着就用菜刀剁几下砧板。花枝沿路哭叫剁砧板，像一个演疯癫戏似的演员。大户小院的人们都伸头侧耳，对着花枝指指点点，有鼻子哼气发笑的，有摇头吐口水的，有的老妪干脆骂出了声："辱门败户，不知自己的丑肉卖多少钱一斤，祸水哟……"在路上走的，在地里干活的，餐桌上吃饭的都在绘声绘色地议论，不少夫妻说着说着便借题发挥互相责骂起来，还有大打出手的。整整几天，花枝偷汉被抓现形事件让整个村子都没有消停下来。

胡霸不愿一辈子背着一个乌龟壳过日子，还是与花枝离婚了。那个年代，离婚的忒少，夫妻都是合伙讨吃，还有藕断丝连的孩子，不是绝了体，是不会离婚的。不像现在，离婚好像是时髦的事，夫妻各自经济独立，对孩子也不负责任，由着自己的性子跑。

那个学期还没读完，少敏就转学跟他的父亲胡霸到矿山子弟学校读书去了。他走时连一声招呼都没打，只看到英子每天骑着少敏的自行车上学。我和翘嘴都骂少敏太不讲哥儿们义气，一个不折不扣的情种。花枝自然在村里待不下去了，回了娘家，后来听说她嫁给了娘家村里的一个单身汉。

18. 穿越食衣山

　　少敏走后不久，班主任胡老师严肃地说了一条让我紧张的消息。他说全乡各辅导区的初三毕业班要撤掉，全乡只开设两个初三班，期末统考从各辅导区的初二学生中择优 150 个左右的学生集中到乡集镇就读，这样一来竹下辅导区两个班的初二学生只有 40 来个人有机会升初三。我开始心里发慌，因为父亲病重，家里实在拿不出钱来买化肥，三哥、四哥相继辍学到县城捡猪粪积肥，家里只剩下我一个人读书，全家就指望我读书能有出息，如果连初三都考不上，就断了希望了。我不敢嘻嘻哈哈了，天蒙蒙亮就起床，到了学校后，便与一些想升学的同学到离学校不远的山丘上读一个小时的书再回校吃稀粥。

　　每次从山丘回校，我都要望望不远处郁郁葱葱、雾气蒸腾的食衣山。我心里想，在离开竹下学校前一定要穿越一下食衣山丛林。我把这个想法告诉了翘嘴，他满口答应，说要告诉英子。我说，这何必呢？翘嘴说，不叫上英子，万一在丛林里迷了路，没有人为我们报信，我想想也是。我又把自己的想法告诉了借宿家的同学爱民，想让他当我们的向导，他一听睁大眼睛看了我大半天，头摇得像拨浪鼓似的，冲着我叫道：食衣山丛林只有一条小路，布满了荆棘，他曾跟他的爷爷和父亲进过一次食衣山，平时很少有人进山，进山也要结伴而行。他神神道道地说丛林里有许多猛禽和野兽，豺狗、毛狗（狐狸）、野猪、蟒蛇、五步龙蛇（扇子风）、猫头鹰、黄隼……他说有一年夏天一只豺狗窜进了村子，钻进猪圈（以前农村的猪是放养的，圈门不关的），咬住猪耳朵往上提拉，猪想叫却又叫不出来，然后豺狗用刺锤般的尾巴敲打猪屁股，闷声不响地把猪赶到了村口，还是一位半夜放田水回来的村民撞见了，大声疾呼："豺狗进村赶猪了。"全村人呼啦啦握钢叉和耙子追了出来，豺狗便咬下猪的半边耳朵跑回了食衣山。爱民接着又讲毛狗进农家拖鸡，蟒蛇摆尾横扫山脚下的菜畦，野猪到地里拱萝卜，猫头鹰令人毛骨悚然的叫声，等等。爱民讲这么多，非但没有吓唬住我，反而激起了我穿越食衣山丛林的欲望。我的几何学得还好，经常满分，而爱民的几何学得一塌糊涂。我便许诺私下里教他做几何题，他不动摇；我说从家里带用干盐巴炒的鱿鲴鱼给他吃，他有点动摇了；我又加码，说送他一张印有郭靖和黄蓉剧照的《射雕英雄传》明信片，他才勉强地同意了。

我不知道那时爱民把食衣山说得那么恐怖，为什么自己仍有那么强烈的穿越食衣山的欲望。现在想来，可能是当时的学习太紧张了吧；或许是当时回到家里看到父亲哮喘病发作，那种令人窒息的痛苦让我想去冒险发泄一下吧？

在放暑假前，我向爱民兑现了所有的承诺。在一个星期六放学的中午，我与翘嘴各带了一根竹竿，背着空书包，让爱民带路，从东南山脚钻进了食衣山。英子没有跟着我们钻丛林，却在自行车的后座绑了我们的书本，答应在山北面的出口等我们。

进了山，我们发现林间确实有一条落满枯叶但依稀可见的窄窄的小路，树木遮天蔽日，粗壮高大的树木、低矮瘦长的灌木夹杂混交在一起，树干上爬满了苔藓地衣，树枝上飘着丝萝悬藤，地面上经年的枯叶上有褐色的土蛤蟆和各种不知名的虫子爬行。小鸟在枝头扑棱棱地蹿跳鸣叫，我们开始觉得很新奇，哼着当时播放的电视连续剧《再向虎山行》的主题曲，用手拨开挡道的树枝藤蔓，匍匐着身子模仿特务连士兵的样子在林间小道中穿行，觉得有穿越原始森林的神秘感，心里异常兴奋。越往里钻树木越发茂密，林间越发昏暗潮湿，只有少许阳光透过枝叶的缝隙射进来，眼睛无论向哪边张望，都望不出丛林有多深的距离。几乎看不到小路了，地上经年落叶的腐败气味与野花树叶的芳香气息萦回飘荡，流入鼻腔，头有点醉晕晕的，我不知道是不是瘴气。我们似乎听到了猫头鹰那比鬼哭都恐怖的叫声传来，爱民叫我和翘嘴注意头上掉下来蛇，这一提醒不要紧，我吓得一缩脖子，赶紧把书包顶在头上，偶尔一片树叶或一根小枯枝掉在背上都要惊叫转身看个究竟。

往前钻，爱民说地上几个碗口粗的、斜进去的洞可能是毛狗洞。翘嘴一听便用竹竿捅了几下，爱民说毛狗很狡猾，它是这边的洞口进，那边的洞口出，根本捅不到毛狗。再往前钻，爱民趴在地上一动不动，悄声说，前面有一条大青蛇，我和翘嘴蹲在原地双腿抖得像弹琵琶。这条大青蛇好大，足有小孩的胳膊那样粗。横穿小路时，地上的枯叶窸窸窣窣作响，脊背游动就像进站的火车。我们好长时间屏息不动，确定这条大青蛇游走很远了才欠起身子继续往前钻。还没钻出几步，一只灰麻色的野兔从侧面窜了出来，我们以为是小野猪，吓得差点心都跳了出来。我们不知道前面还会遇到什么，开始后悔了，但是已经进山很久了，回去的路也很长，何况英子还在外面焦急地等着我们呢！我们加快了钻的速度，手上脸上身上都有划痕，伤口火辣辣的，衣服也划破了几道口子。一路上我们没有遇见什么豺狗、野猪、蟒蛇和猫头鹰，当然我们也不想遇见。

树林的光线似乎越来越亮了，可能快到出山口了，我们又兴奋了起来，哪知翘嘴从一棵小乌桕树钻过去的时候，晃动了树枝，乌桕树上的一挂毛辣虫掉在了他脖子上，他本能地用手一划拉，有不少毛辣虫又掉进了上衣里，翘嘴赶紧脱衣服使劲地抖，他身上开始东一块西一块地变红紫了。翘嘴像是身上着了火似的扭动着身子哭叫起来。最后几十米的路程，我们像三只野猴子被野兽撵着似的连滚带爬地钻了出来。我们看见英子正站在路边焦急地张望，她看到我们出来，笑着向我们招手。继而，她扑哧地笑个不停，我们当时一定很狼狈，不然英子怎么会笑得那样开心。

爱民一个劲地抱怨，说太冒险了，本就不该钻食衣山。我纠正他的说法，不叫钻，叫穿越。爱民说，管我怎么咬文嚼字，他要回去了。爱民的爷爷是个吝啬鬼，如果看到爱民的衣服划破了，极有可能会揍爱民一顿。翘嘴一身被毛辣虫蜇肿得像世界地图，跑到路边的池塘不停地往身上浇水，我也曾被毛辣虫蜇过，能想象出来他身上火燎般的难受滋味。英子说，不要在这里耽误时间，赶快回去用肥皂消毒，翘嘴便站了起来。英子在前面推车，我和翘嘴跟在后面，就像一个姐姐带着两个顽皮的弟弟一样。一路上，我和翘嘴你一句我一句地吹嘘怎样勇敢地穿越食衣山，英子听得只顾咯咯地笑。

路边的水田里的稻子已有膝盖高了，开始扬花抽穗，像密密匝匝倒插的绿色刀片上粘了雪沫，田野里荡漾着青涩的稻花香味，闻起来有点朦胧的感觉。自从亮波、少敏走后，英子几乎没有与我和翘嘴碰过面，也从未这样开心过。我们吹牛正吹得起劲，英子突然回过头打断我们的话，轻声告诉我们，她的父亲被调到县城一所中学教书，她们全家下半年要搬到县城去了。我感到很突然，翘嘴可能也是一样的感觉，大家都沉默着，呼吸似乎也僵硬起来了。

英子说她家的小店也要清货了，她问我和翘嘴想要什么，只要她家小店有的，她都会送给我们。我和翘嘴只是翻眼看了英子一眼，都没有表现出特别的兴奋。那天，我和翘嘴在英子家待了很长时间。反正下午放假，我们先是到井里打水给翘嘴洗被毛辣虫蛰的身子。翘嘴双手挂在井栏上，身子弯成"U"字形，英子拿来一块黄色的肥皂，沾了水在翘嘴身上抹开来。肥皂在英子的手中滑溜溜跑遍了翘嘴上半身，滑到翘嘴胳肢窝或腰部时，翘嘴痒溜得扭动着身子嘎嘎地笑了起来。我便舀起一瓢水朝他身上浇过去，翘嘴身子打了一个激灵，随即哇哇地叫嚷着，笑骂我是火上浇油。我说这是火上浇水，降降温。翘嘴侧过脸努嘴骂了一句：去你的，臭蛋。英子脸上、发梢和衣上也溅了不少水。她没有嗔怪我们，只是回过头来冲着我们笑了笑，转身说去屋里拿毛巾。

翘嘴擦完身子，我和翘嘴动手从英子的自行车后座上取下书包，准备回去。英子的妈妈竟然笑着端了两碗面条出来，上面还有煎蛋丝，她叫我和翘嘴接住，吃了再回去。我和翘嘴都惊呆了，这是什么待遇，两人立马僵在原地不知所措。英子的妈妈说："你们和英子是打小在一起的同学，一起读小学，一起读初中，现在我们家要搬到县城去了，以后见面的时候就少了……"我和翘嘴本能地后退了几步，就是不敢接。英子笑着说，吃碗面条有什么，又不要你们还情。我和翘嘴互相望了望，尴尬地接住了英子妈妈手中的面条，转身放在靠井的一块洗衣用的磨盘上，趴着身子埋着头也顾不得难为情，就嗦溜溜地吃起来。在我们吃面条的档儿，英子分别在我和翘嘴的碗前放了一张印有汪国真抒情诗的明信片，说是送给我们的，那是汪国真的《走向远方》：

> 是男儿总要走向远方，
> 走向远方是为了让生命更辉煌。
> 走在崎岖不平的路上，
> 年轻的眼眸里装着梦更装着思想。
> 不论是孤独地走着还是结伴同行，
> 让每一个脚印都坚实而有力量。

......

我和翘嘴张着嘴，不知所措，挑面条的筷子也悬在嘴前。节奏太快了，感觉英子一家马上就要搬到城里去了。面条吃完了，我和翘嘴既想走又不想走，便趴在井栏上往井里看。井水很满，井壁的苔藓都快要掠到水面了。英子走过来也朝井里看，问我们在看什么。井水清澈柔绵，把我们三个人的头像都清晰地映在一起，那是三张渐渐褪去稚气而清纯的脸。微风拂来，井边梨树上掉下一片叶子，井水微荡，我们三个人的头像也随波模糊起来……

19. 圩堤抢险风波

到了夏天，鄱阳湖就疯狂地膨胀起来。从水稻灌浆起，雨水就没有消停过。湖田的水稻长得半熟就被淹了。人们埋怨生活在湖边三年两头涨水，十年也难得遇到一两回风调雨顺的年份。人们顾不得斜风斜雨，穿蓑衣戴斗笠，扛着楼梯下湖田捞被淹的水稻，半大的孩子打着赤脚把蛇皮袋做成三角帽披在身上挡雨，然后随大人们下湖田帮忙。涨水后的稻子瘦长，只露出穗头。人们把扛来的楼梯放在水里，一人一把镰刀下到齐腿深的水田，把割下来的水稻横放在像木排一样的楼梯上。楼梯上的水稻堆叠得差不多了，便推到田边一束束抱上岸，再由家里的男劳力一担担挑回家。湿淋淋的水稻挑在肩上，把扁担压弯得像一张弓，挑水稻的人被沉重的担子压得躬起了背。田埂上湿滑得像抹了油，走在上面挑担就像杂技演员荡钢丝。天上的雨水、面颊上的汗水、脚下的泥水，还有心里的苦水都在他们的身上肆虐，他们沉默不语地在雨中的田野上一步一滑地咬牙往前蹬步……

淫雨霏霏，老天连月没有开过眼，从昌江和信江上游推涌下来的山洪快速地注入饶河。县城的沿河路的几个闸口都用厚实的挡板堵了闸。饶河边，大大小小的船头都搁在了沿河圩堤上，圩堤上插满了抗洪抢险的红旗，沿河的居民开始搬家。从上游冲下来的连根大树、房梁屋柱、竹器家具，甚至棺材、泡胀的猪牛等牲口往河湖交汇处漂移。鄱阳湖水位急速抬升，站在湖边，湖面浩浩汤汤，犹如大海，阴云密布，风高浪急，维系着鄱阳湖东岸八个乡镇安危的珠湖联圩如一根漂在鄱阳湖边的锁链，被风浪冲撞得扭摆欲断。上面下达紧急通知，动员各乡镇派劳力到珠湖联圩防洪抢险。责任一层一层地压下来，几十里长的联圩几乎沿湖各村都有一截责任段，每家都要出劳力。村里组织了一支防洪抢险队，分为几波人，一波30多人，由村干部带队轮流上圩值守。村里不少劳力都出去打工了，没出门的劳力大部分是一些没手艺的庄稼汉和初高中的学生。

虎子的父亲三年前就得癌症去世了，两个哥哥都在杭州打工。虎子刚上初中时，家里出劳力上圩，只能让虎子顶缺。圩上每隔一段路就搭一个棚子，每个乡镇防洪抢险队的旗帜插在各自的责任段上，被湖风刮得猎猎作响。圩堤上每隔一里左右便是一堆鹅卵石和一堆泥土，已经装好了的泥石袋竖码在圩堤上。圩堤的外侧已经叠加了一米多高的泥石袋，上面还铺了塑料薄膜。风借浪势，浪借风威，它们呼啸着冲向圩堤，无数章鱼触角般的湖浪疯狂挠抓撕咬圩堤。

虎子一波人由来财带队，三天一轮换，吃住都在圩堤。大伙从家里带柴米油盐来，在圩堤上搭几块石头放在一起生火做饭。虎子正是长身体的年龄，是个饭桶子，午饭多吃了两碗。来财鼻子哼哼，黑着脸骂虎子每天牵蛇皮袋凑数，吃起饭来却左一碗右一碗，看着都恶心，干脆滚回去。虎子十五六岁，正是一头牛犊子，立马回怼了来财一句：我还牵了蛇皮袋，你一天到晚指手画脚也不干活，甚至还偷着喝酒打扑克牌。你才是个吃冤枉的，该滚回去的是你。大伙听了，都哈哈大笑起来。来财脸上立马变得铁青，几步跨到虎子的身边，掐住虎子的脖子用力甩拨了几圈。虎子在原地打了几个转，立脚未稳，一屁股摔坐在地上。虎子本能地要爬起来反抗，又被来财踹了一脚。来财狠狠地指着虎子说，你小子再犟，我就把你扔到鄱阳湖里喂鱼。大伙一看事闹大了，都赶忙上去劝阻。虎子翻身爬起，嘴角抽噎，咬牙指着来财喊道：你等着，十年后我……我……我收拾你这个家伙！来财把鼻子哼了几哼，补了一句：我打个喷嚏都能把你溅到沟里去，你小子一辈子也不是我的对手。虎子脸色发青，牙齿咬得咯咯响，手里的拳头紧攥得颤抖。

午后的风暴从天边隆隆而来，乌云在湖面上翻腾，如扯动的黑幕般很快遮挂了半个湖天，闪电在黑幕上炸裂出一道道蛇形。乌云盖过头顶，雨幕从西南的天边急速向圩堤披挂过来，雨声也随之排山倒海般漫过来。风雨交加，整个天地都在眩晕发颤，人们都往棚子里钻。虎子却蓦地一转身，风雨中他一步一颤摇摆欲倒地走下了圩堤。讲南叔喊他回来，他却没有回头，消失在了滂沱的大雨中。

大伙以为虎子只是一时气头上回了家，没想到虎子这一走竟杳无音信。虎子的母亲掉了魂似的逢人就哭，问儿子的下落，她只要听到什么地方贴了认尸启事，便拔腿出门。虎子如一枚针掉进了大海，没了踪影。村里关于虎子的传言，说什么的都有：有说虎子到深山寻了高人学武的，有说虎子成了乞丐的，有说虎子成了毒贩子的……虎子家人的心渐渐凉了。虎子母亲的眼睛也哭蒙了，背佝偻了下去，总见她披头散发，嘴里反复自言自语地说着一句话：死了，死了，我的毛仂死了……

有一次，虎子的母亲挎着篮子经过我家门口，她抬头看到我，突然问了我一句：毛仂，你读初几啊？我虎子今年该读初二了吧？我望着她浑浊的眼睛，一时竟不知如何回答。她见我没回答，便又低下头佝偻着身子往村外走去。其实，我已升入乡集镇读初三了。

20. 捡花生攒学费

暑假刚过不久，我就接到了升入初三的通知书。我兴奋地扬举着通知书，一路小跑着回到家告诉父亲和母亲，并说自己一年后准备考师范。父亲和母亲都很高兴，问学费多少？我翻看了一下通知书上标的学费是每个学期 28 元。父亲和母亲都侧过脸来，惊讶地望着我。读初一和初二时每个学期的学费都是十来块钱，怎么初三翻了倍？坐在椅子上喘气的父亲哀叹了一声，说我的学费足足要卖一大蛇皮袋花生才够数。晒干的花生五六毛钱一斤，一蛇皮袋花生大概 50 斤，也就 30 元。当时人们种的大部分是跑藤花生，不仅产量低，收地里的花生也格外复杂，要经过砍藤、耕地、碎土、筛泥四道工序。听人说七八里外的西山景周边的几个村试种了一种可直接连棵拔起的棵粒花生。望着父母的眼神，我扬举着通知书的手耷拉了下来，气鼓鼓地冲着父亲和母亲喊了一句：暑假里，我自己去西山景掏散落的颗粒花生，卖了挣学费。

割了早稻插了二晚，还有一个月就要开学了。下过两场雨后，人们就开始拔花生了。掏花生要赶早，天上的"七姊妹星"爬上村前山坡的时候就要动身，走七八里路才能到西山景周边的大片花生地里。

夏夜，农村人都喜欢露天睡在院子里。傍晚，大人们都还在地里忙活，家里的老人带着小孩搬的搬、抬的抬，把小方桌、小板凳、竹凉床、竹摇椅一股脑地搬到了院子里。竹凉床不够就搬两条长凳，横放两块铺盖板，上面垫上草席，搭成铺板床。家里人多的，竹床横放一张竖放一张，占了半个院子。蠓虫子像黑雾般从草丛中纷纷扬扬地腾升起来，蝙蝠也黑压压地在村子上空飘荡低旋。蚊子们如无数架直升机在耳边发出恐怖刺耳的轰鸣声，轮番狂轰滥炸人的体肤。我左一巴掌右一巴掌地在自己的身上愤怒地拍击着蚊子，偶尔有凉风一扫而过，不仅刮跑了蚊子，身上也顿感无比惬意。二哥嘴里叫嚷：噫乎……噫乎……老天耶，好风多送诺！院子里的大树上被惊动的知了"嗻嗻"地飞叫着，我感觉能听到夏夜慌促的呼吸。村里的变压器远在三里外的灌溉站，电压不稳，白炽灯泡的钨丝红一阵白一阵，村里有几户人家买了黑白电视机，都配了稳压器。村里正在筹款买一台变压器，打算放在村前小水库边上，从而彻底解决电压不稳问题。我姐夫的弟弟国华在供销社上班，是村里第一个买电视机和摩托的。每到傍晚，他就骑着摩托从集镇回来，第一件事就是把八仙桌搬到院子中间，上面放一张小桌子，再在小桌子上叠一个木箱子，黑白电视机放在木箱子上，就像搭宝塔一样。吃过晚饭，半个村子的人都往建国家的院子里赶，像看电影似的。有时看得正有兴致时，停了电，整个院子的人都齐声"哎呀"地叹气。大家心里阿弥陀佛都盼立马来电，站在原地不挪脚。电一时半会儿不来，只得三五成群回去。躺在院子里的竹床上翻过来翻过去睡不着，眼睛直望蓝色夜幕。浩邈的夜空繁星满天，银河似乎是小孩一路小跑吹撒的肥皂沫。有时会看到一颗穿行在繁星之中的星星，听老师在课上说那是人造卫星。偶尔看到一颗流星划过，消逝在无边的夜空里，我又想到奶奶说的：一个人对应天上的一颗星，天上掉了一颗星，地上就有一个人离世。我侧脸望望躺在摇椅上患哮喘病的父亲，便闭上眼睛不敢再望星空了。我怕天上又有流星消逝在茫茫的夜空中。

睡得正酣，翘嘴站在床头把我从睡梦中摇醒了。我揉揉眼睛抬头望望天，密密匝匝的星星看上去显得安安静静的，没有了刚入夜时的嬉闹兴奋。夜色清凉，我肚子上搭了一块旧床单，那一定是母亲在我睡着后搭在我身上的。夜色还浓得很，"七姊妹星"刚升起来。各家房檐下的灯陆续亮了，院子里和村弄里开始有人走动，断断续续地会听到狗叫声，村边树林里的鸟开始聒噪起来。我翻身起来，凉床边沿的露水冰凉，惊得我浑身打了个激灵。我找到白天早就准备好的一个带手柄的小耙子和一个装过磷肥的蛇皮袋，戴上一个旧草帽，然后走到水缸边，舀了一瓢水咕咚咕咚喝下去。母亲早就起来了，正生火准备煮饭，我要跟上队，等不到稀饭煮熟。母亲就到坛子里抓了一把干粑塞到我裤袋里，嘱咐我中午到树底下歇凉，渴了就找泉水喝，不要热乏了。她又补上一句，掏花生就掏花生，能掏多少是多少，手脚要规矩。我嘴里嗯嗯地答应着，转身和翘嘴追正往村外走的淘花生的妇女队伍。

前面领头的梅花嫂子打着手电筒，她说夏天晚上走夜路就怕踩到蛇，大家要小心点，跟着她走路中间，不要走路边沿的草篷子里。沙拉沙拉的脚步声把夜晚衬托得更为寂静了。到了西山景，夜色却黑起来，大家便蹲在路边等天亮。梅花嫂子说马上要天亮了，天亮前会黑一阵。果真，过了不久，东方开始显出鱼肚白，我们都能看到彼此模糊的面庞了。我们分散开来，在已拔过花生的地里蹲身弯腰，开始了掏挖花生。夏天的太阳一出来就发烫，我感觉背上像贴了一块烧烫了的铁板，灼得生疼。翘嘴和我从一块地到另一块地，只要拔过花生的地都不会放过，傍晚回家的时候已有了小半袋花生。

我和翘嘴跟着同村的妇女们每天掏花生，很快晒成了非洲的孩子，手也晒褪了一层皮。父亲将我每天掏来的花生单独晒在一个竹匾里，晒干了，另外装在一个蛇皮袋里。几天下来，蛇皮袋渐渐满了。一场午后暴雨，地里的花生都发芽了，母亲便叫我不要再去掏花生了。

拔了花生的地，雨后还可以种伏地芝麻。二哥赶早用镢头柄一头挂牛丫、一头挂犁铧，扛着去耕地。父亲也起来了，他要去地里教二哥种芝麻。那天，父亲叫我赶着牛一起去。父亲的哮喘病越来越严重，不到六十岁的年纪，挂着拐杖走不到几十米，就要站在路边喘半天。早两年父亲就不能下地干活了。大哥结婚后，已分家立户。三姐和二十出头的二哥，便成了家里的庄稼头。

二哥毕竟年轻，耕田耙地是马虎不得的农活，父亲事先总要给二哥示范一遍，然而耕不到几犁，父亲就上气不接下气，二哥跑过去接到牛鞭，扶住犁铧接着耕下去。父亲后退站在田埂上，弯着腰一只手撑在膝盖上，一只手抚着胸口大口大口地喘气。父亲喘匀了气，再时不时教二哥几句。

　　母亲和三姐最是辛苦。农忙时，母亲几乎每天煮好了饭的时候天才刚亮。之后，母亲带着三姐砍了一担茅草苑柴后才回家吃早饭。砍柴是砍田埂地头的草，连泥巴一起砍，用钉耙翻打草泥，再挑到晒坪上摊晒。山上的马尾松、灌木不能砍，每个生产队都有一个负责看山的，都是铁面无私的人。村里时不时也有赶早摸夜去偷砍马尾松的，被抓到了，看山的就满村敲锣地曝光，还要上门罚谷或罚钱。到了秋冬，生产队（后来叫村民小组）给各家划分出一块山林，可以割马尾松下面的茅草。小孩子拖着长柄竹齿撸耙，像梳头发般来回撸马尾松掉下来的松毛。村民小组长带着各家男劳力把被虫蛀得腐枯的马尾松砍倒，堆叠到山脚下，各家分到一两根拖回去。章家山的马尾松是全村看护得最好的，树高林密、野物多。春夏时节，三姐和乌卵的二姐小妹到山脚下找蘑菇，掐蕨菜心，有时还钻进山里找野鸡蛋。一窝野鸡蛋有十几个，仔鸡蛋大小，褐色的。村里人说山上还有野猪、毛狗（狐狸）和扇子风蛇。白天到章家山放牛，我牵着牛围着山脚转，从不敢将牛赶上山。秋冬蛇入洞后，在天晴有月亮的晚上，我和大东、乌卵、翘嘴吃了晚饭后就打着手电筒，带着簸箕到章家山上照（罩）山雀。手电筒像探照灯一样扫过草丛，扫到了窝在草丛里的山雀便立马静趴下来，手电筒的光束直射山雀，不能偏移，一偏移，山雀就扑啦啦地飞了。被手电筒照着的山雀是蒙的，眼睛一眨不眨地对视着手电筒的光束。然后一个人举着簸箕蹑手蹑脚地走过去，倏地罩下去，山雀便在簸箕里扑棱着，伸手就能抓个正着。

　　三姐除了砍柴、插秧、锄草、割油菜、割麦、割豆、割稻外，还有家中的其他农活都少不了她的一双手。农忙的中午，三姐也不歇息，搭个湿头巾，提着个小木桶，带上一个葫芦瓢，到门口水塘坎下找石鸡（也叫石蛙、石蛤），到田沟里戽泥鳅，顺便也能掐几条鳝鱼。捉来的石鸡给生病的父亲吃，但石鸡很难找。每天戽来的泥鳅和鳝鱼养在一口小缸里，积个两三天就有半缸了。吃泥鳅和鳝鱼之前，要让它们吐一两天的泥，一天换一次水，水缸底的浮泥有手背厚。农忙时，母亲每天都要弄一碗泥鳅炒辣椒。一家人吃得直吐舌，脑门滚汗珠，唏里呼噜几碗饭就下了肚。三哥和四哥也经常中午时跟着三姐去戽泥鳅。家里买不起化肥，小学读完后三哥和四哥都去了县城郊区捡猪粪，家中就只剩下我读书。

那天，我赶着牛跟在父亲后面到了一块不大的三角形的地头。二哥把犁铧和牛丫放下来，转身从我手中接过牛绳和牛鞭子。父亲冲着二哥摆摆手说，今天让你五弟耕这块地，我来教他怎样套牛丫，怎样使唤牛，耕这块地从哪里下犁……我一下子不知所措，怔在原地，嘴里嘟囔了一句："怎么叫我耕地，我才不愿意耕呢。"父亲张开嘴巴，深吸了一口气，像有千斤重担压在他身上一般，哀叹了一声说："除了讨饭，摸牛屁股（耕种）是农村孩子必须学会的农活。我今天必须教会你耕种，我以后可能再也走不到田地畈上来了……你过来，我来教你。"我抬头望了望父亲，有浑浊的泪从他的眼眶里渗了出来。我往牛脖子上生硬地套牛丫，被牛一脚踩倒在地，父亲立马叫我站起来。我手扶犁铧，牛却不听使唤，似乎故意欺负我，把我拖带得踉踉跄跄，几次摔滚在地上，我慌忙捡起牛绳，又追上去扶起犁柄。拽牛绳的左手，扶犁铧的右手都起了泡。那块地被我耕得伤痕累累，我更是泪流满面。父亲双手按着拐杖抵在胸前喘着粗气注视着我，任凭我跌倒滚爬，任凭我哇哇哭出声来，就是不肯让二哥上前帮我一把。我隐隐约约地感到父亲对我的这种"虐待"背后的忧伤与痛苦，他的内心肯定比我耕地手脚所受的伤痛更痛苦。我心头冒出不祥的预感，却不敢往下想。

21. 三姐出嫁

我读初二的那年正月，邻村有个独眼女人上门给三姐说媒。一家养女百家求，女孩子到了出嫁的年龄，门槛都会被人踏破。虽说解放了很多年，但农村男女婚嫁大部分还是"父母之命，媒妁之言"。一直到20世纪90年代初，一些20世纪70年代初出生的男女婚嫁一事也还是听父母的。在这之前，也有上门说媒的，可能是三姐在村里有意中人，媒人一来，她就离开了。加上家里缺劳力，父母也想多留三姐帮家里干几年农活，三姐不同意也就随她。大哥结婚后，家里欠了不少账，到了年关，讨账的一波接一波，父亲愁眉不展，说上一堆的好话才应付过去。到了正月，母亲性子急，便放出信说自己的三女儿到了出嫁的年龄了，为此三姐埋怨母亲敲锣放风嫁女儿。父母商量三姐出嫁的事，说拿一部分彩礼还欠账，三姐知道后只是一个劲地流泪。父亲出于慎重起见，叫来荷花表姐，暗地里去男方的村子"趟亲"，就是到对方村子走一趟，了解一下男方个人和家庭情况。男方是个本分的农民，说是学了木匠手艺，其实只是学了两年徒，是个半吊子手艺。他家里庄稼种得好，还富裕，彩礼也出得最高，三个"9"，就是三个900元。三姐起先不愿意，但看到病重的父亲唉声叹气，母亲又在不停地唠叨，媒人又携着表姐三番五次地上门催劝，便点了头。

接下来便是合"八字"（旧时以天干地支计时，一个人出生的"年、月、日、时"四个时间各是两个字，即为"八字"）。男女双方的"八字"相合无相冲才能合婚，男女两方都要请算命先生推算。算命先生有智慧，能破解相冲，通吃双方酒钱。如龙遇虎称"斗嘴百年好夫妻"，蛇遇鼠称"蛇鼠一窝温柔梦"。合了"八字"，男女两方请好"三媒六证"，商量好彩礼，没过几天就订婚"查家"，男方包第一次彩礼。那天晚上，村里一个小伙子喝醉了酒，跑到我家，说要娶三姐。母亲要骂他，被父亲阻止了。大哥上前呵斥这个小伙子不要装混样，把他推搡出了院外。小伙子吐着酒气，头耷拉着，跌跌撞撞走了。三姐那天晚上没有出房门，父亲板着脸对三姐说："定了亲，就不能让别人风言风语，说三道四。"至今我们兄弟姊妹在一起闲聊，都觉得亏欠了三姐，她为家里渡过难关，却牺牲了自己的爱情。

农村年轻人订婚以往一般都选在正二月，结婚则基本上放在腊月。从订婚到结婚，中间十来个月要跨两大传统节日，一是端午节，二是中秋节。端午节正值农忙开始，大家都没空搞什么仪式，姐夫家送上烟酒和果品，为三姐置办了夏天的衣服。到了中秋节，结婚事宜基本上要敲定。节前，姐夫家请村里的门馆先生翻通书择了结婚吉日。在中秋节前的两天，姐夫的母舅挑着一担大提壶（旧时一种框架雕刻精美的方形装礼品的盛器），里面是第二次交的"彩礼"和送给三姐的衣物和节礼，以及预报佳期的"书子"。"书子"

外面像大信封，里面是用红纸写的结婚日期。姐夫的叔叔挑着一担月饼，与媒人一起到我家"送日子"追节。月饼是送给族亲和其他亲戚的。追节，也称"催结"，谐音寓意：催着赶快结婚。

我对那次追节挑来的月饼记忆犹新。在这之前，我很少吃过一整块月饼。姐夫家挑来的那担提壶全是一筒筒的秃酥月饼。秃酥月饼因外表光秃秃的而得名。秃酥月饼一筒四个，用一种专用黄色糕点纸包成正方形，上面再覆上一张红色的嫦娥奔月图或八仙过海图，用细麻线捆扎，打个十字花结。这些秃酥月饼分送完亲戚后，一般会多出几筒。好像姐夫家那天还带来两筒用糕点纸卷成圆柱形的葱酥饼，一筒有八个。晚上，母亲竟然分给我一块整的秃酥月饼和半块葱酥饼，我兴奋不已。掰开像小铜锣似的秃酥月饼，咬一口黑润润的内馅，各种香甜像交响乐一样立体环绕在舌尖，汇成了一种幸福的感觉。那天是我第一次吃到葱酥饼，从此葱酥饼竟成了我念念不忘的美食。葱酥饼主要的食材为面粉、糯米粉、白糖和香葱。葱酥饼烤之前要在面皮上刷一层蛋黄液，这样烤出来的月饼色泽黄亮、皮薄馅厚、葱香油润、又脆又酥，是名副其实酥到掉渣的鄱阳特色美食。

童年月饼的味道一直都留在我的舌尖上。小时的中秋节是那样的温馨和欢乐。那时石榴已红，金桂正香，秋风似水，月光如瀑。农家院落的牛棚、草垛、篱笆、枣树似乎都睡意蒙眬。此时，篱畔菊花的幽香在月光下轻浅地浮动，树上的甜柚在清风中悠然地摆荡，我们一家人围坐成一个大圈，中间一张小方桌上摆上一大壶农家粗茶和一大块麻酥月饼，还有柚子、橙子、花生、米粑等"圆"形果品，一轮清朗的明月挂在桂影婆娑的枝头，沉淀着传统文化，这时被清秋草丛中的蛩声唤醒。我的奶奶虔诚地立在桌旁，面月焚香，随后抬头双手举香叩首拜月，嘴里念念叨叨：春祭日，秋祭月，月圆人圆，一家人团圆。一家人依次面月而拜后，母亲便把大麻酥月饼切成米字形，我和哥哥们都急不可耐地拿了一块咬嚼起来，月饼馅里有芝麻、桂花、冰糖、橘皮等，感觉甜腻绵口，我先吃外皮，再用手指抠出内馅里的冰糖颗粒放在嘴里吮吸，然后小口品咂内馅的滋味儿，最后舔舔手指上的碎屑。奶奶轻摇蒲扇，笑骂我和哥哥们是小馋猫，她呷一口粗茶，开始讲起牛郎织女、嫦娥奔月、吴刚伐桂的故事。奶奶的故事永远都那么美丽悠长，听着听着我们就不知不觉地睡着了。

中秋节那天，最快乐的事情莫过于烧宝塔。据说，中秋节烧宝塔的习俗与古代民间抗元"杀鞑子"有关。玩伴们四处拾捡断砖残甓和枯枝断丫堆放在空旷的晒坪上，到了傍晚大家七手八脚，大砖垫底，预留烧火门洞，然后砖叠砖，缝对缝，一层缩半砖，砌起人头高的宝塔，再在"塔顶"平放一块青砖。各人回家匆匆忙忙扒了几口晚饭，便呼啦赶回到晒坪上来。老支书的小儿子胖墩带来一块秃酥月饼放在"塔顶"青砖上。中秋明月冉冉升起，便开始点着毛柴火放入塔洞门，再往塔洞添枯枝断丫，火越烧越旺，以至于火光冲天，从砖缝里窜出火舌。我们围着被熊熊燃烧的宝塔欢呼雀跃，嘴里不停地喊着"年年烧宝塔，月月保平安"的谚语。天上的月光，地上的火光，辉映着我们一张张天真烂漫的脸，欢乐回荡在乡村中秋的夜空里。最后，大家分享那块烤得像烫手的山芋般的月饼，我们这些小孩子的中秋节狂欢游戏便画上了一个圆满的句号。

那或温馨，或甜美，或欢乐的童年中秋只停留在我过去的记忆里。后来，乡村里的一部分人陆续外出找活，一部分人留守在家。一家人除了春节，多半是聚少离多，每年中秋阖家祭月、拜月、赏月和吃月饼的仪式渐行渐远，以至于荡然无存，已很难找回来了。

我只知道三姐嫁出去自己能吃到香甜的月饼，却不知道三姐心中有多苦。父亲知道一家人最亏欠的是三姐，便把搁在穿枋上的两棵大杉木放下来，请木匠师傅上门为三姐箍圆木嫁妆。一套圆木嫁妆有马桶、洗脚盆、洗脸盆、大脚盆、提水桶、挑水桶、火（烘）桶……形状都是圆的，寓意幸福团圆。圆木嫁妆箍好后，父亲戴着草帽，喘着气，站在太阳底下给圆木嫁妆擦桐油。父亲每天擦一次，直到圆木嫁妆都油光光能照出人影才收叠起来。端午节时割了小麦，三姐便开始做陪嫁的女红。她抽剪麦秆编圆扇子，用红头绳圈边，男方家里有几个人就编几把。茅苏开花吐絮后，三姐抽茅苏芯扎笤帚，笤帚把上编图纹，同样要扎上几把。母亲翻箱倒柜地找出一筐箩破衣和边角布料，煮搅了一盆米糊，洗干净几块铺板，刷一层米糊贴一层破衣布料，贴三五层后，放在太阳底下晒干，掀下来就成了"布衬"。母亲找出"鞋样"，在布衬上剪鞋垫和鞋帮，每天晚上坐在煤油灯下穿针抽拉麻线纳千层底。三姐平时一有空就纳彩线图案的鞋垫。农闲时，母亲把表姐和大姐、二姐都叫了来做布鞋。几双手穿针引线，把纳好的鞋帮和鞋底拼合起来，再往鞋帮里塞脚模成形，然后切鞋底框沿，一双双千层底布鞋就做好了。

三姐从小跟着母亲干农活，吃苦受累，母亲从心里疼三姐。穷人家的孩子只是往心里疼，并没有物质上的满足。母亲知道，这桩婚姻不是三姐所愿，委屈了三姐。三姐出嫁的头一天"下辞嫁"的晚上，母亲按照风俗，坐在三姐面前"哭嫁"，哭得忒伤心。

> 树木大了要发丫，妹仂大了要出嫁；
> 一尺五寸带大你，一把屎来一把尿，
> 一口奶水一口饭，饱饱饿饿苦非常；
> 可怜女儿投错胎，投到穷家苦一场，
> 人家有穿你没穿，人家读书你种田，
> 父母无能又无力，嫁了女儿还欠账；
> 再丑的妹仂有人爱，破锅就配破锅盖；
> 嫁鸡就随鸡，嫁狗就随狗，父母无能你莫怪，
> 今朝妹仂是娘家人，明朝就是泼出去的水，
> 教你堂上敬公婆，劝你丈夫面前要真心，
> 尊重伯叔有礼节，对待六亲要热情，
> 妯娌弟妹要和睦，切莫斜眼去看人，
> 过好日子别人敬，做人就做人上人……

显然母亲哭的不完全是传统的哭嫁内容，大多是她一直搁在心里想说的话，哭的是父亲的病，哭的是三姐出嫁后一家人越发艰难的生活。母亲越哭越无法抑制自己，像决了口的洪水冲开了大坝一样，号啕大哭起来。三姐也抱着母亲放声大哭，我和哥哥们也站在一旁跟着呜呜地哭起来。一旁的表姐也落泪相劝：舅母，舅母，不要哭了，男大当婚女大当嫁，三妹仂出嫁是喜事，您应该高兴才对呀！围着看哭嫁的大妈大婶们也都你一句、她一句地劝母亲不要哭了。母亲擦擦眼泪，停息了哭声。表姐接着劝三姐：哭嫁、哭嫁，三妹仂你也回应几句呀！三姐只好把自己以前听来的，拖声咽气地哭诉了一段：

月儿弯弯照厅堂，女儿开口叫爹娘，

爹娘养我千般苦，拿起话头言难尽。

怀在胎里母受罪，出生之后多担心，

一兜露水一兜草，喝口露水要赶早，

小时怕我生疾病，为了饱暖费苦心。

女儿错为菜籽命，水里点灯灯不明，

若我生来是好命，侍奉父母过光阴，

可惜养女空指望，枉自爹娘苦一场……

三姐出嫁的那天早晨，做对手（帮忙）的家亲把五六张彩桌抬到院子里。彩桌是父亲熬夜缠扎的。父亲是方圆十里的多面手，吹拉弹唱，能写会画，裱洞房、扎彩桌、主持婚礼样样在行，村里有人家做喜事总少不了他。父亲患病后，很少在喜事场合露面了。三姐结婚下辞嫁的晚上，父亲还是强打精神，亲自扎彩桌。张张蒙了毯子的彩桌上摆着收录机、小屏风、摆钟、瓷坛、热水瓶、花瓶、茶杯、梳妆盒子，还有雅霜、发蜡、雪花膏、香水等化妆品，这些物件全部用红头绳捆扎，丝丝扣扣，勾绕缠连，连为一体。嫁鞋也端放在院子的八仙桌上，绣花的、蓝的、灰的、黑的，各式各样千层底鞋摆在两个大脚盆里就像两朵大莲花。绣花的鞋垫叠了几个晒秋的圆筛子，五彩缤纷。

砰啪、砰啪、砰啪，远远地听见村口雷公声响，同家族的孩子们冲着我喊：迎亲的队伍来了，我们快把大门关起来。老家习俗，迎亲那天，女方家会故意关门设卡"为难"男方来营造热闹喜庆的氛围。一般男方要以香烟和喜封红包"贿赂"守关卡的，各道门才会顺畅地打开。

迎亲队伍真的到了。我侧开一道门缝往外看，走在前面的是挑提壶和挑鸡笼子的，还有男女双方的舅翁、叔翁和媒人；中间是准备抬嫁妆的队伍，他们手里拿的竹杠、木杠和扁担，还有推着自行车的，车上都贴了红纸条；后面是敲锣打鼓、吹拉奏乐的串堂班，这些民间艺人吹拉的《小桃红》曲调悠扬婉转、温润欢快，着实好听。爆竹噼里啪啦不停地响着，大家说说笑笑闹腾得差不多了，大门才咕噜咣当打开来，迎亲的队伍嘻嘻哈哈涌进来。

厅堂摆了六桌酒席，有两桌正席，入座的都是娇客，分别是双方的舅翁、叔翁和媒人，其他的几桌主要招待迎亲的和自家的亲朋远客。家亲族人和村里的散酒都坐在院子里。开席前，燃放爆竹，串堂班响一通锣鼓，酒宴便开始了。大家吃着喝着，厅堂里洒满了笑声。三姐穿了一件红呢子风衣，坐在西面的明房里，几个伴娘陪着她说话。母亲进进出出，问这问那，当心少了什么陪嫁的物品。母亲走进房门落泪，迈出房门装笑。

撤了酒席，家亲族人收拾餐具再摆茶盒碟子等待发亲。这时候，串堂班又敲起了锣鼓，唢呐和二胡齐奏，有人喊会唱戏的春秀过来伴着抑扬婉转的饶河调唱一段《龙凤呈祥》。春秀是村里草台班子的小旦，平时坐在路上都忍不住哼唱几句，今天这样的场合，正是她表现的机会，她半点不推辞，站在串堂班前就咿咿呀呀唱起来。她唱得声情并茂，吃喜酒的戏迷们很快围拢过来，听得摇头晃脑、春风荡漾、如醉如痴。

发亲了，一床床红的、花的新被子被抱出来，一只只油光的圆木家具被端出来，一件件崭新的生活用品被搬出来……几十个迎亲的人，用竹杠和木杠抬的抬，用扁担挑的挑，用自行车推的推，用肩膀扛的扛……很快把院子里和三姐房间里的嫁妆搬完了。接了嫁妆的迎亲队伍一下子拉得老长，从我家的院子摆到了村口。男方的叔翁跑前跑后指挥着迎亲的队伍按嫁妆类别排好次序，交代他们要等新娘出门了再出去，不要乱了秩序失了礼。在长时间的脆亮亮的鞭炮声中，大哥眼圈发红，眼眶含泪地抱着三姐出门，三姐回头望了望坐在厅堂的父亲和扶着门框流泪的母亲，在千金（老家的俗称，就是牵娘或伴娘）的牵扶下一步一回头走出院子。

其实，三姐嫁得并不风光，没有像当时的女孩子出嫁骑高头大马，最贵重的嫁妆只是一辆"皇冠"牌自行车。三姐出嫁不到半年，就把陪嫁的自行车推回了娘家，给了在县城学手艺的三哥骑。我们兄弟姊妹8个，只有三姐没读过书，可她却是最顾家、最通情达理的。三姐出嫁的头一年，经常回来干农活。农忙时，她干脆把三姐夫也带来，把家里的农活忙完了才回去。后来，三姐生了孩子，回家的次数就渐渐少了。

22. 离家漂泊

卖了花生后，我去乡集镇边上的初三班报名。初三班在野鸡山排灌站水坝脚下，是老农科所的旧房子改建的，离集镇初中有半里多路。翘嘴托关系也到西山景中学读了重点班，英子一家暑假后不久就搬去了县城，只有我一个人在集镇初三班读书。每个星期家里只给我几斤大米和两罐咸菜，零花钱是不敢奢望的。每次站在食堂窗口打饭时，闻到案板上一盆盆热腾腾的新鲜菜肴的香味时，我的眼睛总忍不住瞄一眼。有一回去学校，我在半路上遇见二姐，她塞给我两元钱。二姐嫁给同村做老师的姐夫，二姐夫的父亲是乡财政所的所长，家里条件好。那次，我便花了两角钱吃了一份藕片，那份藕是我中学生时代吃的唯一一份食堂菜。

长时间地吃咸菜，我的嘴唇干涩发裂，舌尖生水泡。每个星期的中途，如果天气好，放了晚学，我就徒步回家一次，第二天带些新鲜的蔬菜回学校。秋冬傍晚回家，还未走到一半路天便薄暮了。黑沉沉的山野，凄凄的寒风吹得草木发出嗖嗖的声响。随处一望，路边田埂地头的树木摇摆，像黑魆魆的影子，让我胆战心惊。回家必经一个乱坟岗，一簇簇矮灌木杂立于乱坟之中，在夜色中瑟瑟摇摆，在我的脑海里幻化成鬼怪的形状，似乎张牙舞爪要向我扑来。插在新坟头上的招魂幡似白色的幽魂在坟冢上飘荡，冷不丁乱坟丛中传出几声野鸟的凄鸣，惊得我心里发毛，浑身筛糠般发抖，脚哆嗦得不听使唤。我每次经过小山包和乱坟岗的时候，几乎都不敢停下脚步，埋着头不敢看两边，怕自己的身子散了架崩溃在地。我握紧拳头努力迈步向前狂跑，穿过乱坟岗爬上一个小山包便望见了村子，隐约听见母亲在村前喊我的乳名，泪水止不住地涌了出来，便不顾一切地向家跑去……

放了寒假快过年了，一场风雪过后，院子里一棵大树上的一根被虫蛀腐的枝干不堪积雪重压咔嚓一声折断下来，惊飞了其他枝丫上的几只小鸟，树上的积雪簌簌地掉落下来。母亲骂这天冷得这般无情，跟我父亲一样"无情"。母亲骂父亲不管不顾，准备抛下一家人，无情地走向那无边的黑色世界。除夕的前两天，天气晴了，父亲叫哥哥们把八仙桌抬到院子里，说今年的春联由他来写。父亲当过村里的文书，写得一手好毛笔字，他患病前很少写春联，都由当老师的二姐夫写。父亲双手撑在八仙桌上，喘匀了气后，才开始写春联，一副对联写下来足足用了十多分钟。父亲写的这副对联，上联是：不求金玉重重贵；下联是：但愿子孙个个贤。父亲写完后，眼睛注视了我很长时间，他心中一定对自己的幺儿构筑了一座高塔，他不想这座高塔轰然倒塌。没想到父亲写的这副对联竟成了他的遗嘱。翻过年，迎来的是倒春寒，压在我心头的预感还是无情地砸向了我们这个风雨飘摇的家，父亲真的"无情"地走向了那无边的黑色世界。

父亲病逝后不久，豹肚也死了。豹肚与花枝闹了那场风波后，被胡霸打得在医院里住了差不多一个月才回村。他觉得没脸回村子，便到七里外的周家砖瓦厂找了份烧窑的活儿。豹肚的几个侄子把他从七里外的周家窑屋抬回来之后，不到三天豹肚就断气了。窑厂给了安葬费，结清了豹肚的工资。他入殓时，帮他穿寿衣的人说豹肚身上有多块淤青。有人说，豹肚是一个走到哪都尿一摊子的人。在周家村烧窑与村里一个女人搞在了一起，可能被那个女人的男人发觉了，半夜跑到离村半里多路的窑屋里，把豹肚打成了内伤，才很快阴死的。这只是后来村里人的传言，谁也没有证据。当时，豹肚的几个侄子为什么没有深究此事却不得而知。

我没有考上师范，考上的几乎都是复读多年的同学。我也想复读，但父亲的病逝，让这个不是奢望的事成了最大的奢望。夏日炎炎，我带上几本未读完的书，背上行囊，第一次乘轮船过鄱阳湖去省城漂泊。我与同村的猴子，每天用仅一碗面条的力气在喧嚣的都市里"游寻"了几天，终于在"上海路"附近找到一刚开工不久的工地。省城的夏天热得出奇，肩上扁担的两头装满红砖的架篮如两座小山压得我举步维艰，豆大的汗珠如雨般泻在肌肤上。每挑一担砖，我便将头放在工地自来水龙头下冲刷降温。学生娇嫩的皮肤很快被太阳光与汗水配成的涂料染得黝黑皱巴。晚上倒下床，全身立马散了架似的。正当我咬牙坚挺时，猴子却犯病了，看着他日渐消瘦又不能干活，我把饭菜票卖给工友，凑齐了回家的路费。我们扛着笨重的行李从工地步行到码头，背靠墙壁坐在码头的走廊上等第二天回乡的轮船。不远处，江南名楼滕王阁的灯火在闪烁，望着碧空繁星，我一口一口地吞咽着流浪的伤痛。

回家不久后，我去了瓷都景德镇。那是瓷都辉煌期，十大瓷厂的烟囱像直立的巨无霸香烟不停地翻滚浓烟，把整个城市喷吐得灰头灰脸。只有雨后，才能望见远山如黛，昌江如带的景色，两岸的茂树高楼倒映江中，瓷都如洗，风景如画。我在一家大型青花瓷厂当临时工，工资低得可怜，只能面糊嘴混口饭吃。我每天站在油窑外的铁轨边，与另一个临时工一起用耐火水泥修补从油窑隧洞里钻出来的窑车。一名带班的正式职工站在旁边监工，不时冲着我们冷冷地喊叫几句。轰鸣的机器声像洪水般灌入耳腔，也冲蚀着我的年华。我知道这里并不属于我，但自己憧憬的生活又在何方？我空闲时，总是一个人站在昌江边茫然地望着家乡的方向。晚上，等大家都睡了，我便拿出带来的书，一页一页地看下去，我心中还留存着自己的梦想。这个城市有很多画家，我读书时就喜欢画画。有段时间，我曾幻想在这个城市有哪位画家愿意收留我做他的学生。

一次，我到瓷厂对面街上的小摊上买早点，竟然看到少敏和英子牵着手在街上走。少敏穿着白衬衫和藏青色的裤子，手里拿了一本卷成筒状的杂志，他满脸阳光灿烂。英子穿着粉色连衣裙，手里提了个小包，一脸的清纯。他们一路说笑着，自然是没看到我。我想跑过去打招呼，但很快下意识地停住了脚步，并很快转身往回走。快到瓷厂门口的时候，我回头望了望，已经看不到他们的身影了，才舒了一口气。我不知道少敏和英子怎么也会出现在这座城市。我们几个要好的同学已经很长时间没有往来了，只听说子玉还在西山景复读，翘嘴转到乡集镇初三班去复读了，德成升上了高中，大东初中毕业到新建安集镇学了裁缝。

新建安集镇上有几家裁缝培训班，火爆得很，各村十七八岁的女孩子，也有一些初中毕业的男孩子都去学裁缝。他们学个三五月，会踩缝纫机和使用平车（电动缝纫机），会拼缝衣服了，便去浙江杭州、福建石狮、广东东莞的一些裁缝厂。听说这些裁缝厂都是计件的，一天白黑不分地做 18 个小时和 20 个小时的都有。大东的姐姐和姐夫在福建石狮裁缝厂做工。他们去了两三年，听说挣了一些钱，估计大东学裁缝是要跟他姐姐和姐夫去福建石狮进裁缝厂。

终于挨到腊月，我提前十来天回家过年。厅堂一侧里安放着父亲的灵屋，香案前的烛光微弱，黯然地映着父亲的遗像，我潸然流泪。别人家都欢欢喜喜地酿年酒、蒸年糕、炒年货，而我家却冷冷清清，什么都没准备，母亲把左邻右舍村端来尝鲜的年酒、年糕、冻米糖聚拢放起来留着过年。过了几天，几个哥哥也回来了，带回来的钱也不多，还了父亲生病欠的账和隔年猪肉的账，所剩无几了。母亲给了我三十块钱，叫我跟着二姐夫到县城办年货。因为钱不够，我这也不敢买，那也不敢买，只好把钱给了二姐夫，让他回家分一些年货给我算了。还有几天就过年了，母亲整天愁得以泪洗面，说家里连过年的鲤鱼都没有买。二哥说腊月廿七雁荡洲内坝的鱼塘放湖，乱湖的时候兄弟几个去抓鱼。

23. 年前乱湖抓鱼

其实雁荡洲内坝的鱼塘大得很，是一个小内湖，几乎都是水生和团鱼轮流承包养鱼。农村历来的规矩是"私人的莲子，众人的藕"。湖塘养鱼也是一样，便有了"包湖的吃鱼籽，众人吃鱼屎"的说法。到了腊月下旬，养鱼人要放湖，就是把湖塘的水放掉，养鱼的先拉网和围网捕那些明眼看得见的大鱼，剩下的小鱼小虾便让全村人下湖去抓（乱湖），这样全村人过年都有鱼吃，也不会眼红或偷鱼。到了放湖的那天下午，湖坝上站满了人，几乎全村的男女老少都来了。准备下湖抓鱼的都挽起了袖子，扎好了裤脚，手里操持着各种渔具，有鱼镖、鱼推杆、鱼请子、鱼笼子、鱼篓子。乱湖捕鱼最好的渔具是鱼推杆，我家没有，哥哥们就说用簸箕推鱼。

那年，好像又是水生承包湖塘。放湖的那天，水生的老婆梦娟身边站着三个孩子，站在湖坝上看护抬上来的鱼篓子，她的身旁围了不少要买大鱼的，她笑着叫大家等水生上岸了再拣鱼。梦娟是一个年轻的寡妇，丈夫是邻村的货车司机，结婚才两年，丈夫喝酒开车出了车祸。因为生了个儿子，还不到周岁，也就没挪窝，她丈夫的哥哥道茂经常借看望侄子之名骚扰她。梦娟是个有主见的女人，她知道寡妇门前是非多，时间长了自己就成了不干不净的女人。后来，梦娟瞄上了水生，也不藏着掖着，主动出击。当年来财的后女人林寡妇在湖边洗衣服，说有个女人在前一天贪黑的时候下湖洗澡后就钻进了水生湖边的草棚子，那个女人就是梦娟。道茂听说后，气急败坏，还跑到湖边与水生干了一仗。结果梦娟一不做二不休，不再偷偷摸摸，也省得别人闲言碎语，干脆直接提了一包衣服，抱着儿子去了水生家。梦娟跟了水生，每天洗衣做饭，帮水生放鸭子、喂鱼食，有时水生划船下湖，她也跟去放丝网，生活得安心知足，后来又给水生生了一男一女两个孩子。

放湖那天，水生请了几个帮手，都穿着笨重的下水衣在湖塘来来回回地走动。大鱼都在围网里，活蹦乱跳翻溅起一道道水花，水生正用网捞子把围网里的鱼往大鱼篓里捞。装满了一篓，两人一组抬上岸。团鱼站在湖坝上冲着水生嚷嚷：水生，你磨叽什么，快点把围网收了，大家都等不及了，我们要下去乱湖了。水生冲着岸上的人们喊：乡亲们，不要急，湖塘里的浅水淤泥里还有不少鱼，够你们抓的。

最后一篓鱼抬上了岸，水生拔桩收网。早就急不可耐的人们像山洪般冲泄进湖塘，漫满了整个湖塘，各占一块。我跟着哥哥们打着赤脚也冲下了湖塘。湖塘的泥水冰冷彻骨，冷彻得全身起鸡皮疙瘩，差点蹲坐了下去，没过多久便彻底冷得麻木了。哥哥们让我提鱼桶子跟在他们后面，他们都猫着腰，二哥用簸箕推鱼，三哥和四哥在淤泥里摸鱼，到了浅水处便用脚搅浑泥水再抓摸，摸的鱼大都是手指长的愣头鱼、鳑鲏子、油鲗子。幸运的是，四哥竟真的在一个脚迹坑里摸到一条大概半斤的鲤鱼，我们高兴得哈哈大笑。湖塘里剩下的鱼本就不多，大家手忙脚乱，鹅嘶雁叫，像土匪下山打抢，不到几根烟的工夫就风卷残云般地把湖塘拾掇完了。乱湖的人们像是在湖塘里滚了泥浆似的，又像是从湖塘里冒出来的泥人，纷纷爬上了湖坝。我也把鱼桶子拖拽上岸，鱼桶子里鱼和泥混在一起，满满一桶，哥哥们打着赤脚把鱼桶子抬回家，倒入竹篓里，用井水冲洗，有个四五斤的样子。母亲看着瑟瑟发抖的我们，苦笑着说过年的鲤鱼有了，小就小些，不打紧，正月里也有鱼待客了，催叫我们赶快洗澡换衣服。

除夕那天下了雨，稻草被淋得半湿，母亲烧不着火，满屋子弥漫着灶烟，熏得一家人眼睛都睁不开。母亲坐在灶前哭出声来，那是我们家过得最凄苦的一个除夕。

24. 正月湖边相聚

正月里，亮波邀我和大东、德成、子玉、翘嘴、乌卵到他家去玩。亮波穿着夹克和牛仔裤，发型有点像张学友，很潇洒的样子，他分给我们佛子岭牌的过滤嘴香烟，招呼我们喝茶。亮波待人接物看上去不像一个还不到二十岁的小伙子，过于沉稳老练。他好像相中了目标，是孝文老师的女儿燕子。孝文老师的房子就在我家西北角，相隔两三栋房子。亮波几乎一天三趟经过我家门口去孝文老师家。燕子和二姐夫的外甥女小蓉初中没读完就去了县城的羽绒厂上班。小蓉的父亲霖函是粮站的会计，那时谁家缺粮都要凭供应票才能到粮站买到稻谷。霖函与二姐夫是郎舅，我也叫他姐夫。听说1966—1976年时，霖函当红卫兵去了北京，他是村里第一个到北京的人。霖函看到了站在天安门城楼上的毛主席，回来后他被分配了工作。燕子和小蓉都有商品粮户口，当然是她们父母打通关系搞到的。有一年冬天，我家缺粮，父亲事先到霖函那里要了100斤供应票，下雪天我带着扁担和蛇皮袋到新建庵集镇粮站找到霖函籴粮，看到很多人低头哈腰地围着他说好话。

星期天下午燕子和小蓉去县城，星期五下午回来，她们穿着时尚的衣服，骑着自行车经过我家门口，像高傲的白天鹅，从不与路上的人打招呼。村里人都说燕子和小蓉这两只天鹅，早晚是要飞到城里去的。我真佩服亮波的勇气，竟敢去追"天鹅"。其实，大东也想追"天鹅"，大东往小蓉家跑，但小蓉不理他。亮波说他已经出徒成师了，杭州到处在建厂房、高楼，到处是工地，他做石匠十几块钱一个小时，明年回家过年买一辆摩托。大东说他过几天也要跟他的姐夫去福建石狮制衣厂，搞得好明年回家过年也买一辆摩托。我和乌卵、德成、子玉、翘嘴听得出来，大东和亮波在抬杠。德成岔开话题，叫大家都到湖滩上看天鹅、大雁。我和翘嘴一下子来了劲，说有半年多的时间没有去湖滩了。

在去湖滩的路上，我们回忆着读小学时在湖滩的快乐时光。记得秋冬下午放学回家的时候，我们仰望着从远方飞来竞技长空的大雁、天鹅、野鸭，大家拍手追喊：雁儿嘿，你们飞"人"字哟；天鹅嘿，你们飞"个"字哟，野鸭嘿，你们飞"一"字哟……我们一直追喊到湖滩边，看着大雁、天鹅、野鸭纷纷扬扬飘落在湖面上、草洲上、沙滩上。一茬接一茬来雁荡洲汉越冬的候鸟们，在草滩、沼泽、水田、沟溪处觅食，它们把雁荡洲当成了自己的第二故乡，当作自己的舞台，在湖面上自由地起落、旋舞、鸣唱，演绎着生动、优美和精彩。我渴望自己有一双大雁般的翅膀，能展翅高飞去找到一片舞台，然而远处湖天的边际则是灰蒙蒙一片。

我们坐在湖滩上，湖风有些冷峻，嗖嗖地削过面颊，湖水却显得很温情，一波一波地慢跑过来，快闪一下又抽身后退。杨家洼背风的沼泽滩上窝着一群大雁和野鸭子，偶尔飞起几只，我们也不去惊动它们，只是远远地望着。天鹅高贵得很，白天是不轻易靠岸的，它们都在远处露出湖面的沙埂上扇动翅膀嬉戏，有时会引吭高歌几声。身旁是一簇簇青褐色的藜蒿，水菊也露出了粉嫩的脸。湖滩上零星地散落着半开的蚌壳，内壁还有斑斓的色彩，像一个个调色板。不知是谁捡起了一片蚌壳扔向湖面，蚌壳在湖面上点水飞漂几下，就隐入水中。

一向很少开口的德成说，他父亲一定要他考大学，成为村里第一个大学生。翘嘴接过话，说今年复读再考不上师范的话，他也要去县城姐夫的服装店学裁缝。翘嘴的姐夫是一个年轻飞天瘤子，在城关开了一家服装店，说他是飞天瘤子是因为他除了开服装店还喜欢打锣（耍流氓的）。翘嘴的母亲托人把女儿放在城关服装店学裁缝，就是想让自己的女儿有机会嫁到城里。翘嘴的姐姐长得俊俏，结果被飞天瘤子相中了，经过一番软硬兼施，飞天瘤子就成了翘嘴的姐夫。那时的农村还是苦，很多有女儿的父母都想托人搞到商品粮，将女儿嫁到县城去过好日子。翘嘴的姐姐嫁到县城后，翘嘴的爸爸妈妈就在县城有了落脚点，农闲时候就到县城搞副业，家里收入蹭蹭上升。我读初二时，过年到翘嘴家玩，我看到他家写的对联是：恭喜发财万元户，勤劳致富百业兴。翘嘴家可能是村里第一个自我公开的万元户。

子玉也在复读，却没说自己学习的事，他只是说他们一家下半年有可能要搬到景德镇去。他父亲跑了几年，政府终于恢复了对他父亲的政策，作为对他父亲的补偿，还批了他们全家商品粮户口。我们听了，目光里喷溅着羡慕嫉妒恨。翘嘴冲着子玉说，你命好，有个好爸爸。子玉温存地笑了笑，并不生气。子玉的父亲当过志愿军，他在入朝的半路上，前线停战了，他在部队干了几年，转业安排在景德镇一家瓷厂的基建科工作，1966—1976年时，不知犯了什么事，被开除了，子玉的父亲便回到村里务农了十几年。

乌卵没心没肺地说他前两天在县城看到英子，还与英子打了招呼，知道英子在县城一中读高中。说到英子，大家自然想到少敏，都说有一两年没看到少敏了。我说自己在景德镇人民瓷厂外的街面看到他和英子逛街，大家都用怪怪的眼神看着我，我赶紧说自己没有惊动他们两个。乌卵说，听村里人说胡霸给少敏找了个后妈，是一个镇巴佬（对景德镇人的俗称），可能胡霸带少敏在景德镇安了家。大家猜测少敏与英子一直没断过联系，翘嘴说少敏就是一个十足的情种。我无心听下去，茫然地望着远处连绵起伏的龙吼山，又看到一群大雁从山那边翻过龙吼山朝雁荡洲这边翩飞而来。我低下头，注视着湖滩边上一株独立的芦苇，出神地看着它在寒风中瑟瑟发抖。

大家都不再说话。乌卵说，回去吧！我们往回走，乌卵一路上抱怨他的父亲不让自己跟着他哥哥扁腾去杭州打工，留他在家里放牛和学种庄稼，没好吃的，还死累人。亮波说，如果他以后做了小包工头，就邀乌卵去。

25. 元宵游龙灯

我回到家，对母亲说自己不去景德镇了，也想去杭州，跟人学个手艺。母亲说我瘦弱，跟人学手艺要先做小工，挑一年的灰桶子，挣的工资还要给师傅，白白去遭一年罪。母亲叫我先跟正在学石匠的四哥做一段时间的小工，等过了元宵节，她便去县城找在民政局工作的表姐，问问有没有招工的消息。

农村正月初五破了"五俗"，年轻人都到老碾屋去碰头，商量拼股子凑份子扎龙灯，元宵游龙灯。"十一嚷喳喳，十二搭灯棚，十三始起灯，十四灯正明，十五行月半，十六人完灯。"村里游龙灯，只要愿意，每家都可以有一个年轻人的份额。大哥说，兄弟几个不要都太温软了，要有点朝气，叫我也来一股。那一年，村里十八九岁的小伙子几乎都参与了游龙灯，便扎了两条各

13节的龙灯，还正儿八经地请了木匠师傅做龙节，篾匠师傅劈竹丝，裁缝师傅缝龙皮，还请了村里的灰银子扎龙头。灰银子按现代的称呼是一个民间的非遗艺人，他扎的龙头大气威武，色彩饱满，龙头不重，举起来不是很累。灰银子还巧妙地将传统的纸糊龙眼珠子换装成塑料手柄的电筒，晚上拧了开关，龙眼珠射出两束光芒，一颤一颤的，成了"画龙点睛"后的活龙。一白一黄两条龙灯扎好了，每人一节驮举起来，龙便有了脚。龙是水中神灵，到了正月十三傍晚要到湖边起灯。两条龙灯游到了湖边，大家七手八脚燃香放鞭炮，用柏树叶蘸水淋洒龙头龙身，据说这样纸扎的龙便有了灵气。正月十五吃了小年饭，大家都往老碾屋奔。主事的喜子、好鬼给大家分好了工，两条龙就在噼里啪啦的爆竹声中和弥漫的硫黄气雾中腾跃起来。两个举"龙宝"的在前面招引龙头，只见龙头高抬，时而瞻前，时而顾后，神气活现，威风八面；后面每节龙身依次上下交替起伏，而龙尾则左右甩摆。村里的男女老少簇拥着"两条龙"往前游走，串堂班敲锣打鼓吹唢呐紧跟其后，各家都准备了鞭炮，早早地在门口迎龙灯。我们这些驮举龙灯的愣头青，像是打了鸡血，脚底虎虎生风，震得村路噗噗作响，嘴里呵呵呵地打着噫乎冲进每一家，冲掉每一家的烦忧，给每一家带来勃发的生机。龙灯进了家，举"龙宝"的要喝彩词：

> 龙头进门来，财宝滚进来，
>
> 一招喜，二招财，三招富贵，四招发大财。
>
> 龙宝擂一擂，保护爷爷奶奶一百二十岁，
>
> 龙头阁一阁，保护你的毛伢考上好大学，
>
> 龙身摆一摆，保护你家媳妇今年生个崽，
>
> 龙尾扭一扭，保护你家万事如意顺溜溜。

各家迎龙灯，当家男人放爆竹，主内的女人会拿起条几上的剪刀快速地走到龙头前，剪下一根龙须，举"龙宝"的又会喝一段彩词：

> 龙头进门笑嘻嘻，
>
> 拿把剪刀剪龙须，
>
> 剪得龙须生贵子，
>
> 生得贵子穿朝衣，

穿的朝衣骑白马，

骑上白马进府邸。

游龙灯的爆竹声、锣鼓声、龙灯队一路奔跑呼彩声和孩子们追逐嬉闹声与鞭炮燃放的烟雾混合在一起，从村头开始涌动，在村子里翻卷腾涌开来。游龙灯的大潮席卷了全村后，"两条龙"乘兴游弋到村子东南角的万年台前翻滚起来，金蛇狂舞，龙腾飞跃，锣鼓铿锵，鞭炮齐鸣，人声鼎沸，两条龙灯舞动成两个漩涡，卷起了全村人的快乐，掀起了节日的狂澜。

游了一天的龙灯，我似乎散了架，躺下去到第二天，脚都还下不了床。后来，我再也不敢说游龙灯的事了。

26. 春天的粮库工地

闹完元宵，春节潮退。母亲去了一趟姑母家，表姐说联系了劳动就业局，上海有一家工厂过两个月要到我们县里招工，让我等一段时间。四哥便带我去见了他的师兄成和。四哥学徒未满三年，提前离开了他那个古板的师傅，跟随已出徒多年的师兄成和边做边学。成和三十多岁，是一个温和的人，没有什么师傅的架子，他在与邻县交界的一个乡镇粮库工地做泥工领班。四哥向成和说我的事，成和同意我去他的工地做两个月的小工。我有点失望，本想去杭州的。

过了几天，四哥把我睡的被子塞进大蛇皮袋，再把换洗的衣服和鞋袜硬生生地塞进被子里，然后扎口绑在一辆旧自行车后架上。四哥说我们只有一辆自行车，等一下看谁的车后架是空的，搭乘一下别人的自行车。成和到了，大家就动身上车。成和的自行车后架只放了一只灰色的长挎包，可能被子放在工地过年时没带回家，他看到我踌躇的样子，笑着叫我提着他的挎包，坐他的自行车后架上。成和说骑自行车二三十里先到县城沿河码头，再坐船三四十里才能到工地。

到了码头，大家推车踏上颤巍巍的挑板，踏进了一条机帆木船。天灰蒙蒙的，头顶上像盖了一口锅，斜风如水般从河对岸浇过来。人不停地往船上走，货物不断地往船上搬运，船师傅指手画脚叫嚷着货物不要乱摆放。人货混装，船上少说也有四十人，船舷离水面只有半尺。船好不容易开动了，哒哒哒沿饶河逆水而上，河面上突然冒出无数个浪堆，船头撞压浪堆，白花花的水珠分泄船头两侧，我想到了"乘风破浪"这个词，但料峭的风劈头盖脸地抽打了下来，我的头发慌乱地躲闪挣扎，面颊瑟缩颤抖，乘风破浪的新鲜感瞬间湮灭了。船开到昌江、信江与饶河交汇的大桥边，不知怎的卷入了三江交汇的暗流漩涡中打起旋来。一船人都站起来惊叫，有人冲着船师傅叫骂，说他太贪心装这么多的人和货物。船左右颠簸起来，船舷歪侧了一下差点进水。船师傅急得顿脚，几乎哭着哀求大家不要惊慌不要乱动，不然船真的会"翻饺子"。大家这才趴下来一动不动，听天由命。船师傅还是蛮有经验的，他双手有力地扶稳舵，眼睛注视着水面和船头，船头顺着旋浪转了几个圈，然后他调舵一个转头，船随浪头顺势跃出漩涡，"突突突"油门轰响，船便加速向信江上游劈波斩浪前行。大家都开始放松下来，开始议论刚才的惊险，感叹着人的命真说不准，早上吃了饭，有时还不知道能不能吃午饭。船师傅也说了两句：自古"坐车行船三分命""小心驶得万年船"。我心有余悸，心里一直怦怦跳着，很久都未平静下来。河道两边是蜿蜒的圩堤，有人赶着牛群在圩堤上走，圩堤脚下萋萋青草，有裹着头巾的女人散落其间，也许是采摘蒌蒿，或是采摘水菊，江南的早春已是一片嫩绿的世界。圩堤内侧的瓦房上升起了炊烟，快到中午的时候我们在一个叫过水埭的码头下船，大家沿着一条笔直望不到头的田间砂石路骑车到了那个叫桐山的集镇工地。

去年这座新建的粮库就下好了地基，今年过来主要是为了砌墙。傍晚，我们钻进一间租用的瓦房食堂，围着一张矮桌蹲坐在一起吃晚饭。矮桌上放了两塑料盆菜，一盆是马铃薯，里面能看到几片肉皮；另一盆是人造蛋白肉，还冒着热气。大家呼啦啦地扒拉着饭菜，听到外面摩托声自远而近，一个穿着米黄色风衣的中年络腮胡子一脚跨进了屋。络腮胡子进来后，从衣侧口袋里掏出一包橙黄色的"大重九牌"过滤嘴香烟，抽出一根放在嘴上，又掏出一个灰铁色的汽油打火机，咔嚓点燃了香烟，嘴翘着吸了一口，右手的食指和中指夹住香烟。"噗"，一股烟像汽车的尾气从他嘴里喷吐出来，他把眼皮稍稍抬起来，脖子扭了扭，环视了我们一遍。成和与另一个木工领班都站起来，脸上堆笑叫络腮胡子蔡老板。蔡老板把夹烟的手一扬，问成和这次带来了多少个人？成和说，跟去年年底差不多，就是多了一个小工，顺手指了指我。蔡老板斜瞟了我一眼，哦了一声说，明天就开工，进度要快，误了工期要扣工资，说完转身就跨出了门槛。

工地上的小工，有搭架的、扎钢筋的、拌砂灰的、挑砖的、搬砖和上砖的，成和知道我不会在工地待很长时间，便安排我上砖，就是把挑来的砖放到墙头上去，方便石匠师傅随手砌用。砖墙砌到人肩高就要搭架子放跳板，砖头被人挑到架下。同辈分的丰清老哥俯身捡拾砖头往上抛，我戴着纱手套站在架子上一块块接。丰清差不多五十岁，个子瘦小，脸型和身子都像用刀削斧劈了一般。我提到丰清，是因为他抛砖有技巧。一块红砖从他手中飞身腾空，升到我胸高的时候，顺手一接，轻飘飘如一片树叶。我们两人配合得很默契，轻快而不危险。后来，丰清见我接顺了，抛砖几乎就不抬头了，一口气抛一歇。有时丰清不在，换一个人抛砖就是两样，那人将红砖向我飞掷而来，我慌忙伸手去接，纱手套被擦破，手也被划破皮，有时吓得慌忙躲闪，一个没接住，砖头往下掉，险些砸到抛砖的人。

工地上，一个石匠师傅带一个徒弟砌一面墙，还有四个小工，两个小工接砖，两个小工用绳钩子拉灰桶子。有时四面墙同时砌，架子上二十多人，大家手里干着活，嘴里还不停地说东道西，说着说着就说到了女人，嘻嘻哈哈，越说越荤，说到高潮的时候，听得耳朵都浑浊不堪。承祖是最热闹的人，他上了工，嘴就闲不下来。他嗓门大，不仅喜欢说荤笑话，还时不时唱几句饶河调，边唱边模仿打锣鼓、弹琴、拉二胡，他一个人就是一台饶河戏。吃了晚饭，工棚里烟雾缭绕，大家边打扑克边继续侃白天没说完的话题，没聊完，躺在被窝里还要继续侃。不过，"每天一播"的话题都会落到一个女人身上，就是给大家做饭的女人，蔡老板的姨妹金花。有人说，金花不是蔡老板的亲姨妹。金花是个少妇，描眉涂粉，穿着时尚，她做饭，手下带了两个四五十岁的大妈洗菜烧火帮厨，她只是到了时候炒几个菜而已。金花成为"每天一播"是因为大家站在架上，每天看到金花一只手搂住蔡老板的腰，一只手提着一个大菜篮子，坐在蔡老板的摩托后面，从工地的路边呼啸而过，这样的镜头给了大家太多的想象空间。

我带来的几本书，就算是空闲的时间也根本没办法看下去。晴天的晚上，我跑到集镇上看电视。街面开店的人家大多数还是黑白电视，有一家卖家电的店里播放的是彩电，店里有十来个人看电视。我觉得自己是外地人，不好进店，便站在路边瞅着。从店里走出一个穿粉红色外套的十六七岁的披发女孩，水汪汪的大眼睛，清纯可人，她蹙了蹙眉头，很诧异地看着我，她可能是把我当成了街头流浪者，问我怎么没带碗？我没有反应过来，说自己站在这儿看电视。可能是错把我当乞丐吧！她扑哧笑了，笑得像一株清荷在风中摇曳，转身跑进了屋。没过一会儿，她从门框里探出头望了望我，脸上还挂着笑。听店里有个中年男人在问："小芳，你笑什么？"女孩便把头缩了回去。我觉得很难为情，站了一会儿就走了。第二天我又去了集镇街上，还是站在昨天的地方，看到了那个叫小芳的女孩。小芳看到我，便拿了个小凳子递给我，我慌乱地接了下来，眼睛不知往哪里看，心怦怦地跳，她笑了笑进屋去了。接连几天，我吃过晚饭洗了澡，就往集镇街上跑。我和小芳渐渐熟了，她问了一些我的情况，说第一眼看到我，感觉挺斯文的。我也大致知道了她的一些情况，她是家电店老板的小女儿，不知为什么却没读几年书，好像小学都没毕业。小芳跟我一样，也很想出去打工，但她爸爸要她帮家里看店。在那之后，我每天盼着天早点黑，盼着天不要下雨。有一天下午，我站在架上接砖，小芳站在架下抬头看着我。我怔了一会儿低下了头。我再抬起头，她转身走了。晚上，她告诉我，她爸爸同意她去杭州一家电子厂打工，过两天就走。那天晚上从家电店回来，我一路上怅然若失，是那种说不清道不明的失落。后来十多天，我没有再去集镇街上，晚上窝在工棚里蒙头大睡。

粮库的外墙早就砌完了，木匠师傅把顶棚都盖好了，泥工们晴天砌排水沟，雨天粉刷内墙。还差几天就两个月了，家里捎信来：表姐说的上海那家工厂招工的事有消息了，叫我回去。我咬着牙，握紧拳头，"嗵嗵嗵"使劲地在通铺上砸了数拳，说了句"终于解放了！"

27. 初夏民兵集训

回到家，已是农历四月，又是一年中工夫乱如麻的时候，从我家门口经过的人日日夜夜没有停歇过，挑豆荚的、推肥料的、扛犁赶牛耕种的、扛耙子下地锄草的，路上牛拉粪啪嗒嗒打了一串串省略号，牛粪尿的骚臭味弥漫在村子的角角落落。院坝上的冲天杨的叶子清亮嫩滑，像新生儿的小手在招摆，太阳开始长了刺，扎得身上有点痛。

二哥满头大汗从地里挑了一担还沾着露水的豆荚倒扑在院场上，接着他快步跨进厨房，弯腰到水缸里舀了一瓢水，咕噜咕噜灌了下去，他转身叫我用杆叉抖晒豆荚。豆荚晒到半上午叶蔫荚裂后噼啪作响，有的豆子从荚胎里翻身跳出来，有的豆子要晒到正午，母亲顶着烈日用连枷鞭打，甚至翻晒鞭打好几次才会蹦跶脱粒。

大豆熟了，西瓜也熟了。收完豆场，侄子蹲在院场边捡散落的豆子，捡了自己的院场，再到其他的院场上去捡，有了一斤两斤的就可以到西瓜棚里去兑西瓜。西瓜快熟时，种西瓜的人家都会在地头搭一个草棚子，栽四根瘦木柱子，在木柱子上半腰扎横木，把铺板悬空搭在横木上，有点像吊脚楼，人睡在上面，就不必担心被蛇咬了。我小时喜欢到看西瓜的棚子里玩，除了想蹭西瓜吃，就是想坐在西瓜棚子里，来风去浪，特别凉快，像是到了庐山歇伏。到了晚上，村里的孩子们都喜欢成群结伙地与看西瓜的老人斗智斗勇，上演偷西瓜的闹剧。

晒完豆荚，我骑着差不多快散架的破旧自行车，晃晃悠悠地去了县城。劳动就业局门口站满了人，很多年轻人排队登记面试。表姐说这次招工的是上海的一家化工厂，5年的合同工。我在排队时，表姐叫了一个穿着整齐的中年男子过来，指着我问那个中年男子："我的这个表弟可以录用吗？"那个中年男子看了看，摇了摇头说："太瘦弱了，还是个学生吗？"表姐赶忙说："我舅舅去年生病过世了，这个表弟是老幺，刚出学堂门，等这次招工好几个月了，麻烦您想想办法。"那个中年男子笑着对表姐说："你这个表弟看上去像童工，即使去了，还是会被上海那边工厂送回来的，换一个表弟去吧！"表姐无话可说，转身叫我回去，赶快托人捎信让四哥来应聘。我像一棵瘦弱树苗被连根拔起，暴晒在烈日下，叶子立马蔫了下来，积聚了数月的希望瞬间就破灭了，眼泪顺着面颊淌了下来。

四哥去了上海的那家化工厂。后来，四哥没有干满合同期就回来了，说自己读书太少了。他说有几个读书多一些的，都在厂子里混得很好，还说如果我去了也不会差。

四哥去了上海之后，我也没有回到粮库建筑工地，而是在家帮二哥干农活，准备过一段时间再去景德镇的那家瓷厂。那天，半路上碰到村里的民兵连长建国，他说区里（那时县下一级是区）组织民兵训练，村里有一个指标，训练 20 天，可减免一些家里的农业税，村里也没有其他合适的年轻人，问我去不去？我点头答应了。

区政府在新建庵集镇，民兵训练的驻地放在粮站。四个乡镇一百几十个民兵分别安排在四个空余的粮库里，两排通铺，中间一个过道。临时的大食堂设在区政府围墙外的一座人字架平房内。一日三餐，每餐的量都是两个塑料脸盆。早餐两盆馒头或包子，午餐和晚餐基本上是两盆茭白炒肉或两盆放肉丁的红烧马铃薯。县区人武部的领导会与民兵同吃一会儿再离开。有一次领导刚走，红烧马铃薯还冒着腾腾的热气，大家争抢要倒盆里的汤汁，结果把烫软的塑料脸盆撕成了两半，争抢的两个人差点打起架。过后，大家坐在太阳底下被民兵营长训了一个多小时，再后来大家用餐时就乖多了。

我所在的民兵连的江连长是一个四十来岁从村级选调来的瘦个子老兵，训练的时候特别严，停下来的时候就与我们说笑。到了晚上，他就讲自己在福建当兵的故事。他还讲过一个福建当地的姑娘如何喜欢他，要他做上门女婿，他还没来得及答应就退伍了。从他的语气里听得出来，他心里还装着那个福建的姑娘。我们这个连队里，有两个是我的初中同学，吃过晚饭，我们三个人就去集镇门店看电视，回来的时候，江连长还在讲一些农村男女的糗事和荤笑话，他讲得绘声绘色，就像一位八卦专家，围在他面前的人轮流给他分香烟。训练的时间虽然短，但各科目的训练都蛮正规的，队列、射击和主训的八二迫击炮全部对标考核。20 多天，鞋子磨破了一双，衣袖肘子也磨出了洞，最后的理论考试我考了98分，是全营考得最好的。县区人武部的副部长还找到我，叫我征兵的时候去应征参军，说可以到部队锻炼发展。回到家里，我向母亲说自己今年准备应征参军，母亲却趴在父亲的遗像前哭了起来，我便断了这个念想。那是1989年，从夏天开始，电视里播放的都是国家的烦心事，我也在焦虑中，不知自己脚下的路该怎么走，有几次半夜里，我一个人跑到村外的祖坟山麻子岭，站在父亲的坟前任自己泪雨滂沱。每天去田地里干活，我带上收音机，放在田埂地头，听八音盒里的流行歌曲《黄土高坡》《信天游》《万水千山总是情》《军港之夜》《十五的月亮》，听根据路遥的小说改编的广播剧《人生》。到了晚上，我把自己关在房间里埋头看书或涂鸦，想以此冲刷掉自己堆积的苦闷。虽然是炎热的夏天，但是内心却感觉自己是在寒冬里挣扎。

第三辑

28. 夏旱盼雨

　　雨水不再随意撒泼，渐渐理性下来。稻穗正在灌浆，如孕妇的肚子一样一天天鼓胀起来，羞涩地低下了头，而稗草却趁机出风头，像一杆杆长矛朝天插举在水田里。生活在农村，永远有干不完的农活。俗话说，丢下锄头就要拿起榔头。炎炎夏日，田地里的各种农活像一群野兽气势汹汹扑过来，人们如果不主动出击，到时就连招架的力气都没有了。割稻子之前，一定要把田里的稗草一根根拔掉，要不然稻子很快会被稗草疯狂排挤淹没，到了"双抢"时节想从稗草中捡割稻子，那简直是噩梦。如果将稻子和稗草一起收割，掺杂了稗草籽的大米是没法吃的。稗草与水稻如影相随，它们没有抽穗前，我们小孩子是难以分辨出的，只有经验丰富的老农能用他们的火眼金睛让稗草现出原形。也因此农民对稗草恨之入骨，毕竟稗草会把农民那可怜的一点空闲榨干。

　　那天，我帮二姐家拔水田里的稗草。二姐说学校的一位怀孕的女老师马上要生了，准备请假，当校长的二姐夫正要找一个代课的老师，只是剩下一个来月的时间，工资只有50元，问我是否愿意补这一个月的缺？我面前几乎没有路可选择，觉得眼下只有当代课老师才不会与书本走得太远，便答应了。

　　走上讲台前，我在学校认真"热身"了几天，那位女教师把我介绍给她班的孩子，这个班的孩子接受了我之后，她便请假回了家。我每天围着班上的孩子们转，孩子们在校园里也成天围着我转，我感觉自己身上逐渐回暖，有了春天般的活力。一个月很快过去了，不少家长都说自己的孩子蛮喜欢我的，希望我下学期能继续在学校代课。我当然想继续代课，但学校根本支付不起代课工资。村小当时只有不到十个老师，却分"三六九等"。其中，有两个有编制的教师，一个是师范毕业分配的教师，一个是子承父业"接班"的教师，他们工资高且有保障；六个民办教师，工资可能来自县乡两级财政税收提留，工资低且有时几个月都发不到手里；还有一个代课教师，就是那个怀孕要生小孩的女教师，她的舅舅是乡教办室主任，她的工资是乡财政发一半，村里发一半。我从一位老师口中得知，自己这个月的50元的代课工资是学校从办公经费里节省出来的。我感觉在村小继续当代课教师不靠谱，模糊得很，便准备"双抢"之后去杭州漂泊，却没想到那年夏天村里发生了一件大事。

母亲说久雨必久旱，那是个热得快要发疯的夏天。老家农谚说："六月初一响一炮，七十二个风暴马上到。"可能那年的六月初一没有响雷，原本"双抢"时节每天的午后都会刮风暴，但那年"双抢"时节半个多月只刮了几个假风暴。所谓的假风暴就是有风暴的架势，却没有风暴的造势，看上去狂风大作，乌云斗暗，却是雷声大，雨点小，甚至很快就烟消云散，雨一滴都掉不下来。早稻收割后，除了村前的十多亩龙田（常年不干的水田）插了二晚有一抹绿色，其他的水田都干得龟裂。我们老家都有不栽"八一"田的说法，就是插二晚不能超过公历8月1日，否则收成不好。母亲成天心急火燎地反复念叨：早插一日，早熟一七，过了"八一"减半收，过了"八七"有壳无米。民以食为天，再过几天，"八一"就到了，可老天连打个喷嚏的意思都没有，再不想办法抢插二晚，半年口粮就会泡汤，到了明年青黄不接时人们就要饿肚皮了。

农村人吃饭，除了老人待在家里吃，大人小孩都喜欢端着饭碗赶场子。大家要么端碗饭串门，要么端碗饭聚在大树下、村弄堂里或者老碓屋里，边吃边聊，聊庄稼长势，聊庄稼收成，说说笑笑地聊东家长西家短，或胡侃一些马路消息。眼下，火烧眉毛的事就是怎样把二晚抢插下去，大家围绕着这个话题聊了几天了。有人唉声叹气，说老天如果能下一场瓢泼的栽田雨，自己跪在太阳底下晒一天都愿意；有人说，老天不急，我们着急有什么用，盼发财盼不到，盼老天下雨总会盼到。大馒头听不下去了，暴脾气上来了，冲着大家吼道：你们尽说些不痛不痒的话有屁用，我们村三面都环水，躺在湖边还能渴死不好笑吗？青山片六个村委会的灌溉站就建在我们村北面的董家山，村子雁荡洲北坡的蚌蛤山有一座机灌站，老鼠汉北坡的斧头山还有一座机灌站，如果请师傅来抢修一下灌溉设备就可以咕噜咕噜抽水灌溉水田，二晚要不了两三天就插得完，问题是现在人心不齐，没人管事。大馒头话音未落，就有人骂骂咧咧起来，说天不下雨，乡里的蹲点干部和村干部也不出来想想办法，难道是睁眼瞎子，没有他们还好些，我们自己请师傅来抢修灌溉设备，自己组织人力灌水插秧。新中国成立后，国家重视农村水利建设，沿湖的村子基本都建了一两座灌溉站。我们雁荡村三面环水，有两座用柴油机做动力的单管村级小型灌溉站，还有一座三管的乡级青山灌溉站。

29. 青山灌溉站

我所在的乡在新中国成立后分成了三个片区，老家属青山片，称作青山片可能与鄱阳湖的内湖青山湖有关。20 世纪 60 年代中期，人民公社在我们村北面的董家山南坡建了一座电力灌溉站，就取名为青山灌溉站，属于青山片六个大队（后来称村委会）20 多个自然村。董家山虽不高，海拔不过几十米，但当时在董家山选址建灌溉站，就是因为它是南珠湖东南岸最高的山头。

青山灌溉站是我小时候看到的最气势雄伟的建筑。董家山陡峭的北坡脚下是砖瓦机房，内有三台机组，每组抽水管直径都有 50 厘米。灌溉站设计得非常科学，沿山的北坡浇筑了"井"字形钢筋混凝土天桥，三条 60 多米长的抽水管呈"爪"字形沿天桥而上直通山顶，集中在山头一个 2 米来深的"U"形水槽内。

山顶水槽旁有一棵冠如伞的大樟树，树上还有一个硕大的喜鹊窝，树下有人的时候，喜鹊便在枝头跳上飞下，叽叽喳喳地驱逐树下的人离开。灌水时，必定要安排两个人到三个人守住山顶水槽池，因为抽水计时是从抽水管冒水开始的。抽水前，还要有人把水槽里储的水用木桶灌进水管，管道没有了空气，才能抽上来水。有时只需要一台机组抽水时，就要有人用蛇皮袋装草泥把另两台水管的出水口堵住。特别是夏天里放牛的小孩喜欢偷着跳到水槽池里游泳，如果停机或突然停电，水槽池的水会迅速倒流，小孩子就会倒吸到水管里，出过好几回这样危险的事，幸好都发现得及时，才没有出幺蛾子。每逢灌水，总能看到两三个农民坐在大樟树底下抽旱烟聊天看守水槽池。

水槽池的底部和三面槽壁也是水泥浇筑的，水槽长 20 米，与水槽对接的是一段劈挖山体而成的水渠，两边山体坡陡壁悬，有 10 多米深，渠壁阴暗潮湿，长满了灌木和苔藓。我读书之后学了地理，在夏天灌溉水渠通水时，常常把这段水渠想象成微型的长江三峡。水槽的槽肩宽约 30 厘米。我小时候放假到董家山放牛，小伙伴们都会以谁能围绕 30 厘米"U"水槽走一趟来挑战一回"不可能"。我曾尝试过，走到"U"形拐弯处，俯瞰山侧的数十米悬坡就有一种头晕目眩的感觉，赶紧闭眼，然后跳入水槽里，再沿沟渠爬上来。全村挑战成功的没几个，走到中间吓得哇哇哭的不在少数，但乌卵能行，他走"U"字形水槽犹如猴子过独木桥般轻松。最富传奇色彩的是，灌溉站刚建成不久时，只有六七岁的三姐在董家山放牛，大馒头与生产队的几个男劳力打赌，用土车推着我的三姐在 30 厘米宽的水槽肩上走上三个来回，赢了得三斤面条。大馒头赢后分给我三姐一斤面条。我母亲听说后，把面条扔出院子，举着竹梢子追骂三姐傻大胆，竟敢坐大馒头的土车"走钢丝"拿命换面条，三姐躲在表姐家睡了几宿才敢回家。此后，大馒头的胆大一下子在村里出了名，至今没有第二个敢挑战的。

灌溉站机房前是一个 50 米见方的深挖出的储水池，西南两面是山体，沿山体修了近百个水泥台阶。从储水池沿台阶爬到西面的山脚便看到一排"7"字形砖瓦平房，这是灌溉站的食堂和工作人员的办公室和宿舍。东北两面是高坝，东面高坝下是一片水田。储水池的进水闸就建在北坝的外面，像一个方形的哨台。水闸的西北面是沙塘汊，水浅的时候可以看到引水圳沟。远处有一条堤坝将沙塘汊与南珠湖隔开，但有水闸相通。珠湖的水是抽不干的，青山灌溉站建好后，主水渠如长龙扭摆延伸 10 多里，分支的水渠如龙爪抓地渗入青山片 6 个村委会 20 多个自然村，干旱的田地庄稼都能得到灌溉，解决了青山片 2 万多人口靠天吃饭的历史问题。特旱的年份，青山灌溉站 3 台机组三班倒抽水，除了灌溉庄稼，还会灌满各村的小溪和池塘，让各村有水洗衣和防火灾。包产到户后，大家都忙着过自己的日子，人心渐渐散了。到了庄稼需要灌溉时，说什么的都有：有的分到常年不干的龙田，就说自家不用灌水；有的田地靠近湖边，就自家买一台小水泵放在田头抽水；有的田地就在水渠边的，等着别人抽水灌溉时接水渠的漏水。村干部站出来组织抗旱，工作也特别难做，水渠沿线的缺口都要派人看守，几十号人每天都要算工钱。还有的村民担心村干部不交水费把自家田地的水费摊到大伙头上，往往庄稼灌溉完了，一算水费就咂舌，收水费更是嚼牙膏（发生争执），除非万不得已或者乡政府派乡干部到村里强制性要求村干部组织抗旱，一般很少有人站出来组织抗旱灌溉，种庄稼的农民几乎又回到了靠天吃饭的原点。

30. 争水械斗

那天，不知谁听来的小道消息，说县里派了人工增雨专业队驻扎在双港的白鹿岗的山顶上，如果午后或傍晚有假风暴，就射炮人工增雨。结果，那天傍晚刮起了假风暴，乌云斗暗中一排排火舌般的炮弹从白鹿岗方向呼啸着"嗖嗖"地冲向云层，炮击之后哗哗哗地浇了一阵雨，但很快就停了。邻居王丰还说人工增雨还不如他撒的尿多。

人工增雨是"碰碰壶"靠不住，再不组织灌溉抗旱，村干部将被村民的口水淹死。村里一年前换了村支书，因为村民的强烈不满，村支书火根被迫卸职，换了老支书介喜。介喜都六十多岁了，他也知道自己任职也就一两年的事，只求平稳过渡，没想到遇到大旱之年。介喜毕竟是老党员，村民争论了这么多天，基本都有了灌溉抗旱的意愿，他见时机已经成熟，便组织全村老少在老碾屋里召开群众大会，商讨从内珠湖抽水灌溉抗旱，插秧保口粮。

乡政府派到村里蹲点的干部王林涵也来了。他西瓜头，豹子眼，半秃顶，络腮胡子，但胡子刮得很干净，半边脸都是青色的。王林涵平时来村里，总见他上身穿白衬衫，下身穿藏青色裤子，戴着一顶麦秆草帽，见了村民，老远就堆起笑脸，微笑着主动点头打招呼。如果遇到熟悉他的村民，他立马打起自行车的站脚，伸手与这个村民握手，甚至掏出香烟来分。

王林涵先站在群众中间，把县乡两级抗旱文件精神传达了一下，强调了抗旱插秧保口粮的重要性，要求大家相信党和政府，相信村干部一定会组织好抗旱工作。老支书介喜站了起来，谈了目前所面临的严重旱灾形势，对此次灌溉抗旱的人员做了安排，还大致说了一下水费摊派办法。他要求大家心往一处想，劲往一处使，先灌水插秧，再灌水浇地，不要乱了规矩，全力抗旱。他最后补充了一句：因为青山灌溉站属乡政府直接管理，分属六个村委会，下午自己到乡政府抓阄后，再决定由哪个村委会先灌溉。

　　介喜话音未落，人群就躁动了起来。团鱼右手一举，便站起来嚷嚷：青山灌溉站建在我们雁荡村，近水楼台先得月，理应我们村先抽水灌溉，大家说对不对？对、对、对，人群中不少年轻人也站起来跟着嚷嚷。介喜大声呵斥团鱼不要怂恿大家瞎起哄。团鱼毫不示弱，回怼介喜说：如果被其他村子先抽了水，自己就带人把主渠上的老虎闸捅了。团鱼说的老虎闸建在甑皮山，是青山灌溉站主水渠分支到雁荡村水渠的闸洞，因为闸洞不是"丁"字形分支，而是"人"字形分支，吸水快而猛。如果这个闸洞倒口了，灌溉站不停止抽水，闸洞是堵不住的，整条主水渠的水都会倒吸入这个闸洞。介喜指着团鱼，呵斥他不要盲目冲动，如果目无法纪，将会害人害己。介喜转身对大伙说：我们要吃饭，别人也要吃饭，做人做事要讲规矩，自己不能保证抓到一号阄，如果被邻村抓到头阄，大家就耐心地等一两天。人群里又是一阵聒噪。团鱼显然不放过介喜，大喊大叫道：我们村不参与抓阄，就是要第一个灌水，如果不能第一个灌水，就是你这个村支书无能。介喜说：大家不要跟着团鱼瞎嚷嚷，自己马上就要去乡政府抓阄，会就开到这里。人们呼啦啦地站起来，一股蒸腾的汗臭味混合着不满的情绪涌出老碾屋。

　　傍晚，传来"坏消息"，头阄被竹下村抓到了。晚饭时，大家聚在一起，唉声叹气的，指爹骂娘的，扬言要捅老虎闸的，什么样的都有。团鱼说咽不下这口气，灌溉站就建在自己的地盘上，哪有眼睁睁地看着水流到别人水田里的道理。他的话得到很多人的认同。王丰和说了句"只怪介喜支书手气不佳，就等两天吧！"他刚说完就立即遭到大家的围攻责骂。团鱼说他去找黑虎，晚上带一帮后生去捅老虎闸。大家一听，不再说话。不知谁说了一句，叫黑虎出面，把事弄大了，收不了场的。

　　黑虎是方圆十里出了名的"罗汉"。"罗汉"是民间对流氓赤膊鬼的称呼。黑虎的母亲死得早，他父亲淮头也是个成天游手好闲、不务正业的人。黑虎比我大一两岁，自小缺少管教，没上两年学，就在村里偷鸡摸狗。被人抓住，狠狠地打过，但是他就是不改。淮头骂儿子黑虎，兔子不吃窝边草，是狗都要护三村，偷村里人的东西，怎么在村里站得住脚，要偷就偷外村的。世上哪有这样教儿子的，难道偷外村的就不是错，不犯法？不过自那以后黑虎真的不在村里偷，去外村偷，到县城偷。黑虎慢慢胆子练大了，偷的都是"大生意"，他一开始是单干，偷狗偷耕牛。他事先与杀牛人接好头，将偷到手的耕牛连夜赶到县城宰杀，到了天光，耕牛都成了牛肉，哪里还能找到耕牛。"双抢"时，他顺手牵羊偷放养在山坡上吃草的耕牛，人们都知道是他干的，暗地里骂他缺德，但又没有证据。后来，他带了几个"小弟"跟他混，一起合伙偷各村废弃加工厂和荒山野岭灌溉站的设备。他偷一次就歇一两个月，花光了再偷。他穿名牌服饰，嘴里叼着好烟，骑着钱江摩托，后面坐着他的"红头发""黄头发"小弟。黑虎骑摩托飞快，像一股妖风刮过来，人们看到他骑摩托过来，回过头像躲瘟神一样避让到一边，摩托排气管喷出黑灰色尾气，乌云般在路面上翻滚。每次看到黑虎骑摩托像妖风一般刮过我家门口时，都让我联想到《西游记》里妖魔出洞时飞沙走石的场景。

黑虎这些天，骑着摩托早出晚归的，团鱼找到他时，他光着膀子站在井边用塑料桶打水冲澡，他前胸文龙、后背文鹰、手臂文蛇，看着都吓人。团鱼低声哈腰向黑虎递烟，说黑虎侄子，青山灌溉站建在自己村的地盘上，让竹下村先灌了水，丢全村人的脸，也丢侄子你的脸，侄子你往地上跺一脚，方圆十几里都会颤三颤，无论如何也要把这个面子夺回来……团鱼越说越激动，还真的把黑虎说动了窝。黑虎擦干了身子，冲着团鱼说了声：走，到介喜支书家去。黑虎瞪着眼，麻着脸走在前面。团鱼请动了"大神"，摇头晃脑得意地跟在黑虎屁股后面。

介喜的小儿子青毛比我小一岁，也是一个犟牛犊子。他听到全村人都在埋怨他父亲没有抓到头闸，气不过，就在他父亲面前跳来跳去，也说要去捅老虎闸，介喜骂儿子青毛吃错了药。

黑虎一到，先礼貌性地向介喜递了一支烟，介喜接了烟，狠狠地瞪了一眼刚跨进门的团鱼。黑虎说，老支书，你是这个村里的土地公公，怎么不为村民着想，竟让竹下村先灌水？介喜没有直接回答黑虎的话，严肃地对黑虎说："黑虎侄子，这不是你管的事，做事要考虑后果，你不要乱来。"

黑虎一听犟脾气就上来了，说了一句："要不是看在你是老支书的分上，我早把你推得四脚朝天。你不叫我管，我偏要管。"说着，头一扭转身就走了。嗐，介喜摇摇头，重重地叹了口气。

第二天一大早，村里炸了锅。昨晚黑虎真的惹祸了。他不但带着村里七八个愣头青去捅了老虎闸，还将看闸的几个竹下村人与巡渠的竹下村的支书都推下了水渠。听说竹下村正在敲锣召集全村的村民操矛和钢叉来我们村"对阵相杀"。事已至此，一场械斗在所难免。

麻棍和几位曾在旧社会"上过阵"的老人便敲着锣从村头跑到村尾，他们像先前蔫了的树叶，突然受到一场瓢泼大雨冲刷，又焕发了生机与活力。他们冲着各家各户指手画脚嚷嚷："快快快，各家各户立马准备好上阵的家伙，上了十八岁的男丁都要出'一枝矛子刀'去上阵。"我们兄弟五个，我是老幺，也过了十八岁，按照这"村规"，我们兄弟几个全部都要上阵。不过，彼时三哥和四哥都在外务工，事发突然，当时还是写信和打电报通信的时代，他们自然来不了，大哥二哥和我免不了要上阵的。

村里鹅嘶雁叫、鸡飞狗跳，像被一群鸭子搅和了的池塘般乱糟糟。有牵牛赶猪藏起来的，有送老人、妇女和小孩到邻村或亲戚家躲避的，有去邻村借上阵的"兵器"矛子刀的。有些人家把藏了多年生了锈的矛子刀找了出来，敲掉长柄上的锄草耙子，把铁矛子套在长柄上；大多数人家没有矛子刀，都把钢叉拿出来，用锤子敲直了当"兵器"，还有把禾齿耙子、钉耙，甚至把长柄鱼镖当"兵器"的。听说黑虎和团鱼一帮人每人砍了一根长竹竿，各在竹竿一头绑了一把菜刀。我家也没有矛子刀，大哥给了我一柄敲直了的钢叉，母亲担心我跑的时候摔跤，叫我系好鞋带，嘱咐我保护好自己，不要意气用事。乌卵的父亲麻棍说他到阵前撒石灰，我的堂婶子欢儿还有莲花婶子也自告奋勇到阵前撒石灰。旧时对阵相杀，一般不杀上阵女人，因为弄不好会招惹上阵女人的娘家村子。

村里的男丁们都草草地喝了几口粥，便很快集结到北面村口。村里的妇女也跟了出来，有担心儿子的，有担心自家男人的。听说乡政府已经得到消息，派了数名乡干部到了老虎闸口阻止两村发生械斗，村委会的干部都去了老虎闸。黑虎和团鱼一帮人似乎觉得火烧得不够大，认为自己是为村里人出头，扛着所谓的兵器呼啦啦气势汹汹地奔向老虎闸找乡干部理论。

过了个把时辰，与甑皮山老虎闸相隔一个山洼的南面王家山脑处一股脑儿涌来了黑压压的一片手持长矛和钢叉的竹下村人，他们一路像熊熊燃烧的大火气势汹汹地蔓延过来。麻棍一声大喊"他们来了",这一喊犹如一根火柴棒擦燃在人群中,腾地一下把人们的火气点着了,大家操家伙号叫着要与竹下村人对阵拼杀。乡干部王林涵和村干部建国这时匆匆从老虎闸跑来,边跑边喊:大家冷静!冷静!都待在村口不许乱动,雁荡村没有竹下村人多,他们村还有不少会把式的,大家冲动是会出人命的。人们欲行又止,立在原地群情激昂地叫嚷着。

其实,老虎闸和王家山离村口北面也就一里多路。有几个乡干部站在甑皮山老虎闸的水渠西面用手拦住黑虎一伙人,阻止他们跃过水渠。另外几名乡干部朝竹下村的人群跑去,阻拦他们不要再前进。两个村的村民身上都像浇透了油似的,烧得通红,就凭十几个乡干部浇几瓢水就想把这场大火扑灭几乎不可能。

竹下村的村民山洪般把像几片树叶似的乡干部冲到一边,继续向甑皮山的老虎闸涌来。估计他们来之前开了会是有备而来,他们的队伍拉得较长,看上去1000多人,从老虎闸到王家山前后有半里多长,可能是为了留有退路,以便被截断包围时措手不及。黑虎这边也在与乡干部发生争执,大家亲眼望见黑虎把一个乡干部从水渠坝上推滚下去。事态已无法控制,那时都还没有手机,乡干部要向上面反映根本也来不及。

站在王家山的竹下村人冲到半山腰的庄稼地里,用手中的长矛、钢叉和棍棒扫打庄稼。王家山半山腰是成片的棉花地和花生地。老家的农村一般是割了早稻插了秧再拔花生。花生长在地下还好一点,只会打掉叶子。可惜了长得有半个人头高,都挂满了青桃的棉花秆。一群竹下村人冲到棉花地用棍棒扫打着棉桃,看样子就是要报复和激怒我们村的人。我家有一块棉花地就在王家山半山腰的路边,叫亩三(1.3亩),那年这块地的棉花长势特别好,却率先被祸害了。母亲坐在路边顿足捶胸地哭了起来。母亲边哭边诉,说指望这块地的棉花还一些父亲生病去世欠的债,这下棉桃被扫掉了,拿什么还债呀?我起先对这场争斗并没有多大兴趣,也理解两村的村民站在自己的立场上争先灌水的心情,无非是为了能吃个饱饭,才这样争得不可开交。这个世界每天都在上演"争"的纪录片,并不奇怪。如果是为了个人利益,可能有一方会发扬一下谦让的风格,但在事关大众利益的时候,让对方做出让步几乎是不可能的，只能由更权威者调解。村里黑虎的一帮人有错在前，扰乱治安，竹下村可以报警抓人，可他们却气势汹汹"杀"到我们村来。我也正是血气方刚的年龄，从内心里本就反感。竹下村人扫打我们村的庄稼，激起了群愤，也让我怒火中烧。王家山有庄稼地的女人们眼睁睁地看着自家的庄稼被肆意糟蹋，都像我母亲一样号哭起来，全村男丁的头发都竖了起来，要冲过去，建国和王林涵堵在路口，极力阻止，大叫道：不能去呀，不能去呀，去了就是几条性命呀！他俩又冲着村里的女人们喊：快、快，你们还不拖住自家的孩子，还不拖住自家的男人。村里的男丁们暂时被堵住了。俗话说，火借风势，风借火威。已经烧起来的大火，不燃尽它的能量是不会熄灭的。竹下村人见我们村的人原地未动也没有出村，又从庄稼地冲到王家山山脚下的田埂上，将堆晒在田埂上还没有挑回家的稻草点燃了，一时间田埂上浓烟翻滚。村里的女人都跺脚哭骂竹下村人丧心病狂，连耕牛过冬吃的稻草都不放过（以前农村早稻一般不喷农药，早稻的秸秆都是留给耕牛过冬的干饲料）。全村人怒火中烧，最终还是爆发了，喊叫着冲出村口，建国和王林涵被潮水般的人群冲倒在地，他们翻滚起来在后面大叫紧追。在田埂上放火和在庄稼地里扫打庄稼的竹下村人见势立即调头往山上跑回到自己的队伍。

乌卵的父亲麻棍边跑边喊叫：大家分三路杀过去，一路去老虎闸增援；一路从姚家垄包抄过去截住竹下村人的去路，不能让竹下村人占领了排灌站；一路从钟子岭迂回过去，截住竹下村人的回村后路。麻棍此时成了"村帅"，他喊叫村里年轻的小伙子跟着他增援老虎闸，德成的父亲矮勇说他带一拨人去包抄，大馒头说他带一拨人去堵竹下村人回村的后路。我和大东、德成一帮年轻小伙子都跟在麻棍的后面往甑皮山跑。父母都担心自家的孩子有闪失，都跟在后面追。大哥和二哥担心我年轻，容易意气用事，就跟在我的后面跑。

牿牿跟在大东的身后冲着麻棍喊：我们村的"矛子刀"本就比竹下村少一半多，现在却分成了三路，你这样瞎指挥，不是让这些孩子白白被人签萝卜（刺杀）吗？麻棍回骂牿牿懂个屁，还说自己的儿子乌卵早就与黑虎、青毛一伙人去了老虎闸。其间有几个人回头狠狠地瞪了牿牿一眼又继续往前跑。

从主渠道分支的老虎闸水渠将甑皮山划出一道长口子分成东西两边，东边的山脑荒坡满是小石头，西边是一块拔了早花生的白地（白地就是没种庄稼的耕地）。大家像一阵狂风般很快刮到了老虎闸水渠的西面，与竹下村人只一渠之隔。这条水渠不到 3 米宽，只要两个村的青壮年稍微提速，就可以纵身跃过水渠。竹下村人从王家山到甑皮山连成一片先占据了山脑，处在上风。我们村的人在水渠西面山腰，处在下风。两个村的人都没有贸然冲过水渠，都分成几排站在水渠两边，各自手持所谓的兵器指向对方，防止对方跃过水渠。我们村的人分成三路后，与竹下村正面对峙的不过百人，自然也不能贸然冲过水渠。看得出来，两村大多数村民并不愿意真的杀起来，都想发泄一下气愤挽回面子。再则，谁真的率先跃冲过水渠，谁就有可能第一个被对方以逸待劳签萝卜。虽然竹下村人多势众，但也没有强行冲过来，只是站在对面号叫。

每个村都有几个吃生饭的。竹下村有个罗汉，外号叫"升筒子"，据说他一餐能吃一升筒子米的焖饭。他人高马大，会把式，此时的他手握长矛，威风八面，站在对面的阵前冲着我们这边大声叫嚣：把你们村的黑虎交出来，让我们带回去扣禾斛，不然我们就冲过去血洗你们雁荡村。以前农村抓到歹人，一般用打谷的禾斛（一种四方斗形打谷脱粒的农具）倒着扣盖起来，再在上面放大石头压着，歹人只能蹲趴在里面受罪。

黑虎再怎么让村人不耻，村人也不会在这个时候把他交给竹下村人发落。黑虎像身上着了火似的暴跳如雷，喊叫着升筒子有本事就过来，签他的萝卜。黑虎的家人极力拦住他，不肯让他上前。对面的升筒子叫嚣着要与黑虎单干，他们竹下村人随声附和起来，声浪越来越高。升筒子越发得意，用激将法骂黑虎是屁虫，是龟孙子。黑虎再也憋不住了，不顾家人的劝阻，一手举长矛，一手握菜刀冲到水渠前，嘴里嗷嗷叫着，将手中的菜刀"嗖"地掷向了对面的升筒子，竹下村人都吓得惊呼，本能地后退躲闪。升筒子确实有两下子，反应特快，闪身弯腰躲过了飞去的菜刀。不过，菜刀却扎在他身后其他人的腿上，那人哎呀一声倒在了地上。

黑虎的这把菜刀掷过去，不亚于将一桶汽油浇在大火上。竹下村人愤怒起来，都弯腰捡山上的小石头往我们这边扔掷。一时间，石头像冰雹一样向我们这边飞砸而来，我们百号人只得低头闪腰后退避让，不少人头上被小石头砸起了包，大家乱作一团。竹下村人乘机跃过水渠，冲了过来，升筒子可能是第一个冲过来的，因为我看到他冲在最前面。两个村的村民叫喊着短兵相接地混战在了一起，棍棒矛叉激烈地碰撞着，地上顿时尘土飞扬。我感觉自己在穿越，是古战场上的一名士卒，正与敌方搏命厮杀，恍惚在梦中一般。与我"交战"的人现在记忆模糊了，只知道他大概40岁的年纪，上身穿的是一件淡蓝色褂子，握着一杆长矛冲向我。我本能地举起钢叉迎上去，将他的长矛叉拨到一边，他又抽举起长矛向我的下半身刺来，我立即用钢叉骑压住他的长矛，就在此时，大哥赶到了，喊我快跑。那人可能认得大哥，迟疑了一下，冲着我喊了一句：亲戚，矛子刀不长眼睛认不到人，还不快跑。他喊我亲戚，源于我的大姐是竹下村的媳妇。事后，大姐夫告诉我，那天他也来了，只不过排在队伍的最后面，待在王家山。

显然，再过几个回合，我被杀伤或被签萝卜的可能性极大，这个人明显在放我一马。大哥护着我转身而退。此时，我看到升筒子一伙人正围杀黑虎，黑虎拼命地往山脚下奔逃。我们这些人本就被小石头砸得乱了阵脚，再加上寡不敌众，大家都转身后撤。麻棍顿足叫喊大家不能退、不要跑。没有人听他的，大家继续四散奔逃。有跑向山下龙田的，有钻进棉花地的，有往村口跑的。多数人都沿西面的水渠往朱家山跑，我和大哥、二哥也沿着水渠往西面跑。竹下村人没有往我们这个方向追杀，我便边跑边回头，看见欢儿婶子、莲花婶子披头散发满头石灰的，像两个白发魔女，仍站在白地里向不断冲过来的竹下村人撒石灰。接下来的一幕惨不忍睹，麻棍被冲过来的几个竹下村年轻人用棍棒横扫打趴在地上，几条棍棒不停地挥揍，打得麻棍满地翻滚嗷嗷哭叫，不多时麻棍就一动不动了。竹下村人停了手，继续冲追四散奔逃的村民。可能担心退路，也可能是有人劝阻，毕竟两村都结了不少亲，竹下村人风卷残云般冲追了一阵子，很快收脚了。他们回撤，组织好了队伍，冲着我们这边叫嚣了一阵，威风八面地整队回去了。

滚烫的阳光浇泼在甑皮山，浇泼在血肉模糊的麻棍身上，一场大械斗之后的旷野死一般的寂静，乌卵的母亲号啕大哭声摇颤着山野，人们心情沉重地回到甑皮山。所幸村里有些人只受了一些轻伤，万幸的是麻棍还有气。建国赶紧叫来村里的三轮车，将受重伤的麻棍送往了县人民医院。

这场为了争夺灌溉权的械斗，对于长期没有在农村劳动生活的人来说，可能会被认为是一群刁民野蛮愚蠢的行动，但谁又能想到生活在最底层的他们这般争斗为的只是填饱肚子。我一直以来很反感鄙视农民的人，不只是因为我自己曾经就是农民。勤劳淳朴的是农民，愚蠢无知的也是农民，在很多人眼中，农民是正反两面的叠加。要说农民无知，并不是他自身的原因，他们太累、太苦、太无助，一切仅仅为了最基本的生存需求。

农村人口还没有到大流动的年代，大家都在一块土疙瘩里刨吃的，为了山林田地和水面而械斗的事情时有发生，有些闹腾得大的，就是几条性命，很多人因此被判刑。多年之后，我想起那场械斗仍心有余悸，感觉自己那时确实年轻无知，可自己身处其中，又怎能置于局外？当时，村里无论尊卑都无一独善其身，都卷进了械斗的旋涡，随浊流携裹，再理智的声音都会被更"理智"的声音——为了填饱肚子而淹没。

械斗之后，过了两三天，乡政府很快从县里购来了一组新电动机和水泵，三台抽水机泵三班倒不停歇地抽水灌溉，白天同时开两台，两个村子同时灌溉。趴在山岭上的青山灌溉站像一头渴疯了的长鼻大象一头扎进引水池拼命抽吸，湖水从粗大的抽水管咕哒哒地冒出，倾泻注入水槽。水头在水槽里翻涌回旋找寻到出路后，沿水渠一路游走。老虎闸早已张开大口，水头钻入其中，穿过械斗的前沿"阵地"——甑皮山沟渠，一路小跑流向一块块龟裂的田地。

械斗之后，虽然人们心有余悸，但看到白花花的水流进了自家的田头，紧锁的眉头也渐渐舒展开来。他们顾不得细想余温尚存的械斗灰烬，很快行动起来，起早贪黑、赶牛耙田、追插二晚，好像什么也没发生似的，田间地头又到处是忙碌的身影。

31. 去杭州的路上

刚灌水的旱田，水晒得发烫。我弯腰站在旱田里插秧，额头的汗水像豆子般吧嗒吧嗒往下掉。烈日如无数烧红的芒针扎在背上，汗水浸透衬衣，贴裹在后背上，要不是械斗耽误了时间，我宁愿挑担干重活，都不愿下旱田插二晚。下田没几分钟，我脚背和小腿上就爬挂了不少嗜血的蚂蟥。我本能地跺跺脚，用手在小腿上抹几下，随即把脚在田水中划拉几下，想甩抖掉恶心的蚂蟥。其实，蚂蟥吸附在皮肤上特别深特别紧，只凭跺跺脚和随手一抹就把它弄掉是根本不可能的。好在我们农村的孩子对蚂蟥叮脚、嗜血早就司空见惯了，并不害怕，或者说农民对蚂蟥这样的嗜血者已经感到麻木了，要么让嗜血成性的蚂蟥吸饱了血自己滚下来，要么或淡然或愤怒地把它们拉扯下来，使劲扔出田埂。有时蚂蟥吸附在脚上，把它拉成了皮筋似的都扯不下来。拉扯蚂蟥不易，想弄死蚂蟥更是一件不易的事。你踩不死它，掐不死它，扎不死它，甚至有人说蒸不死它也煮不死它，蚂蟥这家伙是个不折不扣的无赖。常常听到大人一边从脚上扯蚂蟥一边骂：蒸不死的，煮不死的，翻肚子死的。我们小孩子骂蚂蟥：坏蛋不怕炊，不怕煮，就怕翻屁股。其实，大人和小孩骂蚂蟥的顺口溜中就有弄死蚂蟥的办法——从蚂蟥的屁股后面捅一根草茎，把它的肚皮翻过来，它就活不了了。不过，这样太费劲。大家都忙着插秧，旱田里的蚂蟥那么多，怎么有时间跟它这无赖计较。我和哥哥们曾在下旱田插秧之前，在脚背和小腿上抹了煤油来对付蚂蟥，但效果并不持久。

母亲曾讲过一个有关蚂蟥的故事，至今让我下田都发怵。说从前有一个庄稼汉在田里干活，未洗干净脚，将一只蚂蟥带回了家。晚上吸饱了血的蚂蟥从他脚上滚下来爬入他妻子的耳朵里。他妻子的头越来越痒，后来一天洗几次头都止不住痒。他骂妻子天天洗头，朝他妻子头上使劲扇了一巴掌，结果把妻子的脑顶扇掀了下来，他妻子立马倒地死去，脑壳上竟爬满了一只只小蚂蟥。

我有点杞人忧天，担心这样恐怖的故事会在我身上上演。插完二晚，我执意要去杭州务工。乌卵也天天向他的父母闹着要去杭州，找他哥哥扁腾学手艺。扁腾前几天确实来了电话，是乌卵的母亲走了四五里路到金家村接听的。

金家村早年与夏家村为了争占划界不清的田地湖滩也发生过械斗，比我们村与竹下村闹腾得更凶，还出了几条人命。据说金家村输了官司，各家各户赔了不少钱，全村青壮年劳力只好出去讨生活，村里多数人都在杭州一带做早点干餐饮。经过多年的打拼，金家村的楼房如雨后春笋般拔地而起，在周围各村的砖瓦房中显得格外亮眼，成为全县有名的富裕村。20世纪90年代初，金家村有几个头脑灵活的人买了大哥大，专门经营外出务工的农民工与家里通电话的业务。经营大哥大通信业务的，先是到各村有接电话需要的人家一一打招呼，定好接听时间，接电话的人提前去金家村。于是，农村出现了一道特别的风景，村里老人妇女成群结队地去金家村接电话。接电话是按分钟计算接听费的，好像是2元一分钟，20世纪90年代初这样的收费着实有点高，但人们觉得值，因为比寄信快，还能听到亲人真切的话音。

听乌卵的母亲说，扁腾在杭州富阳一个工地包了轻工，村里不少人都在他手下干活，工地上还需要人手，如果村里有人想出去，可直接去他的工地。

旱灾让各种庄稼的收成都打了折扣，大豆、花生、棉花、芝麻陆续收回家，交了农业税，已所剩无几。加上二晚插得迟，能收割多少稻谷填饱肚子，大家心里都没有底。听说村里几十个青壮劳力都在商量着出门搞副业，近的到县城，远的去杭州。我想去杭州找三哥，母亲也无奈，只能让我出去"闯荡"。

夏收后村里第一拨出去的不到十来人，我和乌卵也在其中，年纪最大的是50多岁的坤叔，他每年夏收后就会去杭州务工，去杭州是轻车熟路。出门那天，我驮着卷套进蛇皮袋里像小肥猪的被子，手里提着母亲塞装了衣物的灰色老式大提包，穿过村弄到德爱家坐三轮车。乌卵的母亲和我的母亲跟在后面一路叮咛着到了德爱的家。德爱的三轮车是村里人去县城的"公交"。那时的三轮车大多是在汽车修理厂拼装起来的，手摇的柴油机做动力，用钢筋焊接车篷架，蒙上雨布，前面的驾驶位与后面的车斗隔一块布帘。乘客面对面地坐在车斗里，中间放行李，一般能装十来个人。我坐上车，母亲说了一堆感谢坤叔的话，请他路上关照一下我，接着又反复交代我一路上要注意安全，才转身抹泪回去。

车子开动，砂子路坑坑洼洼，人坐在车里就像摇箩窠，车外的景物也随着车身的摇晃重重叠叠。路边水田里的禾苗们歪头耷脑地站在水里，立脚未稳的它们黄恹恹的还没返青。车上开始有人抽烟，还有人开始放肆自己的嗓门说东道西。我闭上眼睛侧着脸贴靠车篷，想躲开喷吐翻滚的二手烟和喷溅蹦跳的唾沫星。上了大路，三轮车多了起来，它们像一只只跛脚的甲壳虫在路上拼命地赛爬，我的头被车篷的钢筋磕撞了好多次，好在自己年轻，不然身子都会被摇得散架。离汽车站还有半里路的时候我们就下了车。

到了车站，像我们一样背蛇皮袋的人群一波一波地荡过来，漫卷上了车站台阶，然后在车站大门前打个回旋便涌了进去。县城的候车大厅并不大，我们进去时已挪不下脚，便走侧门直接进了汽车站后面的停车场，那里停满了长途大巴，大都是杭州、宁波、温州、嘉兴、广州、汕头、东莞、厦门、石狮、上海、苏州等城市往返于县城的大巴。每辆大巴侧边都围站着不少人和堆了不少行李。有一伙染了头发的，文了身光膀子的年轻人，嘴里唆着海绵嘴子（过滤）香烟，横眉酷眼，歪头斜脑，好像看谁都不顺眼，他们在车前车后晃荡。他们走到我们面前问是去哪里的，买了票没有？大家都争抢着说去杭州，没买到票。他们中有个年纪稍大的一听，脸上的横肉立即泛出油花般的诡笑，说他们手中有票。他挥手指了一辆去杭州的大巴，说等一下我们就上那辆车，上了车再买票。其他的几个歪瓜裂枣则眼露凶光把我们横扫了一遍，我感觉身上有阵阵灼痛，他们转身又冲着下一堆人去了。坤叔说，这些人都是"打锣"（流氓的别称）的，车主雇佣他们抢客源。谁的"锣"打得响，谁的客源就多。坤叔叫大家不要急，让他们狗咬狗先窝里闹平息了，他们叫我们坐哪辆车，我们就坐哪辆车，反正车票都在他们手上。我想自己已经成了砧板上的肉，只得随他们切剁了，便不再说话。

太阳开始灼烧起来，感觉有无数的火星喷溅到了身上。我们起先在大巴车的背阴面躲避，但背阴面似乎被无形的手掀掉了，很快把我们暴露在火辣辣的阳光下。我们无处躲藏，不知道什么时候能坐上大巴，我只好把一件裤子披在头上，乌卵也学我披了一件裤子，看上去怪怪的像阿拉伯人。心里越急，越感觉时间比乌龟爬得还慢。我看到坤叔拧开一个小塑料壶，里面装了看上去昏黄昏黄的茶水，他咕咚咕咚吞了几口。坤叔的茶水壶是一只可装5斤菜籽油的塑料壶，他洗净了用来装茶水。可能是条件反射，我的嗓子开始发干，使劲地舔了舔嘴唇。

熙熙攘攘的停车场骚动了起来，一群文身的"红头发"和"绿头发"在操着铁棍号叫着追打。大家站起来，我和乌卵想追过去看看，坤叔连忙叫住我们，说这些人驮刀操棍打打杀杀是家常便饭。坤叔说他们打一架也好，不然的话我们还不知道什么时候能上车。"红头发"和"绿头发"打打杀杀，冲出了车站口。不多时，我们就听到警车的鸣笛声由远而近。又过了差不多一顿饭的时间，有人拿着一个写字的夹板过来，叫我们上不远处的一辆蓝色的大巴车。大家把行李塞进车两侧的行李箱中，歪着屁股挤上了车。车里已经有了不少乘客，没有剩几个座位了。一个四十来岁可能是跟车的，他拿来一码小塑料凳子摆在车中的过道上，几乎是命令式地叫我们坐下去，还交代我们一路过安检时不要站起来，头往裤裆里缩。交代完了，便开始收车票钱，他收一个在夹板本子上记一下。我向他要车票，他瞟了我一眼，反问我："你要车票报销呀？"我摇摇头，他鄙夷地摇摇头说："乡巴佬，车子把你拉到杭州就是了。"他又侧脸收下一个人的车票钱。我站起来，有一股气往上涌，两手握紧了拳头。这时，有人拉我的后背，回过头看是坤叔。他示意我坐下，我呼了口气，坐下后不再说话。

车子出了县城一直往北行了半个小时，在路旁停了下来。车门打开，又上来十来个人，那个跟车的叫我们站起来让一让，让这些人进去，还用不容争辩的语气叫每排座位再插乘一个人。有人叫骂：这样叠起来装人，想放个屁都挤不出来，把我们都当成猪啊！跟车的呵斥道："你们到底想不想去杭州？想去杭州，就当一回猪又怎么样？大家都不容易，你以为我们喜欢超载，别人把我们当猪放血，没办法，只能羊毛出在羊身上⋯⋯"人还没安顿好，车门就被关上了，车子嗡嗡嗡就开动了。

后上车的人站着喊要座位，嚷嚷自己早买了车票订好座位的。车上真挪座让位的没几个，后上车的几个人号叫起来，他们中有人竟动手推搡别人让座。有几个不服气的男子站起来抵推，结果你一拳，他一掌，下手越来越重。他们各自的同伴围过来，也伸手乱砸，很快打起了群架。大家唯恐避之不及，都侧身躲闪，小孩子被吓得哇哇大哭。车子不时摇晃颠簸几下，那些打架的人前俯后仰东倒西歪扭打成一团。看上去四五十岁的司机狂吼了一句：再不停下来，我直接把车开到就近乡镇的派出所，把你们放下来算了。这句话还真管用，竟立即把这场火浇灭了。打架的都住了手，摔倒在地的也爬了起来，他们有的鼻青脸肿，有的牙齿冒血，有的衣服被撕裂了，嘴里哼哼着，说着不服气的话。打了一场架，大家该挪的都挪了，该让的都让了，挨挨挤挤反倒都安顿了下来。大家都不再说话，刚才还大喊大叫乱作一团的车子里，一下子安静下来，有人开始打起呼噜来，浓到可以用手都能抓到一大把的汗臭味将大家裹挟得透不出气，我有点头晕。哇、哇、哇……有一个穿碎花上衣的女人头伸出了车窗外，一口口污秽从她嘴里喷吐而出。我闭上眼，抿住嘴唇，怕自己吐出来。记得出省界前，我们下车方便了一次。我头昏脑涨，跟跟跄跄，感觉灵魂快要与躯体分离。

天暗了下来，车灯都亮了，路两边的高山黑乎乎的似乎要朝我们压过来，我中午没有吃饭，已经饿得两眼放花。车子明显减速了，这时车顶灯亮了，灯光并不刺眼，有点浑浊。跟车卖票的冲着大家嚷嚷：等一下，大家到前面的餐馆吃晚饭。没有人回应，却有人窃窃私语。听到有人说，还会拉我们到哪里吃晚饭，一定是开化的路边餐馆。向车窗外望去，路两边都是两三层的楼房餐馆，各家餐馆白炽灯泡散发出的亮光并不通明，但各家靠路竖着的牌子因为上面的字特别大，看得还是很清楚，几乎清一色都是读起来显得逻辑十分滑稽的词语，至今都印象深刻：停车、吃饭、加水、补胎。每个餐馆的院子里都摆靠着几辆大巴或大货车，各家餐馆门口人头攒动。大家都起了身，都在窸窸窣窣翻找东西，又有小孩子哭叫起来。

车子拐弯进了一家路边餐馆。车门打开，上来一个壮汉，他显然是被车内的气味呛到了，摇头捂嘴，表情极为难受的样子。他一只手抓扶着驾驶位右侧的栏杆，一只手在嘴前扇摆，环视了一下车内后，便冲着大家喊开了：各位乘客下了车到餐馆用餐，有快餐，15元一份，也可以点菜喝酒吃饭。我和乌卵听了都咂舌，吃一份快餐的钱可以吃三四斤猪肉。有人说想在车里休息一会儿，不吃可以吗？壮汉显然不高兴了，不容置辩地说：出门在外，别人怎么做，你也怎么做，说那么多干吗？跟车的和司机也随声附和："不要说那么多了，在这里要休息一个多小时，大家吃不吃都要下车，车子会熄火。"人们打着哈欠，无精打采地像乱石般在一股浑浊发馊的汗流挟裹下咕噜吧啦滚落出车外。跟车的和司机却异常兴奋，关好车门兴冲冲地跟在壮汉后面。刚进餐馆，一个画了眉涂了口红看上去挺性感的年轻姑娘扭着屁股迈着猫步过来了。她冲着跟车的和司机妩媚地一笑，嗲声嗲气地问："张老板、曹师傅，今天怎么来得这么晚，王老板今天怎么没有跟车？"我现在才知道，那个跟车的姓张，是车主之一，可能还有合伙的车主。并排走的司机曹师傅一见这姑娘，眼睛立即笑得都挤到一堆去了。张老板应道："妹子，王老板前几天被你陪得醉昏了，还在家里养精蓄锐呢！今天来得晚，都怪车上一群混仔打架，车子开慢了一点。"姑娘笑着说了一句："曹大哥，你们的菜都上桌了，赶快进包厢吃吧，等一下我陪你们喝两杯。"姑娘说完，便扭动屁股向门外我们这群人走来。那个曹师傅"嘿、嘿、嘿……"嬉皮大笑起来。他可能觉得很开怀，我却觉得这笑声太肉麻。

那个姑娘站在院子里点人头，她看我们的面孔是另外一种模样，或许眼里稍有一点同情，但更多的是鄙夷。她把刚才壮汉说的话重复了几遍，有人说自己带了方便面，能接点开水泡一下吗？那个姑娘歪起脸说：开水是要钱买的。没人再敢问下去。乌卵说自己饿极了，要我陪他一起买一份快餐吃。我又何尝不是，咬咬牙点头同意。坤叔使劲朝我们瞪眼，我们没看懂，还是抬腿迈进了嘈杂的餐馆，两人排队各要了一份快餐。快餐盘里，除了一个煎鸡蛋唱主角，另外的两个菜是萝卜丁烧鸡架子和青菜。服务员打了一勺饭，我问能不能添加？服务员面无表情地摇摇头，随即她给我舀了一勺所谓的紫菜汤。我和乌卵转身找到一个角落的餐桌坐了下来。两份快餐合在一起，也就够一个人吃。还没吧嗒几下嘴，快餐就见底了。我真想再买一份快餐，但所剩的钱已经不够再买一份快餐了。餐馆包厢未关合的门缝里溅出男人和女人们稀里哗啦的笑声，我们还想坐一会儿，服务员却已经来到我们面前收餐具，说下一批乘客要来了，催我们赶快离开。

我拖着酸痛的双腿和乌卵走出餐馆。夜色很浓，抬头望天，没看到月亮，只有满头密密麻麻的星星。这是一个被群山包围的地方，除了路上来往摇晃的车灯和近处餐馆的亮光，好像掉进了黑窟窿里一般。我和乌卵看见坤叔和同村的几个人蹲在餐馆侧边的树底下唆啰唆啰地吃泡面，便走了过去。乌卵骂骂咧咧说后悔死了，还不如吃一盒泡面。坤叔低声说我们太年轻，没出过门，使眼色都不懂，自己伸脖子让别人放血。乌卵埋怨餐馆怎么这样做生意？坤叔说自己泡一盒面，买一杯水都两元钱，这哪里是做生意，是明抢！乌卵嘟嘟囔囔地说干吗把车开到这个黑店吃晚饭？坤叔摇摇头说：混仔，你想想车主和司机进包厢吃香的喝辣的，都吃喝谁的？还好你说家乡话，别人听不懂，不然你被这里的车匪路霸揍了一顿都找不到东西南北。我们不敢再作声，也准备蹲下来。坤叔说吃好了的，就去方便一下，接下来车子不会再停的，直接到杭州。

张老板和曹师傅终于在那个性感的姑娘绵软的笑声中红光满面地荡出来了。曹师傅打着饱嗝，朝分散的乘客挥了挥手，吐了两个字：上车。上车后，我便蹲靠在后面的座位旁晕晕昏昏地睡着了。也不知过了多久，跟车的张老板扯起嗓门喊叫，说到了杭州市区，不去西客站的去富阳的就在前面桥洞下车，等天亮了再坐中巴转乘去富阳。坤叔站起来叫同村的人都做好下车准备。

下了车，我才发现桥洞下已躺满了人。他们把被子折叠好放在地上，或半躺或横躺，有人在抽烟，有女人抱着小孩轻轻拍哄着，有人打鼾睡得正香。不远处的路灯恍惚，映照着他们凌乱的头发和憔悴的脸。其实，我们比他们更狼狈。肩背蛇皮袋，手提大包，跟着坤叔转悠了好一阵子，才找到一块空地。大家把被子和行李一放，也一屁股坐躺了下去。坤叔说，还有一个多小时就天亮了，大家搭首班中巴几十分钟就到富阳了。我双手相扣搁在额头上，环顾左右躺在桥洞里与我一样的农民工，回想着一路上的场景，觉得我们这些农民工与电影中的难民无异。不知怎的，我突然想家了，泪水顺着眼角滑下来。

32. 从富阳到沈半街

坐上去富阳的中巴，沿路看到路边的农村正拆土夯楼房。接近富阳城区，一眼望去到处是工地和拔地而起的高楼。路边工地的机器轰鸣，车进车出，戴安全帽的工人来往忙碌着，一派热火朝天的建设场面。我想到了家乡老旧的县城，仍颓废慵懒，似乎还在沉睡着。

我们找到了扁腾的工地。乌卵一看到哥哥扁腾，就嚷嚷自己饿坏了。我也急切地向扁腾询问起三哥，扁腾说我三哥一大早就去工地上班了，要等中午才回来。扁腾招呼着让大家歇一会儿，自己去买些吃的来。中午，三哥戴着一顶黄色安全帽，穿着一件脏兮兮的蓝灰色衬衫，肩上背着一个工具包，手里拿了一把锯条进了工棚。三哥看到我，挂着汗水的脸上泛起转瞬即逝的笑。三哥到不远处大厨房的蒸柜里取出了自己的铝饭盒，买了一份鲫鱼，让我先吃。三哥蹲在一旁，说他下午请假，带我到各处的信息部找一找有什么适合我的工作，不要与他一样干工地上的活。

我跟在三哥的后面，在熙熙攘攘的街面上穿梭着，几乎每个信息部都围满了人，如果登记，就要交押金和身份证。信息部的墙壁上密密麻麻地写满了招聘信息，虽然有些工作觉得适合我，但自身条件却不够。整整一下午，几乎跑遍了富阳的信息部，还是垂头丧气地回到工棚里。三哥叫我跟着他装模板，暂时做小工算了。

同村来的基本上都在扁腾的工地上安顿了下来，乌卵跟他哥哥学木工。上工地那天，我换上一套旧衣服，穿了一双军绿色胶鞋。三哥给了一顶黄色安全帽和一副手套。他反复交代我到了工地一定要戴安全帽，注意头上地下和来往的车辆，不要被掉下来的东西砸了，小心踩到地上的钉子，电源开关不要去碰，等等。

第一天是拆钢模，三哥用榔头敲掉铆栓，再用长钢钎撬开，钢模就掉落下来了。咣当、咣当，钢模像恐怖片里地震时掉落的天花板般，震吓得我缩在角落里不敢动弹。一间的钢模撬完了，三哥到另外一间去拆，叫我把掉下来的钢膜清理到外面，按照同样大小的码起来。钢模反面一般都积了不少干水泥浆，虽然戴了手套，但一上午的工夫，手指基本上都起了泡，到了晚上满手的血泡都不敢下水洗手。第二天，三哥便叫我给拆下来的钢模刷油。第三天，我用翻斗车把刷了油的钢模推运给三哥装柱模子……每天吃了晚饭我累得倒头便睡。

那时农民工住的大多数是用竹子搭起来的简易工棚。睡铺离地面约莫膝盖高，有点像苗族的吊脚楼，地面抹了一层粗糙的水泥。工棚周围都是蒿草，经常有蟾蜍和拇指大的土蛤蟆摸爬进来，听说还会有蛇爬进被子里。我最怕蛇了，每次睡之前都要反复地抖被子。工棚靠路边搭了长长的几排，每间工棚用竹编隔开，工棚之间几乎没有隐私。有带了女人去的，便用剪开的蛇皮袋遮挡一下。白天，路边的车辆不停地来往闹腾，吵得头昏脑涨。一般入夜时，车辆才会消停些。杭州地区的蚊子大得像小苍蝇，半夜我们经常被叮醒。

夜很静，耳边有蛙声、虫叫声，也有此起彼伏的鼾声，还隐约听到有节奏的叽叽喳喳响声，像是竹睡铺发出的。有时此起彼伏的鼾声不知怎的，像是被拉了闸的灯一样陆陆续续熄灭了，大家似乎都听到静夜里飘荡着女人迷离的吟唱。那让人浑身不自在的吟唱到了尾声，工棚里翻身的声响立即叽叽嘎嘎地弹跳起来，接着是咳嗽声、喝水声，还听到有人跋着拖鞋走出工棚，站在围墙脚下小便。第二天吃早饭的时候，大家免不了与那些带了女人来的男工友嘻嘻哈哈聊着荤笑话。我那时听不懂他们说什么，也跟着傻傻地发笑。

富阳是现代作家郁达夫的故乡。有一次下雨歇工，我独自一人跑到富春江边闲逛。富春江风景秀丽，真的是天山共色，水皆缥碧，清美至极。不知不觉，我走到了郁达夫的塑像前，肃然起敬，深深向塑像鞠了一躬。我读过郁达夫的《故都的秋》，也读过他的《沉沦》。我在想，如果自己适应了工棚的生活，可能也会像《沉沦》中的"我"一样沉沦的，是否有一天也会用无尽的海水来洗涤污秽的心灵？我蹲坐在江边的台阶上，望着翩飞的江鸟陷入迷惘中。

那天晚上，我跟三哥说自己不愿在工地上做了，想回家。三哥问我是不是吃不了苦，不愿干这又脏又累的活。我摇头，三哥也冲着我摇头，说过两天拍空带我去杭州的沈半街，那里有很多的鄱阳人，去那里看看有没有适合我的工作。

到了沈半街，我大开眼界，这条街的店铺大都是卖铝合金材料的，也有灯具店、百货商店、理发店、打印部、餐馆，开店的大部分都是我们老鄱阳双港人，这条街有点老旧，但热闹得很。街上的人穿着很普通，不少人的衣服还有些脏皱。来往的车辆多半是货车、摩托和三轮车，一看就知道是外来人聚集的城中村。更让我诧异的是，自己满耳被浓浓的乡音包裹着，街上的人似乎都面熟。我感到这里的氛围是那样的亲切，自己好像回到了老家鄱阳。我已被家乡人在外打拼的乐观感染着，心头不再阴霾，脚步也轻快起来，也想融入其中。在街上，我竟然遇到了双港小华村的表哥，他知道我的来意后，马上带我到他村里人开的一家打印部，向打印部的老板打听要不要招人。一杯茶的工夫，他与老板说好了，让我在店里帮忙切割名片。我很快回富阳拿了行李，当晚就到沈半街打印部开始了工作。我没钱租房，暂住在店里。晚上想睡了，挪开椅子，把草席铺在地上，垫一块旧毛毯做枕头，倒下去。晚上，大家走了我就偷着学电脑打字。

有一日好像是星期天，老板叫我到对面不远的店铺送名片，在路上看到一个穿着蛮时尚的女孩和一个中年人并肩走在前面。女孩的背影有点熟悉，但一时记不起来。街面人来人往有点拥挤，后面小车按了几声喇叭，走在前面的女孩蓦地回了一下头。我想起来了，是小芳，就是去年在粮库工地做工时认识的小芳。我感叹这个世界虽然好大，但有时又感觉很小。小芳可能也看到了我，她怔了一下，便转过身，没有再回头，像一片绿叶在风尘中清扬，与那个中年人很快消失在了街道拐角处。我怅惘了片刻，便往前走去。

我在打印部具体做了几天已经不记得了，大概一个多星期。那天，三哥过来告诉我，说二姐夫叫我回去继续代课，说那个请假生孩子的女老师又请了半年假，在家带孩子。我在沈半街只逗留数日，如匆匆过客，但我还是蛮留恋那里的。

女儿四五岁的时候，我和妻子到杭州旅游，又去了一次沈半街。那里更繁华了，真像是鄱阳人在杭州的"唐人街"。后来，陆续听说沈半街的不少鄱阳人都打拼得很好，回家盖了楼房；也有的在杭州买了房子，完成了华丽转身，成了杭州人；还有些发迹的，陆续回乡投资创业，但大多数人很少回来，真的是他乡成故乡了。

33. 在村小教书

我回乡在村小继续当代课教师，但工资没着落，二姐夫叫我写个报告呈给乡教办室。过了几天，回复下来了，意思是全乡此类情况较多，乡教办室无法统筹，请村委会自行解决。老支书介喜看了回复的报告感到很为难，他说村里太难了，除了公粮（农业税），乡里要求村里摊派的有民办教师、村医和"七站八所"的各类人员工资；村里要自行摊派的有村干部的工资，五保户的生活费，村里修桥补路、村级水利维修和各种报刊费等费用，还有村里日常开支等都要摊派下去，该缴的要缴，该留的要留……要是村里再摊我的代课工资，拿不准群众意见更大。我越往下听，嘴巴也随之张得越大，老支书介喜啪啪啪扔石子般把我的嘴堵得说不出一句话来。我呆立着，开始后悔从杭州回来。这时，介喜语气缓和了下来，说以前我父亲当文书时他们相处得非常好，他自然想帮我，叫我把报告放在他那里，今年收上缴前村干部开会的时候把我的报告拿出来讨论一下，看能否通过。我临走的时候，老支书介喜叫我安心地认认真真教书，我的工资总会想出办法解决的。

从那天起，我热情似火地扑到教书上，不再去想工资的事。自己的年轻单纯，与孩子们的纯真很快融为了一体。课堂上，我与学生配合默契；课间，我和学生快乐游戏，自己很快成了学生心中的"孩子王"。节假日，我帮二哥种地。晚上，我看书、练字、画画、吹笛，在日记里涂鸦着自己的快乐和苦闷。学校里年纪大一点的老师，见我几个月都没领工资，还"两耳不闻窗外事，一心只当孩子王"，便直白地提醒我，如果还在学校待下去，就准备打光棍。有的亲戚朋友也劝我还不如趁早出去打工多挣些钱。我沉默着，无言以对，内心变得矛盾。站在无人的旷野，我一遍遍问自己是否愿意坚守这份看不到希望的清贫职业。第二天，我还是站在了孩子们的面前。

村头的枫树红了，像烧着的大火，秋风为小溪边的冲天杨褪下金色的披风，叶子们像一群嬉闹的蝴蝶扑扇着翅膀从枝头旋转、追逐，纷纷俯身树下。村前和湖边田野的庄稼都收割完了，空荡荡的，已经没有了鹭鸶轻盈翩飞的身影，只有几头牛零星地散落在秋野里啃着青黄的秋草。到了秋冬，田地里没了庄稼，人们把牛赶到田野上，将牵绳绕在牛角上，不要人放了，让牛自己漫散地找草吃。牛都解放了，不再耙田耕地了，它们不时仰头哞哞地叫几声，整个田园秋野都回归了平和。

我每天去学校上课，经过村前的老万年台，村民抵缴公粮的大豆、花生、棉花都像小山头似的分类堆在那里。乡里下派的蹲点干部和村级两委的主要干部每天坐在万年台上的旧办公桌前收公粮和提留。办公桌上放了一个算盘和账本，桌旁放了一杆大秤，村民挑了农作物来，乡里收购站的人员有负责查验农产品的，看了干湿优劣定级定价，一般村主任负责称重，会计负责记账。那时一个村级两委的干部多的有几十号人，支书、副支书、五六个支委、村主任、妇女主任、民兵连长、会计、出纳；各村小组又有组长、副组长、会计。每年秋后主要是收提留，少则要收半个月，多则要收一个月，村级两委几十号村干部一日三餐都吃大灶，专做一事就是不停地催缴提留。收提留前，村委会组织村民在老碾屋里召开群众大会。每次会开到最后一般是吵吵闹闹收场。散会时，一路上都是叫骂声和叹气声。

提留难收的情况复杂得很。十个手指有长短，各家各户的生活也是参差不齐。有人口多劳力少，温饱都还没有解决的；有家中有重病人，拖虚了家底的；有家中娶了媳妇欠账的；有庄稼没种好，借粮借钱过日子的；还有就是看到村里减免了这个，照顾了那个，觉得自己吃了亏故意拖欠的。刚分产到户的头几年，提留不重，大家负担轻，人们都主动上缴。现在大家的肚子刚刚填饱，上面各级往下压的摊派却越来越多，层层"搭车收费"，农民负担过重，每年拖欠的困难户也在不断增加，干群关系剑拔弩张。

群众大会后，乡里每天干部蹲点催缴，一担担农产品陆陆续续挑上了万年台。村组干部挨家挨户催交提留，难免会遇到难啃的"骨头"，也就少不了"磕牙"的时候，往往就上演猫捉老鼠和狗咬鸡斗的闹剧。也有闹剧收不了场的时候，来财带村干部到胡寡妇家收提留，险些捅个大娄子。风波平息后，老支书介喜向乡政府打了辞职报告。

我的代课工资报告，在老支书介喜辞职前的村干部讨论中也通过了，但不是发现金，而是用我的工资抵交我家四五百块钱的提留。我的代课工资能通过，源于那年辅导区教学质量评比考试，我教的学科获得第一，在村里传开后，群众也默认了。

介喜辞职时还向乡党委推荐建国接任他，可惜建国的预备党员还没有转正，或许乡党委也有其他的考虑，乡党委最后还是启用了原村支书火根。东山再起的火根收提留的策略是鼓励家庭富裕的农户提前预缴下一年的公粮和提留，村委会计算诱人的利息给预缴的农户。火根的"好办法"后来被其他村委会效仿，并在全乡推广。

寒假前，在乡财政所当所长的二姐夫的父亲，听说我没发到一分现金工资，便叫我写了一份报告，帮我解决 400 元的补助。我把钱交给母亲，母亲只要了 200 元，叫我去县城买一套像样的衣服，过春节时年轻人在一起也不能让人看着太寒碜。

　　亮波、乌卵过了年又去了杭州，我继续在乡村当"孩子王"。我像一座孤岛，四面水色茫茫，自己与没有外出谋生的农民一起过着与喧嚣城市几乎断裂的生活。好在乡村单纯的日子让我的内心不再浮躁，能坚守内心的一片宁静。每天清晨悦耳的鸟鸣催开我惺忪的双眼。拉帘推窗，清丽而洁净的太阳正渐渐升起，稀薄的晨雾和轻柔的阳光相互渗透。晨曦中，乡民们扛着犁吆喝着耕牛，挥动着鞭子催牛拉车，担着荡悠悠的农家肥，荷锄扛锹……陆陆续续从我家门前经过。乡民们下地后，村子便静了许多，太阳也逐渐升高了，朦胧的乡村世界变得明媚起来。朝阳将绿树掩映的村庄涂上了一抹金黄色。炊烟升起，村妇们开始了淘米洗衣。偶尔听到哪家的院落里传出两声母鸡的咯叫声或犬吠声。不知谁家的小淘气玩得让奶奶着急，老奶奶正沿路长一声短一声地喊着小孙孙的乳名。乡村时光，看上去似乎是那么诗意静好。田野间辛勤劳作的乡民们，把时光、汗水与希望全部倾注在了自己耕耘的土地上，我则把自己的青春和汗水挥洒在了三尺讲台上，暂时忘了生活的清苦和对未来的茫然。

　　我在村小教书的第三个年头的秋季开学前，胡霸回来了，桌凳家具和被褥衣服等生活用具整整卸了一货车。胡霸带了他后娶的老婆回来，那是一个白胖的女人，说话搭着镇巴佬腔。胡霸笑呵呵，见人就分香烟和果糖，说他提前办离休了，不走了，每月领着退休金在村里种些地过活。胡霸借住了几天邻家，请人把房子简单翻修了一下，院子拾掇拾掇后搬进老房子安顿了下来。

　　没过几天，少敏也回来了，还带来了英子。细心的人发现英子的肚子隆了起来。少敏和英子初中就含苞欲放了，那是他们的初春时节，后来他们读高中鸿雁传书也有耳闻。听说他们读高三时可能坠入了热恋的爱河，两人高考没有上岸，都名落孙山了。少敏和英子早就同租了一间出租屋，生米做成了熟饭。胡霸带少敏到县城英子家去提亲，英子的父亲把胡霸骂得狗血淋头。英子的父亲牙齿咬得咯咯响，说自己的女儿不争气把自家的脸丢尽了，就当没有生这个女儿，当然更不认少敏这个女婿，有多远滚多远。胡霸灰头灰脸回到家，一不做二不休，干脆办了几桌喜酒，算是给儿子结了婚。

　　我到少敏家喝喜酒时，少敏说他和英子要办一所私立学校。他说国家现在鼓励民间办学，补充国家办学的不足，沿海地区早两年就有了私立学校，县内的杨梅桥村好像就有一所私立学校。我问要走什么程序，办什么手续，是不是很复杂？少敏说，现在民办学校还是萌芽期，制度还没完善，走一步算一步，办起来再说。不几日，少敏真的请了村里的木匠做课桌凳，还租借了邻居的几间房子做教室。少敏从小学一二年级开办，秋季开学收了五六十个学生，一个学生的收费比我一个月的工资还高。少敏有一个表哥在县城当领导，可能出面跟乡教办室的主要领导打了招呼，公办学校也没有阻拦和干预。

开学后，村小调来一个年轻的高老师，与我年纪相仿，是邻村人，他每天骑车上下班。我和高老师很投机，有时下雨天我留他到家中吃午饭。中秋过后的一个假日，他邀我到家玩。他家也在湖边的一个依山傍水的汉岛上，比我家离湖边更近。他家门前有一个果园，沿坝坡栽满了桃树。桃子早摘完了，狭长的桃叶显得憔悴、弱不禁风的样子。成片的橘树刚刚成林，深绿的叶子间挂满了青色的橘子。高老师说，要不要摘几个尝尝，我说还没到熟的时候，摘了可惜。我们正聊着，一个十六七岁的女孩子从橘林里钻出来。脸红扑扑的，眉眼清清亮亮的，她手里摘了两个较青黄的橘子冲着高老师喊了一声哥哥。高老师说眼前的这个女孩是他最小的妹妹，叫虹。虹见到我，一点都不觉得陌生，她眉眼轻扬冲着我甜甜地笑了笑，微漾起两个浅浅的酒窝，像含苞待放的桃花一样美。高老师叫虹喊我武哥，她摆摆手冲我示意了一下，问我们要不要吃她摘的橘子。我连连摆手，牙缝里似乎涌出了酸水。虹迈着脚步轻快地进了屋子。高老师说带我沿着村子转一圈。高老师的村子不大，三面环水，湖水缥碧，几十户人家掩映在青竹茂树中。高老师的村前的湖汉叫沙塘汉，村后是大塘汉。这个村虽然不大，但吃读书饭的人不少，附近的村子都说这个村子是秀才村。我们兜了一圈回来，高老师的母亲做好了饭。我印象最深的是一碗切成方墩子的腊肉，高老师的母亲实意地给我夹了两块。腊肉特咸，感觉像是在吃豆腐乳。可能我吃时的表情有点囧，虹看了咯咯地笑起来，我脸上有点灼烧的感觉。高老师带着责怪的口吻说虹不懂事，虹朝他哥哥嘟嘟嘴，便夹了菜端着饭走开了，回过头来还忍不住笑了几声。我有点懵的感觉，吃了饭便匆匆逃也似的回了家。晚上，躺在床上脑子里满是虹春风般的笑靥，恍恍惚惚中睡着了。

村小的老师除了教书外，有时还要协助村委会做些"杂事"。那天，当校长的二姐夫召开会议，说上面秋季计划生育工作抓得紧，当教师的家属如果是计生对象，要配合村委会带头完成引产人流和结扎任务，此外村委会还要求村小安排教师写宣传标语。会后大家分工，我与范老师一组负责在村口和村弄的墙上写标语。墙上一条"生男生女都一样，只生一个好"的标语还没写完，路过的久华看了，他脸上立马乌云斗暗，嘴里嘟嘟嚷嚷起来。我知道他生气和埋三怨四是因为他的老婆生了四个女儿，还没生儿子。他老婆芙蓉的肚子又大了在外面躲着，他只有在家种庄稼，好歹一家人还有口饭吃。如果一家人出去，自己没法子上工地干活，就连垃圾也捡不成，弄不好真的要讨饭。

没过两天，村委会在老碾屋召开了计划生育群众动员大会，要求生了第二胎的必须结扎。乡政府掀起秋季计划生育高潮的当天晚上，蹲点的乡干部毕部长带领十几名乡村干部准备抓久华的老婆芙蓉结扎，结果久华一家去屋空。第二天，久华家的一面土墙不知怎么塌了半边，像肚子被开了膛似的。之后，久华的家成了免费开放的"乡村陈列馆"，站在路边就能看清久华家的家具、农具和厨房的坛坛罐罐。鸡鸭鹅和猫狗猪们肆无忌惮地在久华的家具、农具下钻进钻出，在床上、桌子上和灶台上扑腾跳跃，拉屎撒尿。

久华一家人几年都没回家。有一年除夕，我们坐在电视机前看了黄宏和宋丹丹演的小品《超生游击队》，笑得肚子痛。后来不知怎的，我突然想到了家乡的计划生育工作，便哑然了。

34. 村里第一个大学生

从正月初六开始，村里就陆续有人出门，跑杭州、广州、深圳、汕头、厦门、石狮的长途汽车老板们在乡道上设了几个点。每个村都有一个人负责与长途汽车老板接头，按人头抽提成。村里的猴子也成了半个"罗汉"，每天穿着一件呢子风衣，嘴里叼着香烟，骑着摩托满村上弄窜到下弄。打听到哪家有人准备出门，他便停下来，双手按住车头，两脚点地，冲着那个要出门的人嗨嗨笑笑，然后嘴里带着半威胁的口气，叫那人照顾他的生意。有一次，我骑车经过临时上车点，亲眼看到猴子负责接头的那趟车，像装牲口一样超载。一个外村人不愿上他的那趟车，猴子便像杵麻子粑般挥拳揍下去。我不知道他怎么成了这样装混样的人。其实猴子与我一样，十六七岁父亲就去世了，我们曾一同去省城漂过十多天。自那以后，他跟黑虎走到了一起，经常看到他坐黑虎摩托呼啸着窜出村子，回村时黑虎的摩托上除了猴子，中间还会夹一两个涂抹口红穿着暴露的女孩子。摩托突突地往进村的上坡路猛轰，泻下一路汽油、香烟和香水混杂的怪味，让人感觉在往地狱里下坠。

每次猴子见到我，总在我面前狂热地扯他与一些女孩厮混充满诱惑的话题。我知道他是在向我炫耀混得滋润，让我嫉妒，或是羡慕。其实，人都是有虚荣心的，不能说我不嫉妒他，只是现实中我的自尊心上扎了一根刺拔不了。父亲刚去世，村里就有人说风凉话，说我父亲去世了，我们兄弟几个像一窝乌鱼仔没人管教，迟早都要成为流氓赤膊鬼。母亲听说后，说四条腿的猪能被人料到（看透），两条腿的人难道还能被人料到。母亲流涕落泪叫我们兄弟几个争口气，堂堂正正地做人做事，不要被别人料中了看笑话。我记住了这根扎向我身上的刺，也记住了母亲的叮嘱。不知何故，猴子急切地想"帮我"，有一次竟骗我去见他认识的一个"大哥"。我见到那个人满脸的横肉，络腮胡子被刮得铁青，他朝我点点头，眼睛像是注视我，又像是在瞪我。我感到极度恐惧，嘴里诺诺地找了个上厕所的借口，逃也似的离开了。后来，任凭猴子怎么叫我出去玩，我都一口回绝了。不过，猴子自始至终没有和我翻脸，可能是我们结伴第一次去省城漂的那些日子，他病得很严重时是我陪护他回家的原因吧。

听说黑虎已是县城"罗汉"队伍中的"五虎上将"了，他已不屑在农村里小偷小摸了，很少看到他回村。有人说他跟人合伙跑杭州长途班车，基本上坐镇杭州那边"拉"客源，这样一来猴子便成了村中老虎。猴子也经常往返老家与杭州，每次回来都要向村里人炫耀一番他在杭州的光辉事迹。

春季开学后的一天，猴子骑着摩托站在我家门口。他叼着一根香烟，从嘴里叭叭吐着烟圈，问我还继续在村里代课？我点了点头，他摇了摇头。他伸出手，让我看看他的文身，是一只蜘蛛，他手腕上戴了一串紫红的珠子，手指上戴了一个墩子金戒指，是哪只手的手指我记不清了。他穿得像港剧中的马仔。我笑笑，想阿谀一句说他酷，但终究没有说出口，我笑得很僵硬。他说我读的书比他多一点，有个屁用，说我一个月的工资，还抵不上他抽的两包"阿诗玛"香烟，而他小学都没读完，却比我过得洒脱，吃香的喝辣的，又有许多女孩围着他转。我自惭形秽，自然无力回怼他。我觉得自己也很虚伪，自命清高看不起猴子，还当面夸奖了猴子有能耐。猴子听了我对他的夸奖，显得很兴奋，说要带我去杭州玩一趟，准保我"衣锦还乡"。当然，他并没有用也不会用衣锦还乡这个词，是我从他说的话里提炼出来的。我说以后再说吧！猴子嘴里噗了一声，把烟头吐在地上，头发一甩，脚踩摩托发动杆撂下一句话："兄弟，以后打光棍别说老弟没帮你！"哒哒哒，摩托一溜烟跑远了。

过完正月，外出的人零零星星，乡村公路上的站点都撤了，要外出到县城乘车就可以了。猴子暂时消失了，可能是去了杭州。留守在村里的人们又忙活了起来，春耕播种、种豆点瓜、收割油菜和小麦……村里留守的人们重复着年复一年、日复一日几乎相同的劳作。我与其他农村教师一样，每天过着往返学校教书和田地劳作的两点一线的生活。我每个月底的周末都会跨上一辆斑驳的自行车，像骑着一匹瘦骨嶙峋的老马，穿过竹下村、金家村和杨梅桥村的田间小道摇摇晃晃去县城一趟，口袋里本就羞涩，便直奔县城五一路报刊门市部，拣几本新出的杂志就回家。

转眼秋老虎来了，暑假也快结束了。大清早，知了就扯开嗓门高叫，似乎告诉人们又是一个大热天。还没到中午，人就好像是被关在澡堂里蒸桑拿似的，闷热得喘不过气来。黄狗趴在大门前的站檐下，热得鼻子上沁着汗珠，不停地吐出舌头呼呼地喘气。三姐出嫁后，二哥成了家里的庄稼头（家里种庄稼的主要劳动力），他每天赶早到田地里转一圈，看田水的干浅，看地里庄稼的长势和青熟程度，然后安排轻重缓急的农活。

二哥从地里拔回一棵花生，告诉母亲说可以拔花生了。第二天，我就跟着二哥下了地。地里的花生叶子蔫卷了，显得有气无力。二哥在花生地中间拔了一个圆桌面大的空地，我们便用蛇皮篷布撑起一个小帐篷。二哥说他负责拔，叫我负责捧打脱粒。我戴着草帽，把刚拔起来的花生棵抱放到帐篷里，摆放好一个箩筐，上面横放一根扁担，抬起一只脚压住扁担不让它移动，开始俯身拿起花生棵使劲朝扁担上摔打，花生粒和泥屑簌簌地落到箩筐里，有的花生像子弹一样溅飞到四处。山坡上干黄的蒿草虚脱得要倒伏下去，仿佛只要一点火星就会燃烧起来。有时吹来的一阵风如热浪扑来，滚烫灼人。天酷热难耐，许多鸟不知躲藏到什么地方去了，只有山雀令人烦躁地边叫边振翅飞向高处，冷不丁地又像一块石头从高空掉落在山坡的草丛里。

太阳快落山了，夕阳倒映在被晚风扯皱的湖面上，像是扔下了一块烧红的烙铁，煮红了半个湖面。摔打了一天花生颗粒的我基本上成了从土坑里爬出来的人。很多像我一样的"泥俑"也从各块花生地往湖边移动。有一个人穿着红色球服从村口山坡往湖边来，身影有些熟悉，走近了才知道是德成。我早下水了，在水里向德成打了个招呼，便一头栽下水咪脑洗头发。我周围的水可能有点浑浊，当我从水里冒出来时，见德成正从离我十几米外的湖岸"扑通"跳下水，他侧身翻转、双手交替拍打水面，像是在自由泳。他游得水路很流畅，像书法家的即兴挥毫。他很快游离了湖岸，开始踩水往回走。我上了岸，德成冲我喊了一句，说晚上去我家。

吃过晚饭，我趴在厅堂的八仙桌上批改作业，母亲在灯下缝补衣服。德成来了，手里拿着一张看上去较硬的纸。我招呼他坐下，他满面春风，急切地告诉我他考上了江西农业大学，今天下午拿到的录取通知书。随即他把手中的录取通知书递给我看。我僵站着，过了片刻才哦哦了两声，伸出手去接德成的录取通知书。看着德成的大学录取通知书，我内心像打翻了五味瓶，嫉妒羡慕恨都有。我已记不清当时是怎样向他表示祝贺的，只记得自己恨不得找地缝往下钻。德成说翘嘴和子玉今年都落榜了，只有他考上了。"唉！"一旁的母亲这时沉重地叹了口气。我心里一阵瑟抖，一股懊恼涌上心头，但我强作镇静，尴尬地笑着招呼德成坐了一会儿。德成与我聊了一会儿他的憧憬，我根本无心听下去，德成便起身去了他叔叔家。

我和德成是小学同班同学，我们两个的成绩在小学一直保持着班上的前三名，我们一直在暗中较着劲，虽然初中分开了，但互相都打探对方的学习成绩。村里人也夸我们两个会读书，都有希望考上大学，结果是我让村里人失望了。德成为什么那天晚上拿着大学录取通知书到我家？是让我分享他成功的喜悦，是故意向我炫耀他的胜利，还是嘲笑我的困境？我至今都认为那天晚上，是我的耻辱。德成走后，我便蒙头睡了。半夜侧过脸，感觉枕头是湿的。

德成考上大学的消息很快像长了翅膀似的飞遍了村子的角角落落。德成的父亲矮勇昂首阔步地在村里走了一圈，逢人便说他儿子是村里第一个真正的大学生。翘嘴的母亲平日里是一张麻雀嘴，走到哪儿都叽叽喳喳，儿子落榜了，偏巧在路上与矮勇打了个照面，立即就像皮球碰到针泄了气。

整个暑假根本没看到翘嘴的影子，一直在县城北关口姐姐家住着。翘嘴姐姐家的裁缝培训班有十几个女孩子，我去县城经过他姐姐的裁缝店，有几次看到他咬着城里人的腔调与学裁缝的女孩子们嘻嘻哈哈开玩笑。有时我去县城，偶尔在街上看到翘嘴骑着自行车，嘴里打着呼哨，像一条泥鳅般在人流中穿游，车技好得让我瞠目结舌。翘嘴落榜，他母亲气不过，跑到县城骂了翘嘴足足半天，骂翘嘴不争气，叫翘嘴不要再读了，干脆学裁缝算了。翘嘴巴不得学裁缝，能与女孩子们厮混在一块儿。

德成去省城上大学的前两天，他家里办了谢师宴，爆竹从晨到昏几乎没歇下来，全村几乎各家都去祝贺吃酒。我是和村小的老师们一起去祝贺吃酒的。我坐在桌边不敢抬头，德成来敬酒，我感觉脸上火辣辣的在灼烧。当天晚上，在德成家后面的晒坪上放露天电影。那时，农村红喜事都时兴放电影祝贺。这场电影是村委会为了祝贺德成而特意请来的专场。周边村子来了不少看电影的，德成考上大学一下子轰动了全乡。村里不少人说德成将来一定有出息，以后他当了官，村里人有事少不了找他帮忙。

德成上大学后，我心里郁闷了一段时间，觉得一下子矮了一截，去学校绕着村边走，不想遇到人，更不敢碰村里人的目光，觉得他们瞟过来的目光满是嘲笑。我当时不知是冲动，还是心里一直有一股子冲劲，竟然跑到县城，找各种学习资料，还买了一本建国30年高考试题集回来。自己关在房间里制订自学目标，想参加成人高考。除了教书和劳作，我几乎不再浪费自己的时间，每天看书、做题、练字、写日记。累了，便面窗吹上一段为己欢喜为己忧的笛曲。有时，还涂鸦一些文字投寄到县里的报社，但往往是石沉大海。

35. 乡村爱情季

转眼到了腊月，天阴沉沉的，寒风像刀片似的在脸上肆意削割。村前溪边的大乌桕树叶子掉得几乎一片不剩，像个冻得浑身乌紫的汉子在寒风中抖颤。溪水似乎静止了，清浅如一条长长的薄膜纸，蹲下去才发现溪水仍像发丝般在流动。有人把步履蹒跚的过冬水牛从草棚里牵到溪边喝水。溪水太浅了，水牛伸长脖子喝得十分小心，轻舔着溪水，生怕舌头触到溪底。冷风忽闪着掀动干涩的牛毛，瘦削的水牛不时痉挛般瑟抖。

腊八节前，乌卵和他哥哥扁腾从杭州回来了。乌卵的父亲麻棍已经病得落了床。麻棍自前些年村里与竹下村争水械斗被人打得半死捡了一条命后，身体就阴三阳四地往下垮，终于扛不过去了。乌卵的母亲便打长途电话催两个儿子提前回来。乌卵回来大概一个星期的样子，他父亲麻棍就撒手走了。乌卵的母亲向村里去烧香的人们哭诉自己丈夫麻棍傻到家了，为了众人的事，搭上了一条命。村里人都不好说什么，只说麻棍是个实心眼的人，会记住他的好。

乌卵找到我，说村里唯一的老漆匠逢春卧病在床，他父亲的棺材没人涂漆和绘棺材头。乌卵说棺材涂漆还好点，自己买两瓶海洋漆刷黑就是了，可是找不到会描画棺材头的。他知道我喜欢画画，便来找我。绘棺材头，专业的漆匠是用桐油调石灰粉拌成油灰填模具，再用小刀镂刻字符和龙凤祥云等图案，最后镀金粉，工艺复杂得很。村里像逢春这样传统的民间手艺人越来越少，因为没有人学徒，也就没有了传承人。出去打工用不上，谁还学这样的手艺呢。看花容易绣花难，乌卵找我去绘棺材头，让我感到为难，但又不好拒绝。我便对乌卵说自己干脆用清漆调金粉直接画试试，乌卵看我答应了，连说了几个"可以"。

去乌卵家的路上，乌卵告诉我，说翘嘴也去了杭州，在服装厂干了两三个月，觉得天天熬夜太辛苦了，便出来跟着黑虎和猴子混，还找他玩过几次。翘嘴去杭州，我是知道的。

翘嘴去杭州前，与他姐夫服装培训班学裁缝的一个女孩正在热恋中。翘嘴在县城学裁缝，每个星期都会回村看他奶奶。有时晚上不回县城，他便找我聊天。翘嘴自从去了城里，口才变得出奇的好，油腔滑调特能说。翘嘴特别喜欢在我面前炫耀他与女孩子厮混的绯闻，说得极为露骨。不过，翘嘴说他真正喜欢上了一个女孩，是靠近县城的一个乡镇的女孩，也是在他姐夫的服装培训班学裁缝的。夏天插二晚的时候，翘嘴还带着那个女孩到他家玩了一次。翘嘴那时的着装很酷，穿浅蓝色 T 恤和牛仔裤子，骑自行车载着那个女孩。翘嘴沿着村前小溪柳荫骑行，那个女孩穿着一件白色连衣裙，一手打着遮阳伞，一手抱着翘嘴的腰，那应该是翘嘴最浪漫甜蜜的一段爱情时光。

翘嘴说他还带这个女孩子偷偷做过两次人流。女孩的父母听说后，气急败坏，把自己的女儿带了回去，匆匆忙忙答应将女儿嫁给本村的一个三十多岁的包工头，还收了那个包工头的彩礼。女孩偷偷找到翘嘴，两人在洗澡间里打开煤气准备离开这个世界。被发现时，两人瘫软在洗澡间。还好发现得早，两人被送到医院抢救了回来。两人殉情未遂，女孩的父母仍说翘嘴太嫩了，又没有稳定的职业，坚持不同意自己的女儿与翘嘴交往。翘嘴又去了几次女孩的家里，每次都被女孩的父母轰出来。翘嘴便约了几个街上小青年带上管制刀具去了女孩家，结果反被女孩父母喊来的村里人团团围住，他们一帮人被打得鼻青脸肿灰溜溜地滚了回来。到了国庆节，女孩便与那个包工头闪婚了。翘嘴也就断了念想，一场轰轰烈烈的初恋就这样杂乱无章地落幕了。有一回，我在县城五一路遇到翘嘴，他脸上已经没有了往日的光彩和得意，我又找不到合适的语言宽慰他。翘嘴对我说再待在县城已经没有任何意义了。后来，就听说翘嘴去了杭州。

好像就在放寒假的第二天，翘嘴的奶奶经过我家门口，告诉我翘嘴从杭州回来了。我傍晚便去了翘嘴家，一进他家，就看到他家的厅堂里横七竖八地摆放着彩电、收录机、电冰箱和不少时兴的家具，但都是半新半旧的。翘嘴不在家，他的父亲坐在八仙桌边一言不发；他的母亲看上去很高兴，告诉我摩托、家电和家具都是翘嘴从杭州带回来的，刚搬到家不久。我在翘嘴母亲的介绍下像验货般把满厅堂的物件都浏览了一遍。翘嘴去杭州也就几个月，怎么一下子挣到这么多家当。我脑袋转不过弯来。翘嘴母亲介绍时，我自惭形秽，嘴里诺诺连声说翘嘴真能干。翘嘴的母亲自然心里乐开了花，叫我等一会儿，说翘嘴去邻近的乡镇接女朋友去了，很快就会回来的。我愕然了，翘嘴怎么这么快就又找了女朋友了？

过了十几分钟，就听到摩托"突突突"的声音由远而近，呼噜一声，只见翘嘴霸气十足地骑着一辆半新旧的红色钱江摩托拐弯进了院子。翘嘴发型完全改了，理着平头，头上像插满了密匝匝的钢针。翘嘴的身后有个披头发的女孩紧紧地抱着他的腰。摩托在院子里打了个旋便熄了火。女孩下了车，看上去有点微胖，口红涂得像贴了红纸皮。翘嘴看到我，爽朗地喊了一声老同学。看得出来，几个月前笼罩在翘嘴头上的阴霾早被春风得意刮走了。几个月不见，翘嘴的脸上已经找不到过去的青涩。他的脸像雕塑家用刀片削的几何平面组合，络腮胡子刮得青釉青釉的，散发着浓郁雄性荷尔蒙。翘嘴向我介绍了一下他的女朋友，八里外邻乡马堤村的，姓汤，叫她小汤好了。说实话，小汤没有翘嘴的前女友漂亮，但属于那种大大咧咧型的。她刚进翘嘴家，就热热乎乎地叫翘嘴的母亲，并很快聊了起来，好像来过翘嘴家多次似的。翘嘴便招呼我进屋，他插好收录机的电源线，按下播放键，耳朵里立即涌入摇滚乐的混响，整个房子都随着音乐咚锵咚锵地摇荡起来。歌声响起，是叶倩文的《潇洒走一回》：

> 嘿哈嘿哈嘿哈嘿哈嘿哈
>
> 天地悠悠过客匆匆
>
> 潮起又潮落
>
> 恩恩怨怨生死白头
>
> 几人能看透
>
> 红尘呀滚滚痴痴呀情深
>
> 聚散终有时
>
> 留一半清醒留一半醉
>
> 至少梦里有你追随
>
> 我拿青春赌明天
>
> ······

翘嘴哼着歌词，头随着音乐节拍摇摆起来，肩膀也有节奏地上下耸动，整个身子轻微地扭摆。我站在一旁，只能礼貌地看着翘嘴"表演"。翘嘴转过身，大声笑着问我到过歌舞厅吗？会跳迪斯科舞吗？喝过红酒吗？我使劲地把头摇抖了一下，算是回答了翘嘴的连问。因为翘嘴连问的这些，对于我来说太遥远了，就像夏夜里看到满天宝石般的繁星伸手也摘不到一样。一曲《潇洒走一回》唱完了，翘嘴"滴答"按下暂停键。随手递给我一支佛子岭过滤香烟，我摆摆手，他自己将香烟放到嘴唇上，摸出一个精致的打火机，"咔嚓"点燃香烟，然后深吸一口，很享受似的巴拉巴拉吐出几个烟圈。他摇摇头笑我一点没变，说外面的世界很精彩，为什么不趁年轻出去潇洒一番？我岔开话题，指着满厅堂的物件想问翘嘴在杭州干什么。翘嘴指了指他的女朋友，摆摆手打住了我的话，我知趣地说离开。翘嘴笑笑说对不起，说有空到我家玩时再聊。

过了两天的一个晚上，翘嘴真的来我家玩了，还带来一包酥糖，说是给我母亲的。坐在房间里喝茶聊天，翘嘴不停地吐着酒气。他蜻蜓点水似的问了一下我当老师的事，显然他对这样的话题不感兴趣。很快，他就说到自己在杭州结识了不少女孩子，玩得很开心。我在他停下来喝茶的时候，还是忍不住问他从杭州怎么带回了那么多的家电和家具？翘嘴半真半假地说偷来的。我叫他不要开这样的玩笑，他带着醉意说不是偷来的就是抢来的，"白天上午9点几个人开着搬货车瞅到哪家没人，就用大钳子"咔嚓"把防盗门剪了，能搬得动的家电和家具往车上搬就是，别人以为是搬家公司的。晚上十一二点，撬开人家的门，侧脚进门，翻箱倒柜想拿什么拿什么，有些人夜里睡得像死猪一样，拨弄他们的脑袋，拍他们的脸，摘掉他们脖子上的项链和手上的戒指都浑然不知，如果有人把他们抬走了卖了都还是云里雾里"。翘嘴还说他骑的那辆钱江摩托也是偷抢来的。他乘人不备把停在公园里水池边的摩托一脚蹬翻踹进水里，到了半夜几个人捞起来，装上车拉走，大致修理一下就是好好的。

我觉得翘嘴越说越离谱，赶忙笑着叫翘嘴不要把电影中盗贼偷盗的镜头描述给我听。翘嘴反问我："老同学，我从杭州带来的家电、家具和摩托不是偷抢来的，你说是哪里来的？"我说："是你挣得呗。"翘嘴把烟蒂狠狠地砸掷在地上，鼻子哼哼道："管它白猫黑猫，捉到老鼠就是好猫。我算是看透了，挣不到钱，谁把你当人看，连到手的天鹅也会被人抢了。"看到翘嘴一副玩世不恭的样子，我不敢再与翘嘴聊下去，便说他喝醉了，送他回去了。翘嘴冲我摇摇头，说跟我聊天真没劲，等大东和亮波回来大家聚一聚，开心地聊。

翘嘴走后，我唯愿翘嘴说的都是醉话，可想起前几天乌卵说翘嘴在杭州与黑虎和猴子玩在了一起，又觉得翘嘴跟我说的可能不假。往日的翘嘴在我的心中渐渐模糊起来。翘嘴确实变了，变得我都开始怀疑自己的眼睛。

往腊月深里走，乡村的年潮随着渐渐密集翻涌的爆竹声响开始涨起来。放了寒假的孩子们像小狗群在村弄里疯野狂吠，只要听到哪家响起了爆竹，便呼噜噜往做喜事的人家窜。外出打工的人们背着大包小包回来了，有的肩上背着包，手里提着袋子，脸上荡漾着抑制不住的喜悦，逢人便远远地打招呼，还急切地从口袋里掏出香烟或从包里拿出糖果热情地递过去；有的提着包，脸上看上去有些疲惫，见到村里人嘴边眼角合力挤出几丝笑意，平静地点点头，算是打了招呼；有的把包扛在肩上，好像做错了什么似的，故意用包遮住半边脸，低着头不看人，只顾往自家方向走。那些高兴热情的人也许是在外面混得好的，那看上去平静的人也许是混得马马虎虎的，那些用包遮脸的人一般是混砸了的。以前农村特别穷，人们干完了庄稼活便出门搞副业，活儿不稳定，有一天无一天，便说成"混"。以前农村人家吃了上顿愁下顿是常事，把过日子也说成"混"。我觉得用一个"混"字形容农村农民的苦，再恰当不过了。

我给学生送报告书的那天，亮波也回来了。亮波早就出徒成了大工，工资自然也高了。回村的第二天就去县城骑了一辆嘉陵摩托回来。亮波穿着皮夹克牛仔裤，理着黎明的发型，腰间挂了个 BB 机，酷得很。他骑着摩托四处兜风，让不少村里姑娘眼馋。亮波见到村里叔伯大爷就熄火，双脚点地跨在摩托上笑呵呵地递烟，叔伯大爷抽着烟少不了对他褒奖几句。亮波骑着摩托在村口等燕子，村里来来往往的人问亮波等谁，亮波只是笑着给大家分烟。大馒头的房子就在村口，正牵牛到小溪边喝水。没过多久，燕子就花枝招展地来了，大大方方地坐上摩托，双手合抱亮波的腰。亮波踩动摩托，摩托屁股冒烟飞腾而去。大馒头看了直摇头，嘴里自言自语地说现在年轻人谈恋爱也不顾一点旁人眼，真是辱门败户。不过，说过之后，大馒头脸上立即黯淡下来，眼角涌出两行浑浊的泪水。他可能是看到亮波，又想起了自己的儿子建子，如果建子不短命，也到了谈恋爱的年龄。

亮波骑摩托载着燕子去县城就像《人生》中高加林骑自行车载着刘巧珍去县城一样，轰动了全村。不过，亮波比高加林更猛烈。晚上回来后，亮波便提了礼物去了小蓉的家。燕子和小蓉玩得好，亮波只有托小蓉的母亲去燕子家说媒，才有希望。燕子的父亲孝文毕竟是当老师的，并不反对这门亲事。燕子的母亲说自己花了九牛二虎之力给女儿弄到一个商品粮户口，是想让自己的女儿嫁到城里，把女儿嫁给亮波，岂不瞎子点灯白费蜡，心里自然不乐意。小蓉的母亲说村里的年轻小伙子论帅气和挣钱排排队，亮波一定排头队。弄商品粮户口将女儿嫁到城里也是让女儿过好日子，亮波能干会挣钱好日子还不在那儿等着，现在年轻人都自由恋爱，做父母的想拦也拦不住。末了，小蓉的母亲故意补了一句，可惜亮波这样的好小伙子没看上她的女儿小蓉，换了她她早就答应了。燕子的母亲被说动了，便默认了。亮波提着名烟好酒和果品去了燕子的家，年底就定亲了。

大东回来得最晚，过了小年才到家，说是等厂里发工资等晚了。大东回来的第二天恰好是亮波与燕子定亲的日子。大东回来后也想买一辆摩托，他父亲牯牯骂大东用耗时熬夜挣的钱买摩托，只图一时风光潇洒，是打肿脸充胖子，坚决反对大东买摩托，结果父子俩大吵了一场。大东也去小蓉家玩了几次，但小蓉仍是不温不火的样子，小蓉的父母更是冷淡得很。牯牯看到大东每次从小蓉家回来，都是一副打不起精神的样子，便叫大东不要剃头挑子一头热，女孩子一开始就扭扭捏捏，即便娶了回来，以后的日子也不好过，要想娶媳妇，叫媒人帮着找一个合适的，上门提亲搞定就是。大东懒得理他的父亲，心里想着亮波能吃到天鹅肉，自己为什么不能？

德成放寒假之后没有回村里，听别人说是待在城里一个族亲家里。他的这个族亲是个做五金水暖生意的，家里特有钱，有个与德成年纪相仿的女儿。据说是德成考上大学办喜宴时，在酒席上这个族亲就与德成的父亲矮勇达成了结亲的意愿。矮勇是个种地的农民，巴不得儿子找到一个有钱人家的女儿，儿子娶媳妇基本不花钱。听说矮勇这个族亲的女儿好像初中没毕业，能嫁给一个以后端铁饭碗的大学生（大学生不包分配是从 1996 年开始施行，到 2000

年全面停止分配制度），自然也求之不得。我至今都不知道德成妻子叫什么名字，只是德成回家过年时候偶尔见过几回。除夕那天，德成带着那个女孩经过我家门口，德成满脸喜悦地与我打招呼，礼节性地向给我介绍了他的女朋友。那个女孩长得并不漂亮，看上去高傲娇气，几乎没有正眼看我，只是点了点头。我始终想不明白，德成一个高才生，在大学里找个女朋友应该没什么问题吧，退一步说大学里不能来一场浪漫的爱情，至少高中时的同学也有钟情的，为什么也像村里普通的小伙子一样要说媒提亲？我觉得德成在爱情上太过草率了，没有亮波的桀骜洒脱。

　　腊月和正月是农村年轻人的爱情季。年底腊月没有找上对象，年外正月接力找。正月初二一开正，媒人们又忙起来，今天去这家，明天到那家。老家有句俗语：有女不愁贫，无女愁死宁（人）。有女待嫁的人家的门槛都被媒人踏破了。正月里，邻村的一个年轻国编老师托媒人到小蓉家说媒，小蓉的父母同意了，小蓉自己也没反对。没过几日，男方到小蓉家定了亲。大东也就彻底断了对小蓉的幻想。不知是赌气，还是虚荣心，元宵节前大东便与村里一个叫玉珍的姑娘定了亲。玉珍好像只读了一年书，有四个姐姐和一个大哥，她是幺妹。玉珍的哥哥是省内一个有名矿企的领导，几乎没有要大东什么彩礼。后来结婚的时候，玉珍家陪了不少嫁妆，还给大东披了一万元的彩礼。我觉得大东对待爱情比德成更草率，但多年后我才知道大东是个实用主义者。

　　正月里，我们村最热闹的地方不是祠堂，而是村里的门市部。村里的门市部是新中国成立前志平的祖上盖的洋楼改建的，两栋并排的砖木结构平房，一栋房子做营业厅，一栋房子做库房。门市部的房子前有一个不大不小的院子。门市部内是"同"字形柜台，里面铺了地楼板，穿着体面的售货员不紧不慢地走在地楼板上，发出咚咯咚咯的声响，听上去有种优越感。乡村门市部原是乡里供销社属下的驻村营业门户，不仅出售日用百货和服装，还出售化肥、农药、种子和塑料薄膜等各种农用物资，俨然是乡村的百货商场和农资公司。供销社改制后，大多数乡村门市部下放给了职工承包。姐夫的弟弟国华从乡供销社退下来，与同是供销社职工的妹妹媛琴一起承包了村里的门市部。国华脑子活络，清理了一个大间的库房，布置成了台球室和棋牌室，到了腊月边又分隔出一间录像厅。录像厅播放的几乎都是港台片。白天播放武打片和枪战片，基本上是孩子们看；晚上先播放言情片，吸引了不少临近村子的少男少女们来看。在交通还不发达的 20 世纪 90 年代，村里的门市部自然成了临近各村的"乐购娱商场"，特别是年里腊月和年外正月，门市部的人流量高涨，男女老少人来人往，络绎不绝。村里的门市部是各类消息的集散地，也是村里年轻人的"伊甸园"，这个"伊甸园"里每天都会有朦朦胧胧的爱情在萌芽，每天都会有花样年华的故事在发生，每天都会有爱情火花被点燃。我的同事高老师也时常往门市部跑，因为他正与我姐夫的妹妹媛琴谈恋爱。

那年正月，高老师与姐夫的妹妹媛琴定了亲。我和乌卵也在乡村爱情季去村门市部"打卡"，但我和乌卵那时只属于站在"伊甸园"外看风景的人。

农忙谢幕了，夜寒当昼热。午后的雷声稀疏远去了，白云不再在午后堆积起云峰云墩了，而是棉花似的一块一块地消散开来，天穹也渐渐空旷起来，洁蓝洁蓝的。悠荡的浮云擦掉笼罩着正午的热气，日光的脸庞便明媚起来，露出青苍苍的笑靥。每到傍晚，凉风就忽闪忽闪地来了，学校南面的两棵古枫的叶子便瑟瑟摇曳摩擦，发出"哗啦哗啦"的响声，枫叶脸色也渐渐变成了淡橙色。一群小孩儿跑到古枫下，蹲下身子去捡从树上跳到地面上的枫刺球儿。

秋季开学了，校门口开了个小卖部，是高老师的妻子媛琴开的。其实那时候，高老师已经与姐夫的妹妹媛琴结了婚。国华一家人去了深圳，将村里的门市部的承包权全部转让给了妹妹媛琴。高老师便住进了门市部，有空时候帮妻子媛琴打理门市部的生意。村里除了门市部，还有四家开小卖部的，辉希家、盛容家、板胜家、粟坛家，竞争激烈得很。国华承包门市部时，可能因为是本村人，再加上人活络，门市部的生意一直不错。门市部转让给了他妹妹媛琴后，生意像一碗清水，明显是村里人"肥水不流外人田"的观念在作祟，生意都跑散了。高老师只得放低身段夹着尾巴学做人，只要村里人去门市部买东西，他都毕恭毕敬递烟倒茶满脸堆笑地招呼，有人带了小孩去门市部，他还抓一把糖或饼干塞过去。零售本就是零钱拨兑钱，日子又长似牛马，做人也不是一天两天的事，高老师觉得这样下去也不是个法子，便在学校门口开个小卖部，做些过路生意和学生的生意。媛琴守着门市部的生意，高老师刚中学毕业的妹妹虹便来帮忙打理校门口边小卖部的生意。

开学后不久，我见到了虹，她蓄着学生短发，白皙的脸蛋泛着微红，长长的睫毛掩映着两汪湖水般清澈的眸子。她冲着我甜甜地叫了一声武哥，把我窘得脸皮发热，不知如何回应，怯怯地点了点头，脚步慌乱地往办公室窜。

虹在学校小卖部的那段日子，我就觉得身边有一双青春女孩的眼睛在注视着自己，心情也像春天的阳光灿烂了起来，似乎有股力量在催我向上，做什么都充满了自信。不久，虹主动到我跟前借书看，我也在课余空闲邀她打羽毛球。假日，我们相约骑着单车到集镇上玩到兴尽方止，我们恋爱了。我是个十足的穷小子，家里穷得在村里能排上前几名，虹的父母知晓了我们的恋情后，将虹强行带回了家。我心里空荡荡的，又全心扑在了教书上，想以此淡忘过去的一切。

转眼间这年寒假来临了，门市部迎来了生意的旺季，虹又被她哥嫂叫来帮忙。我与虹又偷偷地见了几次面，我们互相鼓励，决心冲破世俗的大网去追求属于自己的爱情。在乍暖还寒的初春我与虹瞒着彼此的父母离开了家乡，开始了我们的爱情"长征"。在外漂泊的日子，我干过最脏最累最危险的活，我们边打工边变换地点，虹跟着我也饱尝了思乡和辗转之苦，但我们彼此用心温暖着对方，从未言过一声苦。近一年的时光里，我们漂泊了半个多吴越，最后得到虹的父母应允后才回到家乡。走过万水千山，我们以自己的勇气收获了真爱，开始憧憬编织着属于我们的爱巢。

36. 孩子王的苦乐年华

结婚后，我没有重返村小学。理想很丰满，现实很骨感，对于一个草根来说，没有生存的选择权，只能在大树和灌木的挤压和缝隙中探头呼吸，只有被动地接受，你是否情愿并不重要，没有谁会去考虑一个卑微者的感受。

为了生活或者干脆说为了生存，我靠在村小学教书竖起的一点小口碑，模仿少敏和英子夫妻俩也在家里"小打小闹"办起了民办小学。起初，我们只招收一至三年级，4 个教师，我和妻子，还聘请了两位年轻的女教师。所谓的教室是我二姐的一幢盖起来不到三年的"十柱当头"的大砖瓦房。那时二姐一家已搬到集镇新房住了。我结婚后分家立户，住的两间房子一到下雨天，外面下大雨，里面下小雨，没办法住，又修不起，便借住了二姐的这幢大房子。三个班的学校，一年级招了 40 多个学生，教室放在厅堂；二年级招了 30 来个学生，放在院前一座小砖瓦房里；三年级招的人数最少，9 个男生，6 个女生，教室安排在大屋南边的前厢房。

那时，少敏的民办学校已有模有样，有 200 来个学生，他聘请了数名教师，办成了完全小学。雁荡洲村委会三个自然村是紧挨着的，只隔一条南北走向的田垄地畈，村委会两千多人口，村小学原有 400 多个学生。少敏办学后，不断扩张，抢走村小学近一半的学生，我又挖走了 80 多人，村小学只剩下了一百多人。一个村子三所"学校"，三足鼎立，有点像三国演义的情形。15 个学生的三年级，被人戏称为"加强班"。刚开始办学，我和妻子被"加强班"的几个男孩子闹得焦头烂额，"下马威"一个接一个，把我和妻子着实吓得不轻。

"过了七月半，下湖洗澡爬不上坎"，但喜欢游泳的湖乡孩子都想抓住秋老虎的尾巴，在湖里嗨爽个够。开学还没几天，"加强班"的 8 位男生就在吃过午饭后偷偷结伴下了湖，我和妻子浑然不知。到了下午要上课的时间，我和妻子没看到 8 条"小泥鳅"，便分头到他们家去找，几个家长说自家的孩子吃了午饭早去了学校。我和妻子吓得一跳，说学校没人影，几位家长也吓得不轻。一定是去玩水了，我和妻子抬起脚噗噜噗噜地往湖边跑，几个家长手里拽着竹梢子，嘴里呼呼噗着气，也跟着往湖边赶。远远地望见雁荡汊里漂着几个黑脑袋，他们像鸭子般嘎嘎在湖里扎猛子，打咕噜响子，他们一泡到湖里就忘记了上岸。几个家长一路顿足咒骂："兔崽子耶，好大的胆！七月半，孤魂野鬼到处窜，你们都敢下湖戏水，不怕水鬼拖你们的脚？还不赶快上岸，今天就用竹梢子抽掉你一身皮试试看……"湖里的屁孩们望见各家的大人们像泥石流里夹杂的大石头从村后的山坡气势汹汹往湖边滚冲下来，都吓得像受惊吓的油鸭子从湖里扑棱棱窜上了岸。一阵凉风扫过，惊得他们抱着衣裤打哆嗦。几个家长走过去，各自拎着自家孩子的胳膊往田埂路上拽，他们挥舞着手中的竹梢子，抽得这些"小犯人"一路上蹦蹦跳跳，鬼哭狼嚎。那天下午，我让"加强班"的8个男生站在墙脚下面壁思过。我把80多个"猴儿们"全召拢排队站在院子里，跟他们讲我的同学建子溺亡的惨剧，跟他们讲小孩子想游泳一定要有大人陪伴，跟他们讲老师和家长的担心……

还没消停几天，长春又在放晚学时带着"加强班"的男生与村小学"蛋蛋帮"的几个男生在钟子岭玩打仗，互掷小石头，结果长春和文焕都被石子砸破了头。长春被石子砸了一道口子鲜血直流，往回跑的路上幸好被村里的一个妇女看到了，拉着长春到村医盛志家包扎止血。文焕伤口小一点，盛志则在他的伤口周围刮了一圈，贴上了一块药膏，就像黑茶壶盖了个白壶盖。一次午后上学路上，"加强班"的8个男生又带着几个二年级"愣头子"跑到欲林家门前的陡坡比赛跳地坎。玲瑶的弟弟冲九跳下去摔断了腿。接下来又是"加强班"的文焕用竹竿捅瓦檐下的马蜂窝，一片瓦掉下来把站在屋檐下玩的一年级学生林冲的头砸破了……我和妻子三天两头忙着"救火"，身心俱疲。

办学确实累，但也有快乐。"加强班"的文焕鬼怪精灵，祖上也是读书人家，后来家道中落。他爷爷通晓文墨，给孙子起名字有可能是选了《论语》中"焕乎其有文章"之句。文焕精瘦精瘦的，可能是因为缺少营养，头发又细又黄，还没长到一寸，就被他母亲剪了，剪得像狗啃似的，要么就是剪成一个光头。文焕眼睛眨巴眨巴就有"点子"。办学之初，我为找一个上下课时敲信号的铃铛而犯愁。文焕听说后，偷偷地从他家里找来一个碾米机里的废滚筒。我用铁丝把废滚筒穿挂在房檐下，用一根粗钢筋敲起来叮当脆响，同学们都欢呼雀跃地围着看我敲滚筒铃铛，我当时有种当"孩子王"的幸福感，妻子夸文焕立了第一功，文焕心里美滋滋的。我和妻子结婚时，没想到文焕竟偷了他父亲钓的一条活鱼，说是送给我和妻子做礼物。文焕的天真，让我和妻子哭笑不得却又欣慰不已。

"加强班"的女生姜丽，苹果脸，剪着齐耳短发，活泼漂亮，开朗大方。高兴起来咯咯笑个不停，生气时甩书包拍桌子，她可以为一个问题或一件事跟男生争得面红耳赤，且不退让，在班上是个可以挂帅的"穆桂英"。因为好动又像男孩子，曾经创下一个学期坐破两条课凳的纪录。姜丽与弟弟姜俊同班，我便安排姜丽姐弟俩同桌，没想到直性子的姜丽立马站起来反对，说自己是女的，不愿意跟男生做同桌。我说与自己的弟弟同桌有啥关系，姜丽又说自己不愿意与"鼻涕王"做同桌，恰好姜俊的鼻涕流了出来，全班同学都哄笑起来。我只好安排姜丽与文焕同桌。文焕毕竟不是姜丽的对手，曾一度向同班男生诉苦说，自己与姜丽同桌还不如去讨饭。

"加强班"的另一位女生政爱与姜丽的性格有点类似，但比姜丽稍温和点，人也比较勤快，她负责收作业本。班上的益后同学有时做作业动不了笔，政爱等急了，就用作业本扑打益后的平头。益后被打急了，扔下作业本，指着政爱边跑边骂"你……你……这臭婆娘，等放了假我找你算账"，政爱就操起小棍子追上去。天热时，教室里没有电风扇，15个学生热得像15个热馒头直冒烟，我一时找不到解决的方法，便操起了一个塑料脸盆在教室里来回为他们扇风，孩子们都笑得前俯后仰。我扇累了，政爱第一个站起来接替我。多年后，政爱和姜丽还在微信中谈到当年我"脸盆扇风"的往事，说回想起来很是感动。还有一个做作业速度极慢的女生石建凤，姜丽经常骂她是"菩萨头子"，但石建凤会打纸豆角，男生都不是她的对手。

我年轻时记忆力特好，每天都要看几页《聊斋志异》和《民间故事》，有时上课也会扯上一段，没想到学生特喜欢听。后来我就把讲故事作为奖励学生的一种方式，每天讲一个故事，效果极好。"加强班"的学生白天听故事不过瘾，晚上又结伴到我家缠着我讲聊斋故事。小玉文静胆小，说话轻声细语的，有一次晚上听了《画皮》的故事后，与姜丽结伴回家，路上本身就胆战心惊，哪知她的同桌德勤提前躲在路边的树后学鬼跳学鬼叫，把小玉吓得发起了高烧。

除了讲故事，平时的课余生活也是丰富多彩的。像蹲西瓜、老母鸡牵牵细细梭、老虎吃猪、骑马打仗、练王字、跳青蛙、野鸡走路、跑阵、挤暖窝子、冰棒炎不了（冰棒融化了）、刀枪杀、捉蒙蒙子、拔河比赛，下了课院子里就像杂技团在表演。孩子们都喜欢"练王字"（也叫跳房子）比赛，清华因为天天"练王字"蹦石子，把一双布鞋前帮蹦出一个洞，还挨了他妈妈一顿揍。清华还喜欢"跳青蛙"，以至于同学们后来不叫他"清华"而改叫他"青蛙"。

中秋过后，天空瓦蓝明澈。我和妻子带着"加强班"的孩子们到鄱阳湖边的狮子山秋游野炊，男生两人一组抬炊具和食材，双耳柄的炒菜小铁锅、焖饭用的铝锅、菜刀砧板和锅铲、米油酱盐和萝卜青菜等。妻子在前面带队，我肩上扛一把挖土灶用的藕铲断后。大家一路欢声笑语，走到半路上，遇到骑车卖猪肉的，我剁了两斤肉，孩子们更是兴高采烈。狮子山脚下秋水清冽，沙滩洁净。我们选了一个背风有阳光较平坦的沙滩停下来。一个男生小组去山林里捡枯树枝、割茅草，另一个男生小组跟着我挖地灶。女生组则跟着妻子洗菜、切菜、洗米。捡柴组很快弄到一大堆干柴。土灶挖好了，柴火点燃了，锅架了起来，不一会儿火就熄了下去。还是一位老农经过，指点说在土灶后面挖一个小洞吸风，灶膛里的火苗才烧旺了起来。先到湖里打了一桶水倒入锅里用猛火烧，水烧开后舀到桶里进行沉淀再用。锅烧红了，妻子手操锅铲做厨师，女生们拿油的、捧盐的、端菜的、舀水的，把土灶围了一个圈，有的男生站在外围踮脚往锅里瞅，有的站在湖边扔贝壳打水漂。不多时，锅里就散发出诱人的猪肉煮萝卜的香味。菜熟了，孩子们都用筷子叮叮当当地敲着自带的搪瓷碗，嘻嘻哈哈地排队来到土灶前分菜，一人一勺，一锅菜很快分完了。铝锅焖饭是个技术活，虽然我知道焖饭的口诀是"先烧霸王火，再烧鬼点灯"，可是不知是米多了，还是烧火不得法，结果把饭焖得半生不熟。同学们可能都饿了，还没等到饭焖熟，他们碗中的"萝卜田里追猪"（猪肉煮萝卜）都吃得差不多了，结果都用汤淘饭。虽然大家饭没吃饱，但回家的路上都有说有笑，意犹未尽。

雁荡村初冬的早晨是美丽的。湖对面连绵起伏的龙吼山下蒙上了一层浓浓的烟雾。太阳出来了，雾气隐身消散了，村前路面上冻结了一夜的冰霜，经太阳一晒开始融化了，冒着热气。牛棚上、草垛上、屋顶上，热气缓缓上升，炊烟从瓦缝里冒出来后，散开成一层薄纱，披盖在屋前屋后的树顶上。下了课后，同学们便分成两组"跑阵"取暖。下雨天，课间时我和妻子便组织同学们分男女组站在墙脚下挤暖窝子取暖。益后个子大，三个年级的男生把他当人盾，嘴里齐喊"饿死痴汉，冻死懒汉，挤瘪大汉"，不停地往他身上挤。益后有时被挤得脸色涨红，突然吼一声，他的爆发力把大家掀得人仰马翻。有时大大咧咧的政爱也掺和到男生的队伍里面去，大家便挤得越发带劲了。刮风下雨的寒冬，冷风横冲直撞，从门缝、窗缝和瓦缝往教室里钻。孩子们坐在教室里做作业，冷得嘴里唆唆地吐着热气，手握不住笔写字。俗话说：打从骂起，寒从下起。还没上到十几分钟的课，教室里便突突地响起行军似的跺脚取暖声。

我和妻子任由孩子们闹腾，有时也被孩子们的天真感化了，反而变得越来越单纯。好在我那时没有过高的奢望，像是一个大猴子带着一群小猴子藏居在深山中自得其乐，也就暂时忘却了生活的贫穷和内心的低卑。

有人呼唤新生事物，也有人把新事物当成洪水猛兽。我与妻子每天累得几乎像散了架的人。辛苦点我们都能挺过去，最难的是，那时的民办学校还是萌芽状态。我的"学校"如一株刚出土的幼苗在电闪雷鸣和风雨交加中生长，有些人把它当作扎眼的野草，甚至一些人把它当作"毒草"，欲拔之而后快，我和妻子奋力护卫着自己辛勤培育的这株幼苗，不让其夭折。教书的辛苦，创业的艰难，并没有击垮我和妻子，我们甚至越挫越奋，把一方育人小天地经营得一片生机盎然。几年下来，我们的学校也办成了完全小学，还招收了不少邻村学生。

湖水涨了又浅，浅了再涨；溪边的柳树绿了黄，黄了又绿；大雁南来又北归。我看着村前的小溪循环上演春夏的一路高歌和秋冬的浅吟唱低。寒来暑往，我在自己开辟的育人小天地里耕耘了十年时光，我也成了三个孩子的爸爸，妻子也成了三个孩子的妈妈。这青春里最宝贵的十年时光，也是我人生中最有意义和收获最丰硕的十年时光。十年时光里，除了教书、种田、看书、自学外，写作几乎是我生活的全部。我用自己的执着捧回了自考大学文凭和各类获奖证书；十年里，上百本书籍润泽了我的心田，二十多本日记点滴记录了我的心灵履痕，上百篇用心血煮成的文字变成了铅字。十年的生活虽然孤独平凡，但有苦乐和诗意。阳春三月，我漫步踏足乡野；寂静夏夜，我独坐窗前短笛轻吹；梅雨时节，我铺纸习字作画；漫天飞雪，我湖边临风观候鸟翻飞……十年里，我的生命在激情燃烧中溅出了火花，我的人生也因拼搏与进取而有了一番别样的精彩。

第四辑

37. 村里换届选举

1998年，家里积攒了差不多两万，我和妻子就商量动手盖楼房，总不能一直借住二姐的房子。哪知刚动工不久，鄱阳湖就发生了百年一遇的大洪水，材料倍涨，准备先盖两层楼的计划被打破了，只盖了一层，还向亲戚借了钱买水泥浇楼面。接下来这幢楼房断断续续盖了两三年跨进了新世纪，直到千禧年三层楼才竣工。盖个房子之所以像吃甘蔗吃一节剥一节，是因为钱不够，每学期学生的学费大部分是赊欠的，只能等到家长卖了农产品或在外务工攒了钱，才能陆陆续续把学费收上来。办学只能勉强维持生计，但孩子还小，自己除了认得几个字，又没有其他的技艺，也就断了外出的念头。教书之余，我与妻子踏着柔软的乡间小路去侍弄属于我们的那方绿色的生命。干活累了，我背靠在地头的树干下，任由汗水像虫子般从额头往面颊巡游，一直钻到脖领子里。有时，妻子递给我一片干粑块，我叽咕叽咕嚼啃了干粑，望着蓝天白云下的湖光山色出神，我憧憬未来但看不到未来。后来，我写了一篇《走不出故乡》的文字，县报副刊竟登载了，那篇文字是我当时真实的心境写照。

初冬的清晨，村子里弥漫着雾气，苦楝树上仅剩的几片树叶连承受雾水的力气都没有了，在晨风中扑棱棱地打着旋儿掉了下来。我站在树下，一只乌鸦扇动翅膀掠上树梢，啄食还没掉落的熟透的苦楝。"噗哒"，一串烂软成柿子般的苦楝掉在我的碗里，稀粥溅在我脸上，感觉很不爽。其实，我挺喜欢树上的苦楝。盛夏，苦楝树上的苦楝一挂一挂的像刚长出不久的青绿葡萄，更像水中荷花莲蓬中的莲子，但苦楝树的苦楝吃不得，我小时候咬过，硬邦邦的，像弹珠一样，是极苦极苦的。记得小时候我们男孩子都用竹篙敲下来，塞进口袋里，做弹弓的弹子，几把弹弓同时瞄准树上的一只斑鸠，"啪—嗖"一声弹射出去，有时打中了，斑鸠一头栽下来。

我把碗中的稀粥倒进食桶里。妻子笑骂我："鬼叫你端碗粥站在树下吃。你也端到十字弄口去听'早间新闻'啰！"村里有上中下三个十字弄口，这几个十字弄口是村里人端饭碗"聚餐"的地方。早晚饭时，村里人会自发来到村里的十字弄口开"例会",交流马路消息。十字弄口是村里的"舆论场"。每个十字弄口都有一个主持话题的"弄主",他会发布村内外的最新"权威"消息并进行点评,有点像中央电视台的"今日关注"主持人。村上弄的大馒头、村中弄的窝头叔、村下弄的谷生分别坐镇村里的上中下三个十字弄口,他们的风格大同小异,都敢直言说,不怕得罪人,他们都有不少"粉丝"。每个十字弄口又都有几张村里的名嘴,他们有男有女,风格大同小异,有时会与"弄主"进行唱和,大多数时候是与"弄主"顶嘴,向"弄主"发难并发起挑战。有时三位"弄主"也互相客座走场子。下弄的谷生有时牵牛扛犁下地,经过中弄和上弄时,会被"粉丝"们截下来"交流"一番,结果耽误了耕地正事,少不了被妻子责骂。

初冬的暖阳乐呵呵地出来了。这天村上弄的十字弄口聚了一堆人,大家端着碗蹲在墙脚下,尖起嘴唆啰喝稀饭。大馒头大口喝了几口粥后站起来,右手拿着筷子在大家面前划拉,像一个书法家拿着毛笔书空的样子。大家暂停喝稀饭,翘起下巴昂起头,目光都齐刷刷向大馒头聚焦,等待大馒头发布"早间新闻"。

"大家知不知道村委会又要换届选举了?"大馒头神秘地问。

"你听谁说的?"有人问。

"我前天听隔壁邻村的一位村干部说的,昨天在村口碰到在村蹲点的方乡长问了一下,他说是真的。方乡长还说,今年要动真格的按票定人,选举的权利全握在村民自己手里。"大馒头摇头晃脑噘着嘴说。

"他一个副乡长,上传下达,说的话有多大的权威。"槐癫痫立马回怼了一句。

"选谁无所谓,别人选谁我选谁。"丰和飘过来的话风凉风凉的。

"看看我们村,这些年大路小路修过一回吗?大路上到处坑坑洼洼,一到下雨天有些大坑甚至可以养鱼,车子陷在里面不能动弹,各条通田地畈上的小路滑坡倒是越来越窄。农忙时,有些路段想用大板车拉庄稼都过不去,还得用肩挑。大家说说,我们村的水渠有多少年没修了?灌溉站有多少年没抽过水了?虽然现在很多人家买小型水泵自家抽水,靠湖边的田地可以抽到水,不靠湖边的田地呢?自家抽水,家中无劳力的不但不方便成本还高。放着那么好的灌溉站不利用而靠天吃饭，多痛心哪！这些年，村干部几乎没有为村民做一件实事，是该做出改变了。"老党员讲南叔站起来，郑重地对大家说。

讲南叔话音刚落，大馒头就接过话说："村前的水塘和溪沟以前每年都清挖一次，溪沟淤堵多少年了，清挖过吗？平时各家把垃圾和死猫死狗往溪沟里扔，晴天臭气难闻有人管过吗？村里承包湖汊的钱怎么用的公示过吗？还有其他村务公开过吗？这些村干部，只知道上传下达"催粮催款"，抓计划生育关亲顾友，不换这些村干部，村里只会越来越脏乱差！"

"换、换、换……水不流动会发臭，人不换位会成精。我们村的干部有几个懂文化的，换了这些村干部，村里才有好转的可能！"群情激愤地叫喊起来。

"林子这么大，什么鸟都有，有那么容易的事，你说换人就换人，咸吃萝卜淡操心。"丰和蹲在地上没动窝，又向大家浇来一盆冷水。

"我一脚踢死你，尽浇冷水。这些年你背后说了多少不满村干部的话，到了换届的时候，你又是一副事不关己、高高挂起、听之任之的样子，给我滚一边去。"水生用筷子指着丰和笑骂。

"踢死我，我踢谁，我说的可是实话。"丰和讪笑着回了一句。

大家也都把筷子指向了丰和，叫丰和闭上嘴。讲南叔对大家说，当下是要物色好新人。槐癫痢不以为然，说过几天要进行海选，看谁能冒出来。大馒头说槐癫痢跟丰和差不多一个德行。一向很少说话的王山羊提议让大馒头联系另外两个"弄主"和几位老党员碰个头，定几个人选，看看群众的反应。大家都说要的要的，便叮叮当当敲着碗沿回各家去了。

困囿于乡村时间长了，人的理想翅膀也被桎梏住了。没喝过茶和其他饮料的人，泉水和白开水可能是最好喝的饮料。我那时渐渐满足于乡村生活，外面的精彩与喧嚣似乎都与我无关。然而，那天晚上，讲南叔、大馒头、谷生、窝头叔和王山羊几个叔佬敲开了我的家门。

几个叔佬先说了不少听上去像是奉承我，但也是事实的话。说村里做红白喜事找我写画什么都有求必应，安装广播喇叭及时播放农技知识，村里谁家有个为难总会主动热心伸手帮忙……然后，他们言归正传，让我和少敏都参加村级换届竞选。我头摇得像拨浪鼓，说自己年轻上不了台面。他们就给我打气，说我人品不错，有知识文化，群众基础好。他们说，你们两个年轻人只要能把群众的冷暖放在心里，就能改变村里的气象。他们还拍着胸脯说支持我们。人就是这样，当大家都说你是一块料时，也许你真的就是一块有用的料。我当时确实被这些叔佬的真诚感动了，觉得身体的血液在升温沸腾，有一种重任在肩的强烈责任感，也爽朗地答应了参选。几位叔佬做动了我的工作，很高兴，说还要去少敏家。

翌日早上，三个十字弄口几乎同时播报了我和少敏参加换届选举的"特大"村级新闻，村子像灌了辣椒水似的躁动起来。接下来，几位弄主当起了我和少敏的义务宣传员，向村里的群众做动员造势。我抱着儿子到门市部买东西，发觉村里的乡亲看我时有异样的眼神和表情。有的很亲热地与我打招呼，有的冲着我点点头眼睛里满是期许，有的嘴角翕动、目光轻蔑地斜射着我，鼻子还哼哼两声，还有的见到我似乎在咬牙要与我打架的样子，我有点不知所措。少敏说他也获得了类似的"待遇"。傍晚，我也参加了弄口会，当面说我好话的不少，含沙射影说我不是的也有很多。村里的老连长佑前就冷冷地说了一句："选什么新人当干部，条条蛇都咬人，饿蛇咬人更毒。"我父亲以前在村大队当文书与佑前有些矛盾，他自然会公然说反话。我当时心里很窝火，想与他理论一番。讲南叔可能看到我在生气，忙接住佑前的话，"是骡子是马，都还没牵出来遛遛；是蛇还是蛟龙，都没放出来试试。别人什么都没做，怎么就提前下结论呢？亏你还是一名老党员"。佑前被讲南叔回怼得哑口无言，猛吸了一口香烟，鼻子里突突地喷出滚滚浓烟。"我说复杂吧，你们两个老党员都说不到一块儿，更不要说我们这些觉悟不高的普通群众啰！"槐癫痫哈哈大笑。大家你一言我一语，像吵架似的嚷嚷起来。

讲南叔把我叫到僻静处，用略带嗔怪的语气对我说："想要当基层干部，头上就要能放三把烂稻草，忍得气，受得辱，好话歹话都要听得进。"说完，讲南叔从口袋里掏出一包香烟塞给我，叫我去给大家分分香烟。他对我说，你不抽烟，也要口袋里放包香烟。讲南叔的厚道让我感动不已。我点头接住他递过来的香烟，回到人群中，笑呵呵地打了一圈香烟。

自从村委会要选举的消息放出来后，村子像刮风暴的湖面一样动荡起来，伴随的还有风浪、暗流、旋涡，都在暗中发力。村内积压的各种矛盾如一枚枚水下鱼雷，最容易在这个时候一触即爆。

海选前的动员大会没有在老碾屋举行，因为老碾屋年久失修，就在那年的夏天倒了。老碾屋倒之前，像一个风烛残年的耄耋老人，靠小溪边的一堵墙已经悬向路边，整个老碾屋身子摇摇欲倾，人们每次经过那堵墙都心惊胆战，有人曾向村干部反映，但根本无人理会。一个电闪雷鸣、风雨交加的风暴子夜，全村人都听到一声沉闷的巨响。第二天，人们发现老碾屋倒了，像一只皮开肉绽、胫骨断裂的巨鳄摊爬在溪边，已经痛苦而又悲惨地死去了。老碾屋倒了，人们没有因为这个任劳任怨服务了他们上百年的"老人"的离去而悲伤，而是像一群饥饿的鸟发现了一条巨大的死去的鳄鱼，聚集在一起，开始了争先啄食。他们像忙"双抢"一样整整疯狂了一两天，把老碾屋的砖瓦梁椽哄抢得一干二净，最后老碾屋被"啄食"得只剩下一块地皮。

没了老碾屋，选举动员会只能放在村子小学操场上进行。人们有点不习惯，以前人一到老碾屋就蹲下来抽烟，随意吵吵嚷嚷。虽然是星期天，学校没有了学生，但大家跨进学校门还是感觉浑身不自在，不少村民退了出来，站在围墙外面互相递烟打招呼，三五成群地聊天。蹲点的方乡长和村支书火根还没到，只有几个选举委员会的人员正从教室里搬长条凳子一排排摆放在操场上。会场布置得差不多了，有人招呼外面的村民们进会场。大家屁股刚坐上凳子就叽叽呱呱议论，说着说着便发泄起对村干部的不满来。有的说村里的财务不公开，偶尔公开也是假公开；有的说村干部非法挪用集体资金，随意处置集体资产；有的说村干部办事不公、关亲顾友，拿群众利益做人情，大吃大喝……大家越说越气愤，嗓门越来越高，竟然涌到主席台捶桌子，把桌子上的茶杯震得摇摇晃晃发出一阵阵颤响。

火根陪着方乡长一步一摆地往校门口走来，刚准备迈腿进去就被大家看到了，人群立即涌向校门口。火根一看这阵势，忙拉着方乡长退了出来。方乡长边往回走边掏出手机打电话，火根陪着方乡长往自己家里走，时不时回过头来张望一下校门口。有人指着火根的后背叫骂他"吃冤枉的"。这时，团鱼鼓着腮帮子，瞪着眼珠子，肩上扛着一柄钢叉，满脸怒气地进了校门。他左手叉腰，右手耸动着钢叉，沿着围墙转圈，边走边大声嚷嚷："我堂哥来财当了十几年的村主任，为大伙儿做了多少好事，没有功劳也有苦劳……"团鱼还没说完，人群里就迸发出一阵哄笑。"笑什么笑，谁都没资格当雁荡村的村主任，谁也甭想与我堂哥争着这个位子，你们不选我堂哥当村主任，那就骑毛驴看唱本——走着瞧！"说着，团鱼又把钢叉举了举晃了晃，很多人都摇摇头不说话。窝头叔、讲南叔、谷生、大馒头先后站了出来。窝头叔说："你团鱼说选谁就选谁，威胁我们，还要我们来开会干吗？我们都回去算了。"

大伙儿都附和着要离场。火根折了回来，站在校门口瞪眼叫团鱼不要要蛮横，等一下乡里的联防队和派出所都会来人维持秩序，将闹事的都带走。火根又侧过脸堆起笑，叫大家冷静，为犁就为犁，为耙就为耙，今天是选举动员会，大家不要离了题闹情绪。窝头叔冲到火根面前，指着火根的鼻子叫骂道："你这个'笑面虎'，雁荡村这巴掌大的天，都被你的手遮严了，雁荡汉的一汊好水也都被你搅浑了。你们一个唱黑脸，一个唱白脸，演戏给我们看，把我们当傻子啊！你还好意思叫我们冷静，今年选举你又要动什么花花肠子，保住你们这套臭班子。"火根喜欢看《三国演义》，书中的"精华"他都学到家了。他不但不生窝头叔的气，反而递烟赔笑道："窝头叔，您老人家不要上火。现在提倡村民自治，村里的事还是要村里人做，我有什么地方做得不对，会后你到我家当面骂，我全部接受。团鱼是一混子，您不能当二混子，否则您陪他去派出所，到时还是难为我，今天大家一定要把会开好。"火根真的是骂人不带刺儿，杀人不见血滴。虽然窝头叔心里很不爽，但还是向大伙儿挥了挥手，闷声坐了下去。

大伙儿刚坐好，呼噜噜十多辆摩托呼啸着进了操场，来的是乡联防队。紧接着"喔啊……喔啊"声由远而近，一辆白色面包警车也开进了操场，乡派出所的四位民警从车上跳下来。大伙儿回头侧脸看着联防队和派出所民警，会场的气氛一下子紧张得凝固了起来。火根看到联防队和民警来了，像是看到了救星，脸上神采焕发，身子也一下子灌足底气挺了起来。方乡长这时也进了会场，笑着点头与联防队员和民警们打招呼。很显然乡联防队和派出所这些人是方乡长打电话请过来镇场子的。团鱼眼睛贼亮，一看联防队和派出所来人了，瞅了瞅堂哥来财的眼神，立马缩到一边，把钢叉挨靠在厕所的角落里。

动员会开场了，火根先是抑扬顿挫地宣读了文件，还信誓旦旦地做了表态，说村里一定会在乡党委、政府的领导和指导下，公平公正地做好村里的换届选举工作。接下来是方乡长讲话，他详细地向村民们宣讲了村级换届选举的政策、换届的程序和办法。特别强调会后要求对年满 18 周岁的村民进行登记，确定选民名单。方乡长还宣布了雁荡村委会换届名额，说这次将选出村主任 1 名、副主任 1 名、委员 3 名。方乡长最后说："如果大家对本次组成的村民选举委员会有不同意见的，今天在会上大家可以提出来。"

"我大馒头是地柿子先开花，要说几句。"大馒头边说边站了起来，"我本人，可能在座的不少人也跟我一样，对本次村民选举委员会的人选有意见，譬如老党员佑前被安排进了选举委员会，为什么老党员陈讲南就不能？为什么选举委员会一大半的人都是上一届村干部股房（宗族）的人？"大馒头指着火根责问。

"说白了，你们就是想玩花花肠子，又想把村民蒙在鼓里糊弄。"还没等火根正面回答，谷生站起来补了一句。火根的脸从猪肝色变成铁青色，还不忘挤些笑容出来，那笑相比哭还难看。"选举委员会是按照上级文件要求成立的，也报给上级党委政府了，这个方乡长是知道的。"火根边解释边斜眼瞅了瞅方乡长。火根鬼精得很，把皮球踢给了方乡长。"大家有意见可以提，选举委员会的敲定我也在场，如果有问题，今天就可以改过来。"方乡长补了一句。

窝头叔站起来说："方乡长，我提议投票当天各村民小组推选一名代表监督流动票箱。"火根一听，面露难色，他靠近方乡长耳边嘀咕了几句。"你担心什么？分几组流动投票，就增加几个监票人。"方乡长侧脸怒视火根说。火根脸上露出委屈和无奈的神色，只好让大家现场举手表决推举 4 个监选人。结果讲南叔、窝头叔、谷生和王山羊被大家推举了出来。

会场后面坐着一个人，一言不发，只是一根接一根地抽着香烟，他就是来财。乡联防队和派出所民警没来时，他看着自己堂弟团鱼像疯狗一样在操场上乱叫乱咬，也不去呵斥制止。乡联防队和派出所民警来了后，来财使劲咳嗽了一声，惊得团鱼回头看着他，于是他又狠狠地瞪了团鱼一眼，团鱼便很快缩到角落里偃旗息鼓了。

散会后，团鱼埋怨堂哥来财今天没有说一句话。"你懂什么，你也不看看今天的造势。"来财怼了团鱼一句。"那也不能让大馒头和窝头几个太嘚瑟了吧?"团鱼觉得自家堂兄有点窝囊。"哼,我就不信他们几个翻得了天。"来财不屑地说道。

动员大会后,离海选还有些时日,村里像排练一场大戏般拉开了序幕。想参选候选人的可不少,有上一届原村委会的干部,有往届多次未选上的,有各股房推选的,有村民自发推选的,大家都发动亲戚朋友和股房宗亲当说客,进门入户为自己拉票。说客们各为其主,在村弄里穿梭来往,络绎不绝。很多人把电话打到了村里人务工的城市,说的内容大致都差不多,无非是:我们是一个宗族的,我们是一个村民小组的,我们是亲戚,我们是哥儿们,我们两家是八辈之交。你交代你的老婆,你交代你的父母,你交代你的兄弟,千万不要把选票投了别人。"打虎亲兄弟,上阵父子兵",这次选举你们能赶回来一趟就更好。

本就快到腊月了,加上家中电话一个个地催,不少在外务工的村民也就陆陆续续提前回来帮忙拉票和投票,村里像过年一般热闹起来。

我和少敏属于村民自发推选的,都觉得自己是个读书人,参加这样一锅粥的选举,为了拉票向别人灌一些甜言蜜语,实在抹不下面子。我和少敏自嘲,又想吃葡萄,又怕葡萄酸。还好讲南叔、窝头叔、大馒头、谷生和王山羊一帮热心的叔佬在为我们奔走拉票。有些上一届原村委会的干部,他们为了保住位子可谓多管齐下,白天挨家挨户进行车轮战法拉票,甚至见到平日里的死对头都笑容满面称兄道弟或拉扯成至亲好友,还不忘向对方承诺几句"我若继续当村干部,不会忘记老哥、老弟的……"最后少不了说"拜托了""帮帮忙"之类的祈求话;到了晚上,请人吃饭喝酒,赔笑塞烟;有时还要抽出身子去乡政府与熟悉的领导"联络联络感情"。

自从换届选举启动后,村里喝醉酒的人多起来。有些没原则的对村级换届选举无所谓的村民,他们来者不拒,一个都不得罪,张三来了说把票投给张三,李四来了说把票投给李四。于是天天有人请他们吃饭。他们酒喝得不少,烟也塞满了口袋。这些人觉得不吃白不吃,不喝白不喝,平时找村干部办事都是请村干部吃喝,现在这些想当村干部的人给自己这样一个无权无势的平头百姓递烟敬酒,低声下气地奉承、巴结、抬举自己,还不是因为自己手上有选票吗？他们知道，天上是不会无缘无故地掉馅饼的，选举过后，他们就没有这样的待遇了。

村子里的选战，虽然看上去没有猎猎作响、刀光剑影、狼烟滚滚的场面，但盘根错节之中暗流涌动。明面上看到的是请吃送喝的拉票战，还有明面上看不到的手段怪招在操作，竞争异常酷烈。全村人只有村支书火根揣着明白装糊涂，村里这样"火爆"的选举氛围是营造给上级领导和下面的村民看的。而他心里想的是如何保住原班人马，这里面的利害关系他最清楚。他知道只要局面不失控，自己与原村主任来财暗地里搞点小动作，村里的换届选举就完全掌控在他们手中，任何人都翻不了天。不过，这次换届选举的造势超出了他们的预估，人们看到来财几乎每天都要往火根家跑一趟。

差不多闹哄哄地过了半个多月，海选开始了，选举地点还是安排在村小学。乡政府的干部几乎都来了，派来的治安联防队有的守住校门口，有的来回巡逻，乡派出所的警车也停在校门外，几位民警全副武装站在主席台。有人搬来了计票用的黑板架子放在主席台旁。因为安排了流动投票，会场上的人并不多，都是些候选人的亲朋好友。村支书火根和方乡长简单讲话之后，选举委员会分成了四组，各小组在乡干部的监督下查验了票箱和选票数量。各组的组长负责保管选票并下发选票，其他的几人分别登记、端票箱、监督投票。候选人都安排了亲朋好友分别跟着四个流动投票组后面上门入户"监督"村民投票。乡干部、联防队员和派出所民警也分别跟在各流动投票组后面监督和管控秩序。每到一户，票发下去，户主就关上房门填票，然后折好紧紧地揣在手中，再开门快速塞下去。也有直接将选票给自己认定的参选人填写的，但这样直接得罪人的很少。整整一上午，村里像开了锅的水沸腾不止。团鱼骑着摩托在村里东奔西窜，尾随流动投票组从上弄追到下弄。

吃过午饭后开始唱票计票，全村的大人和小孩几乎都来了。村子小学的操场人头攒动，喊叫笑骂声噼里啪啦在耳朵边炸响。乡联防队员和派出所民警站在主席台前面维持秩序。唱票开始，操场上逐渐静了下来。因为是海选，上了榜的人不少，但一个票箱唱下来，差距就拉开了。唱完第二个票箱，我和少敏、建国开始走高。唱完第三个票箱，我和建国的得票靠前一截，来财的票数被远远地甩在后面，大家似乎看到了输赢，人群开始躁动起来，人们私下议论，最后一个票箱就算几个人平分，或者投的一半票是来财的，来财也悬得很。团鱼再也忍不住了，站起来大叫，提出不能再唱票，说投票有问题，一定有人作弊，要重新算总票再唱票计票。支持来财的选民也跟着站起来起哄。大部分村民恼怒了，纷纷站了起来指责叫骂。团鱼跳起来挥着拳头乱喊乱叫，操场上的人很快涌动了起来，联防队和派出所民警夹在对立人群的中间，高喊各方停止争吵，但一塘的鸭子呱呱乱叫起来，联防队和派出所民警的叫喊根本无济于事。就在局面将要失控的时候，哪知黑虎读初中的小儿子竟然窜到计票处，把剩下的一箱选票砸摔在地上一顿乱踩，又转身把桌上刚唱过的选票横扫到地上，嘴里骂骂咧咧。等大家回过神来，选票已经哗啦啦散落得到处都是。团鱼一看，立即停止了叫骂，一脸的幸灾乐祸。派出所的几位民警快步上前，捉住了黑虎的小儿子。黑虎一点儿也不着急，站在远处冷冷地笑着，并不上前阻拦。

当天黑虎的小儿子被带到派出所做笔录，竟然一口咬定没有听他人唆使，是自己一时头脑发热干的。因为黑虎的小儿子是未成年人，派出所也没辙，只好把他放了。一场折腾了大半个月的海选就这样被一个孩子搅糊了。过后，我和少敏都觉得这样选下去太没意思了，便主动提出退出竞选。建国、来财和其他参选人便成了接下来的候选人。正式选举后，原村委会的人马基本没变。村里人都怀疑黑虎的小儿子在海选之日唱的毁票大戏是火根与来财导演的，但又没有证据。不过，乡党委政府对雁荡村换届选举造成的恶劣影响进行了调查追责。三十年河东三十年河西，村支书火根很快成了全乡的反面典型，不久后他就被撤职，建国当了村支书。

选举风波后，我报考了成人自考，两年多的时间里我几乎是两耳不闻窗外事，除了教书、写作就是埋头自学，终于通过了13门学科的考试，拿到了专业学历证书。不久，国家向社会放开教师资格认定，我是第一批通过考试获得了教师资格证的非师范专业者。

三年后，村委会又进行换届选举，村里不少人又叫我参选，我说不想再掺和选举的事了。不承想，正式选举后的当天傍晚，建国带着村民代表们到我家恭贺我，说我被选为村主任了，我诧异得不知所措。这样戏剧性的故事竟然发生在我身上？那时我的私校已有了一百四五十个学生，聘请了四五位老师，我本想关起门来安安心心教书，突然被选上村主任，就像一个准备去赶集的人，走到半路被人拽到另一条道上去了。我心里自然清楚，自己这次"意外"被选上，除了没有人为的设障而变得水到渠成外，也有建国的默认与支持。

38. 取消了农业税

暖风从东面的山坡缓缓流淌下来，漫过冬的田垄向湖边荡漾开去。田野枝头新绿吐翠，草长莺飞，我的双足漫山遍野地丈量着脚下生养我的土地，虽然看见了春天降临，却没闻到这个季节应有的气息。我怎样才能不辜负这块土疙瘩上的乡亲们呢？我在湖边田野一路走一路思索，自己的群众基础再好，但真的要从一名"孩子王"转型为一名"村官"并没有想象中的那般轻松。春季开学前，我与少敏商量合并了各自的私校。少敏私校的办学规模比我的要大，还办了初中，他也就完全不去想参选的事儿了。我们合租了村里两栋空闲的房子做教室，小学初中加起来有 300 多学生。偏偏那年 SARS 病毒汹涌而来，冲击得人们惶惶不安，好在学校的管理主要由少敏操持，我才得以忙于村中的事务。

我上任后，乡亲们对我充满了期待，但我没有急于烧"三把火"，也没有甩出"三板斧"。村里这些年的沉疴痼疾要想药到病除并不容易，我首先要做的是顺势而为。在第一次村民代表会上，我向村民代表做出承诺：村里每做一项关系民生的事一定会召开村民代表会议商讨，让村民有话语权；每一项村务都会及时向村民公示公开，让村民充分享有知情权和监督权，村民代表能参与村级事务。

我和建国多次召开村民代表会，听取乡亲们的心声和诉求，决定从乡亲们急难愁盼的点滴实事做起。诸如有村民代表反映村里有些人放任自家牛到处踩踏庄稼、吃庄稼无人管；村里垃圾遍地，村民随处倒扔，村前的小溪和水塘的水发臭；村民堵路违规建房；等等。我和建国与村民代表反复讨论，制订了村规民约，张贴于村口，村干部带头改变自家的脏乱差环境，调动村民代表们积极参与村级事务监督，民风和人居环境逐渐好转起来。

村民代表会上有人提出这些年没有维修什么村建和水利，却一刀切收"两工"（义务工和积累工）的款项，觉得不合理。他们提出，如果要搞村建和维修水利，有劳力的为什么不能直接以工代缴？我和建国觉得乡亲们说得有道理，决定删除村一级的"两工"款，改为以工代缴。建国和我便组织在家的男女劳动力平整村里的马路和田地间的板车路，将村前的水塘溪沟和田垄圳沟深挖清淤，村民们干得热火朝天，笑逐颜开，都说我们带领村民做实事，还减轻了他们的负担。

我和建国还将湖汊养殖承包款拿了出来，请来师傅维修了青山灌溉站的一台机组，并发动村里在家的劳力修整村里的分支水渠。过去很多年，农村的农田大量抛荒，建在我们村董家山头的青山灌溉站已多年未维修和使用，有些机电设备被盗，分支到其他各村的水渠已损毁不堪。乡里也多年没有投入资金进行维修和管理，昔日辉煌的青山灌溉站渐渐被废弃，除了干旱时人们会想到它，大多数时候都是被人们遗忘的。那年夏天干旱，青山灌溉站机声轰鸣，晚上也灯火通明，白花花的湖水抽上山顶，像一条游龙在水渠里蜿蜒流淌，流进坡地田间，滋润了龟裂的土地，痛快了干涸的庄稼。整个农忙时节，我和建国在炎炎烈日下戴着草帽沿着水渠巡视，顺着田野小径察看庄稼。望着盎然生机的庄稼，看到乡亲们对我们报以赞许的微笑，想着乡亲们有望增收，欣慰之情油然而生。

可我和建国的这点动静就像在长时间干烫转动的齿轮上滴了一滴润滑油，只是舒缓了齿轮之间的摩擦，并不能真正减轻机器沉重的负荷，更不能加快机器运转的速度。多年来的农村政策未适时调整，农民增收乏力，各种压在农民身上的负担不减反增，积累了很多矛盾，日益激化基层干群关系。那时农民确实太难了，他们想种地又不敢种地。真想要种地，也要有足够的勇气。有人会觉得农民想种地，还要有足够勇气，好像是个笑话。其实，没有亲身经历那段农村生活的人，是无论如何都体会不到的。化肥农药的价格不断上涨，干旱时庄稼灌水成本极高，农产品价格原地踏步，更主要的就是不断加码的村提留。农民种庄稼一年到头下来，搭进劳力成本不说，往往本钱都收不回来。每到农忙，在家的父母便打电话叫自家的年轻人回来帮忙收割庄稼，因为再请人收割几乎就是白种了。有些家庭为了逃避农业税和计划生育，举家外出，抛荒了自家田地，两三年甚至五六年不回家，任凭村里怎么计算他们拖欠的各种税款，都不会露面。年轻人和有手艺的都往外跑了，村子急速被掏空，就像一个健壮的庄稼汉子得了重病暴瘦下来。家中没有年轻人，又没手艺的，家里还有老人小孩的，为了积攒点收入，除了种自己的田地，只能租种抛荒人家的田地，累死累活混个面糊嘴。如果一个家庭真的没有人在家种地，万一在外务工的年轻人没挣到钱，回家吃什么？有些家庭只好留老人在家种田地。村里有多半农户的税款根本收不上来，上面的税收任务却要按期完成，乡村两级只得强制征收，剩下的缺口只有村干部借民间高利贷堵上，债务产生的利息又摊在农民头上，农民负担不断加重，自然对村干部有着强烈的不满。村级换届，新干部不愿接手老干部任期的借债，老干部借债时对别人的承诺兑现不了，各种矛盾交错，真的是剪不断理还乱。那些年，一到收农业税和村提留时，农村里就一片鹅嘶雁叫，有的地方因为强制征收农业税干群爆发冲突，甚至出现暴力事件。

我当选村主任的前一年，曾从《读者·乡村版》上读到一篇题为《农民休养生息七点建议》的文章，其中提到："1996 年以来，农民收入增幅逐年递减，1996 年至 2000 年的 5 年里分别为 9.00%、4.59%、4.30%、3.73% 和 2.00%，远远低于 GDP 的增长速度。1996 年至 2000 年 GDP 增长速度分别比农民人均纯收入的增长速度高 0.60、4.21、3.50、3.37 和 6.00 个百分点。农民增收形势异常严峻。"党中央也开始审视并着手解决"三农"带来的各种问题。

记得我读了《农民休养生息七点建议》后很是激动，在"弄口会"上还把这篇文章读给了乡亲们听。乡亲们听了都将信将疑，丰和则笑我是书呆子，说那要等到猴年马月。我当时对他们说：共产党是工农政权，中国有 9 亿多农民，一定会关注关心农民群体的冷暖疾苦，制定出惠农好政策，农民减负只是时间的问题，大家要相信党和政府。"秀才不出门，能知天下闻。武仿老师说的这事可能假不了，上面吹了风，就会刮起来。"王山羊站起来乐呵呵地说，大家眼睛里也都充满了期待。

我上任不久后，很多人找到我要求化解上届的村级债务。在村民代表会上，我答应在自己的任期内会根据轻重缓急，还本不还息，想办法逐年按比例化解一部分村级债务。其实，早两年我们省内部分市县就开始了取消农业税的试点工作。我当选的那年，恰好赶上开始农业税减免40%的政策。消息一出，像暖融融的春风吹遍了村子，村民们奔走相告。交农业税的那天，村民们在我家的门口排起长队（当时村委会设在我家），他们是来主动交农业税的。胡寡妇站在队伍的最前面，她满脸灿烂地说，农业税减免了，就像从自己的脖子上摘掉了一副沉重的套环，瞬间轻了不少。一年后，国家为了促进农民增收、粮食增产、农业增效，实行了对种植粮食作物的农民的直接补贴政策，等于国家填补了农民种植成本的不足，农民种粮积极性又一次被调动起来。又过了一年，人们从电视上收看到了全面取消农业税的重大新闻，村民们个个乐开了怀。大馒头在弄口会上手舞足蹈地说："以前说减轻农民负担多半是卸下背上的，挎到脖子上，肩上的卸下来轻了，放到背上的却加重了。这次咕噜咣当把压在我们农民身上的"大石头"全卸下来了，身上一下子轻松自在了。""哎，几千年的'皇粮国税'取消了，农民的腰板终于可以伸直了，这是我们农民做梦都想不到的事，也只有共产党能说到做到！"讲南叔语气里满含赞许道。中国共产党取消农业税，确实是一个了不起的"惊人之举"。从此，农业税彻底退出了历史舞台。

不向农民收农业税了，原来高烧不退的干群关系一下子回归正常了，农业和农村发展的形势开始好转，农村基层组织建设也得到加强，但农村还有不少问题和矛盾亟待解决。在农业税取消前的许多年里，因为种田地收益不大甚至亏本，许多农民都不愿意多种田地，也就没有人提出耕地调整的事，便出现了一个家庭增加了几口人，耕地却没有及时增补的现实情况，有些家庭有女儿出嫁或有老人去世，耕地却没有拿出来的情况；还有的孤寡老人去世了，耕地要么抛荒，要么被他人强行耕种；甚至有些与村委会干部关系好的农户为了少交农业税，还偷偷地减少了自家的耕地面积……农业税取消了，国家又有粮食直补，不少农户便提出要进行土地调整。我和建国认为，群众对耕地调整反应强烈，如果不及时调整，必定又有新的矛盾产生。我和建国写报告请示了乡党委和政府，乡里的主要领导同意并支持我们村对耕地调整进行试点。

耕地调整，想法很好，落实却难。特别是家里人口减多增少的农户死活不同意调整。我和建国顶住压力，广泛听取了村民的意见后，没有采取将全村耕地重新打乱再调整的一刀切方式，而是采取了微调。因为重新打乱再调整，村民的意见非常大，阻力也不小，根本落实不了。原因是各家之前分到的耕地有好有歹，有的多年前自行调换了，复杂得很；还有一些分到靠路边地的农民，在路边地建了房，他们家的耕地减少了，重新打乱再分，对其他农户显然不公平。我们采取的微调办法就是家中有出生和死亡或出嫁和娶媳妇的，如果人数正好相抵的则不增不减；家中人口只减未增的、去世的孤寡老人的耕地则要拿出来分给人口只增未减的农户。全村耕地微调，得到全村群众的响应，进行得较顺利。

耕地微调后，新的问题又出现了。因为一个村子的耕地是有限的，处在人口上升期，这些有限耕地也许只能解决一部分村子人的温饱，但全村人都挤在一块土疙瘩上靠种地过上好生活，几乎是不可能的。如果想让大部分农民增收，主要还是让村里的剩余劳动力向城市转移，打工挣钱。不少农民在城市找到了适合自己的工作，不想在家种地，他们的耕地要么廉租给他人耕种，要么让自家的田地抛荒，耕地效应其实并没有真正发挥出来。而有些要在家照顾老人或小孩的农民，或不想外出务工的农民，只靠种自家的一点耕地，只能徘徊在温饱线上。我将全村耕地面积耕种情况进行了统计，竟然发现有近一半耕地廉租给他人耕种或无人耕种。我们村级两委反复商讨，多次召开村民代表会议，本着农户自愿原则，着手集中流转村里的抛荒耕地，让想种地的农民有更多的耕地可种，达到增量增收的目的。耕地集中流转后，村里的好贵和鑫华合伙买了农机具，承包了村里集中流转田地。他们将流转承包的大面积湖边水田种一季稻，农忙时雇请村里的留守妇女给他们插秧或干其他农活，让留守妇女们有了现成的收入。

我当选后与建国配合得非常默契，为村里做了几件实实在在的事，村里不少复杂的矛盾也理顺了，村民们在路上碰到我们这些村干部不再是横眉虎眼了，不少村民还夸我和建国能干事、会干事。

我还没来得及喘口气，一届任期就快结束了。换届选举前，乡政府为了优化村干部队伍，将全乡20多个村委会拆并成了11个村委会，一衣带水的沙塘村和清水村并入我们雁荡村，合并后的村委会人口超过5000多，建国被分流安排到了乡政府综治办工作。沙塘汉村的原村支书凌谋担任了合并后的雁荡村支部书记。可能是各种因素掺杂其中，合并村委会后的换届选举中竟然风平浪静，我再次当选为村委会主任，清水汉村的包淮当选为副主任。我知道，自己能再次当选，个中有我们雁荡村的村民对我前一届任期工作的肯定，也有原沙塘汉村和清水汉村两个村委会村民对我的期待，自己唯有以更出色的工作业绩回报他们的信任与支持。

39. 硬化第一条村级公路

初冬清晨的雁荡村，田野蒙上了一层轻纱般的雾气，暖阳爬上钟子岭把雾气追逐得四散奔逃，眼前的景物渐渐明朗起来。田野里的庄稼都收割完了，田埂上还散落着几丛稻草垛，远远地看上去像硕大的蘑菇。地里的油菜绿茵茵的，像是给坡野洒了一层绿豆沙。过了这个冬天，油菜花开了，湖乡的山野又将是一片金黄灿烂，生机勃勃的春天也就到了。

春节过后不久，乡政府召开了全乡干部会议。那天会上，新调来的乡党委祝书记传达了上级有关做好当前和今后一个时期"三农"工作的文件精神。他提到国家将实行诸如工业反哺农业、城市支持农村、退耕还林和还湖、进行农村电网改造、加强农村公路建设、推进新农村建设等一系列支农惠农的政策。他信心满满地告诉大家，全面建设小康社会，最艰巨最繁重的任务在农村，国家这样重视"三农"，农村必将迎来新的发展机遇。祝书记在会上要求基层干部与时俱进，以人为本、转变观念、转变作风、转变工作方式，从单纯执行上级任务的管理型干部转变为满足群众需求的服务型干部，引领群众致富奔小康。那天会上，年轻的张乡长还重点部署了村级硬化公路的工作任务，要求全乡两到三年内村村通水泥路，时称"村村通"工程。"村村通"的路基平整和水稳工程款由村级筹措，硬化浇筑款由国家公路部门承担。张乡长在会上打气道："要致富，先修路。"一个村能否按时实现"村村通"，可以检验出一个村的主要干部群众基础和能力是否出色。

会后，我既为国家的"三农"好政策而鼓舞，又深感重担在肩。颠簸多少年了，人们出行不方便，收购农产品的大货车进不来，农产品卖不出好价钱……修一条宽阔平坦的水泥路是村里人做梦都在想的事。想起上一届任期，自己带头捐款，动员村民集资，购买砂石水泥，组织村民们手工搅拌，硬化了村中一条近200多米的横干道，当时村民们都笑得合不拢嘴，燃放爆竹庆祝。如果把村里进出的几公里大路硬化通了，村民不知有多高兴呢！可是，三条水泥路（原村委会各硬化一条水泥路）要筹措几十万路基水稳款却不是一件易事。

村级"两委"会上，大家讨论三个村的村级公路硬化工作时，都觉得应根据实际化整为零，分工负责。村支书凌谋和村委会副主任包淮分别负责原沙塘汉村和原清水汉村的村级公路硬化，我负责雁荡村的村级公路硬化，但是大家分工不分家，还要互相配合协作。我们村的华兵在上海办了化工涂料厂，会前，我曾给华兵打了个电话，我对华兵的捐资抱有很大的期待，没想到一个电话打过去，华兵竟然不冷不热地打哈哈应付了我几句就挂机了。我当时想不明白，华兵在外创业搞得风生水起，竟然对自己的家乡没有半点情怀。凌谋和包淮都是老村干部，年纪比我大得多，原沙塘汉村有山地靠近旅游开发区，把村民的征地款整合起来，几乎不向农户伸手；原清水汉村因为有数位在外创业的成功人士说愿意捐资，也好解决；而我们雁荡村除了一丁点湖汉承包款，要想筹资修路基本上只能按人头摊派。说实话，我非常担心自己负责的村级公路硬化不了，到时会丢脸。凌谋和包淮看出了我的顾虑，笑着对我说：馒头要一口口啃，石头要一块块敲，有些事急不得。你的群众基础好，只要相信群众、发动群众，办法总会有的。他们的话让我燃起了信心。

村里要修路的消息撒网般抛出去后，每天的弄口会上都像呱嗒呱嗒烧开的水，冒什么泡的都有。大馒头几乎每天都向我抖弄口会的料，他告诉我，槐癫痫和一些住房在村边上的村民，都说修不修路与他无关，不愿意出钱。我说，他们说这话就不对了，房子住在村边上，难道他们不走路出门吗？大馒头说，还有说得更难听的，说你能把村道修成了，他把自己的姓氏倒着写。我笑着对大馒头道："我母亲曾说过，四条腿的笨猪才会被人料到，两条腿的人诸葛亮也料不到！你跟那些料我修不成村路的人带句话，如果我真的修不成村道，自己把'姜'字也倒着写。"大馒头只顾摇头，嘴里不停地说"难、难、难"。不过，大馒头后来告诉我，有人是因为村道只硬化到村口才不愿意集资。我就从这个难点打开突破口，决定追加村道硬化里程，延长从村口到村中的500多米环村主干道，让村民知道自己确实是想为村里做实事。我多次往乡政府跑，找了多个领导，请求他们支持我们村里道路延长硬化里程的方案。后来，领导叫我写报告，答应向县公路局争取追加里程。

推整路基必须赶在雨季之前，等不得！春耕过后，村道追加里程的事基本敲定了，我便召开村民代表会，讨论修路筹资方案。大家听说我争取到了延长硬化村路的里程，都很高兴，向我竖起大拇指，一致表示会全力支持我的工作。我说追加的里程是争取到了，但路基平整款也增加了，大家说咬牙一起痛。讨论时，你一言我一语，都认为修路是惠村利民的大好事，只是村里底子穷，又贫富差距大，想"一刀切"集资十几万元修路款的难度是很大的……大家说的，也是我最担心的，因为取消农业税不到两三年，又向农民朋友伸手，必定会引起他们对国家政策的疑虑，刚刚缓和的干群关系弄不好又会剑拔弩张起来。我综合大家的意见，思虑再三，决定让困难户缓一缓或量力而行，一般农户则有多出多，有少出少，不搞"一刀切"的平摊，争取在外创业成功人士捐资一部分。村民代表们都表示赞成和支持，说这个办法不给困难户增加压力，开工之后如果资金不足再想办法。我在会上反复强调党员干部和村民代表要带头筹资，并请他们带动自己的家族和亲戚筹资。为了让修路筹资和使用公开透明，确保修路工程质量，会上还推举了数名监事。第二天，党员干部和村民代表就陆续按自家的人头将集资款送了过来，我趁热打铁马上张榜公示，以期达到示范引领作用。集资公示后，真的就有一部分农户主动送来了集资款。我把先期筹资款按施工协议中分期付款的要求付给了筑路施工方，很快，推土机和挖掘机轰隆隆地上路施工了。村民们纷纷跑到路上观看施工。有些留守妇女立马回家打电话告诉在外务工的丈夫，说村里真的修路了，催自己的丈夫赶快寄钱回来交修路的集资款。

暑假"双抢"过后，我带了一位村干部去杭州找村里务工人员筹资。这次去杭州不再途经浙江开化了，早几年就有了通达杭州的高速公路，大巴车在服务区停靠休息，安全自由。国家投资建设高速公路，不仅让人们出行方便快捷，也让车匪路霸几乎销声匿迹了。距上次我来杭州已经过去近十年了，这座"人间天堂"般的城市，愈发繁华，城市高楼林立，马路宽敞整洁，街道绿化优美，大街上车流人流熙熙攘攘，时不时地也会看到肩扛背包行色匆匆的农民工。

我们到杭州后，在村里人的相互带引下，用了半个多月的时间几乎跑遍了杭州大大小小的建筑工地，寻访了村里数位在杭州创业成功的人士。大多数村里人在这个城市的身份是农民工。每到一处工地，看到打地基，编制钢筋笼，浇灌混凝土的农民工，我仿佛看到了多年前的自己在这座城市的身影。当我在建筑工地找到乌卵时，他戴着安全帽正站在脚手架上装模。他下来后，满脸汗水，工作服上擦划了不少锈迹油渍。乌卵把我们带到他住的工棚，催他的老婆烧菜做饭。刚烧好两三个菜，乌卵就在每人面前摆上一个大碗，咬开瓶盖哗啦啦地往各个碗里倒啤酒，直到啤酒沫漫溢出碗沿才停手。乌卵还没吃一口菜就端起一碗酒，说先干为敬，仰起脖子一口气咕噜咕噜喝下去，喝得嘴角滴滴答答流酒泡。我们来来回回几碗下肚后，我向他说了来意。他打了一个饱嗝，叹了口气，便放下酒碗，转身出了工棚。大约过了两根烟的工夫，他回来了，把一叠褶皱湿漉漉的钞票塞到我们手上。乌卵嗨嗨地冲我笑了笑，说工地还没有发工资，刚才到几个工友那里东拼西凑了几百元钱，如果这些还不够自家分摊的修路集资款，以后回家了再补上。我接过他递过来的钞票，一句话也说不出来，"咔当"猛碰了一下乌卵面前的酒碗，"咕咚"一饮而尽。在杭州，我遇到不少像乌卵这样淳朴的村民，每每接过他们手中的集资款，内心都会狂澜汹涌，有心酸、有感动，更有一份沉甸甸的责任感。

我找到承包建筑工程的亮波，他一脸的为难，说他上一级的包工头卷款跑路了，他连手下人的生活费都发不出来。他说自己身上只剩下两千元钱，要不全给我们。我连连摆手，反倒觉得自己做了亏心事似的，赶忙逃也似的离开了。

接着我们又找到了办服装厂的大东，他带我们参观了一下他的服装车间。大东的服装厂主要是订单加工，厂子不大，不过也有 50 多名员工，没有看到几张熟悉的面孔，只看到了德成的堂弟德明夫妻俩。德明在大东的厂子里做车间主管，见到我叫老师，整个人看上去收拾得十分干净利索，精神头特足。参观之后，大东带上德明陪我们到附近一家比较高级的餐馆吃饭。大东笑哈哈地点了一桌子的菜。大东陪我们喝酒，一口一句老同学，喊得我好不感动。喝了几杯后，大东便像倒豆子一样向我们诉说办厂的各种难处，什么要赶工期，要垫付员工的工资，交成品时过不了验货关还要按合同要求返工和扣款，等等。大东说的这些难处可能确实存在，但听他的口气，他办的这个服装厂还需要我们帮衬他一把才行。我知道，他是在拐弯抹角地堵住我向他要捐资的口。大东的父亲牝牯已交了他们家分摊的集资款，我们这次找到大东，本想以老同学的面子请他为村里做些贡献，再捐资一些，没想到他一顿向我诉苦，我也就把要说的话咽了回去。

我转头向德明打听他堂哥德成的情况。德成大学毕业分到一个县级市的乡镇工作，开始几年每到春节都会回来一趟住个两三天，一般过了正月初二或初三就走了。正月初一，村里各股房族人成群结队串村弄互相拜年。德成是村里的第一个大学生，又参加了工作，自然少不了大家的关注。我和德成在路上相遇后，都笑着点头打招呼，出于理解的原因，几乎都不问彼此情况，打过招呼就各自走开了，感觉我们之间隔了一堵厚厚的壁障。那些年，德成的父亲矮勇总会有意无意地向村里人"透露"一下德成工作情况，从中知道德成开始是当了两年镇长助理，后来升了副镇长。

我大女儿出生的那年村里修谱，因为德成是副科级干部，矮勇还被推举为他们族亲的点谱人，着实在村里荣耀了一把。后来，矮勇和德成的母亲都不再向人说起德成，他们夫妻俩见到人就低头避开。我进城前的几年里，一直没看到德成回家过春节，至于一年中什么时候德成偶尔回家了一趟也不得而知。矮勇不说，别人也不会多问。村里修路，我也想到了德成，想请他也出出力，便到矮勇家问德成的联系方式。矮勇唉声叹气，说德成在官场混得惭愧，没有我想象中的能力，千万不要去找他。我不知道德成发生了什么事，也不好多问矮勇。今天在酒席上，我还是忍不住问德明了解德成的境况。德明说他也不大清楚，只知道堂哥德成当副镇长时利用职务之便搞到了一个什么项目，暗中与别人合伙办厂，因为没有经验，结果被合伙人套走了不少投资款项，亏得一塌糊涂，纪检部门介入调查，到现在人都还深陷其中。我说，德成这是何苦呢，当干部没几年就搞钱干吗？德明补了一句，都是贪心惹的祸。大东说，德成要想搞钱，当什么干部，就干脆下海经商得了。我觉得德成有点可惜，当初那么刻苦读书好不容易考上大学，从农村走出来，结果还是把路走偏了，毁了前程。

那顿饭吃得我胸口闷得慌，大东吐着酒气喊服务员过来买单，服务员报账说五百多，我咂舌，说太破费了。大东说，哪里的话，老同学大老远来一趟不容易，说什么破费，等哪天回去，再撮一顿。我苦笑道："如果老同学把请我们吃饭的钱捐资修路，我们啃馒头喝开水都高兴啊！"大东先是一怔，马上笑道："老同学，你错了，吃饭和捐资根本不是一回事。"我转身摆摆手，头也不回地走了。我不知道那天，大东望着我失望的背影作何感想。

翘嘴和猴子在我准备离开杭州的前一天找到我们，他们都衣着时尚，收拾得油光粉面，看不出半点打工仔的样子。翘嘴还戴着一副大亨墨镜，他们一坐下来，便歪坐在椅子上弹腿抽烟，房间里弥散开烟味。我是闻烟即醉的人，赶紧坐到窗户边。"老同学，我们前些日子去了安徽，没有招待你们，不好意思。"翘嘴礼节性地过谦了一句。我也随口问了一下他们去安徽干吗？翘嘴笑笑岔开话题，说要不要晚上去娱乐一下，我连连摆手，半开玩笑地叫他不要把我搞得身败名裂。猴子摇摇头，说我还是从前的一副"怂样"。我到杭州后，问起翘嘴和猴子，在杭州务工的村里人都含含糊糊不愿多说。今天碰了面，我本想问一下翘嘴在杭州这么多年的情况。但我还没开口，翘嘴先问了我这次来"收获"怎样？我摇摇头，说没有预期的情况好，但也还满意。翘嘴说我们来得不是时候，上半年雨水多，大家也没做多少工，基本上是糊糊嘴，拿不出多少钱。我说施工等不得，否则年底路硬化不了，付施工款是按合同节点给的，少了回去再想办法。翘嘴对我说，自己挣得多花得多，手头没有多少钱，手上还有几辆半新半旧的摩托没出手，不然也能多为村里做点贡献。我把头摇得像拨浪鼓，告诉他，他的爸妈已经把他们家的集资款交了。我转过话题，问翘嘴的儿子读几年级了？翘嘴说，好像下半年读初中吧。"是放在杭州读书吧？"我又问了一句。"怎么可能啊，儿子打小就放在我岳母家。"翘嘴轻描淡写地回了一句。我也不好追问他的儿子为什么不放在自己父母身边带养。翘嘴反过来问我的大女儿读几年级，我说读五年级。我问猴子的儿子多大了？猴子一听问到他的儿子，周身的劲都起来了，笑哈哈说读二年级了，也放在岳母家带养。翘嘴笑笑，说猴子生的黑市（超生）儿子去年上学前办户口，罚了3000多元钱，怎么回事？我说那不叫罚款，是交社会抚养费。翘嘴嘲讽道："都是换汤不换药的把戏。"我也不好与他争执，只补说了一句："交了社会抚养费，小孩才能上户口，如果生下来就交了，可能会少交一些，拖了这么多年交的标准肯定不一样，应该理解。""理解，从我们口袋里掏钱还叫人理解。"猴子鼻子哼哼回怼我。翘嘴问我的儿子多大？我说读二年级，也是个黑市（超生）娃，那时离当村干部还远着呢，自己和妻子在家教书，根本没法东躲西藏，儿子还没生下来就被逼着交了社会抚养费。我知道不能再扯下去了，扯多了翘嘴又要咒爹骂娘了。我便站起来，说到外面买几瓶水给大家喝。翘嘴和猴子也站起来，说不打扰我休息，该回去了。临走，翘嘴拍着我肩膀，说我们回去的车费和路上吃喝他们都安排妥帖了。我又说了几句推辞的话，翘嘴和猴子显然有些不高兴，说我看不起他们，我也就不好再说什么了。我本想劝翘嘴和猴子不要再跟黑虎一起混，担心他们迟早会出事，可话到嘴边又咽了回去。

回来后，沙塘汊村和清水汊村都已经向乡政府和县公路局申请了当年村级公路硬化施工。我便将到杭州筹措到的资金全部付给了施工方，也向乡政府和县公路局提交了当年硬化施工的申请。我们村还欠三万多元平整路基款，施工方担心我们村会拖欠施工款，要求我们村尽快付清剩下的欠款，说即使上面批了施工权，他们也不进行下一步的浇筑施工。硬化村公路的报批需要一段时间，如果不在初冬前后进行硬化施工，就有可能挨到第二年的下半年。我别无他法，约施工方的负责人到乡领导的办公室，当面保证如果村里的公路浇筑施工结束还不上尾款，就将上面财政转移支付给村里的钱（村干部工资款）扣下来给施工方，少了自己借钱也会付清。乡领导夸我有担当，当面责成施工方一定要按期施工。

村路硬化的事暂时敲定了，可我和少敏办的私校却进入了窘境，也可以说是绝境。新修订的《义务教育法》公布，将在秋季学期于9月1日起施行，实施义务教育阶段不收费。公办学校不收费，我们的私校要收费就办下去，必须筹建教学楼，配优教育设施，大幅提升办学硬件条件才有可能。我们从哪里筹到那么多钱建教学楼改善办学条件？还有其他很多棘手问题，以我们当时的能力，根本无法解决。虽然我和少敏心有不甘，但又无计可施，最后我们商量后只能选择放弃。

秋季开学，妻子在家办起了幼儿园，收了20多个娃子。当村干部名声好听，工资少得说不出口，每月工资卡上发40%，不到300元，剩下的要等到年终上面转移支付款下来，各级七除八扣，就像大头水抽灌到一条漏渠里，真正流到田地的（村里）所剩无几，再剔除村里的支出，如果村级财务管理得不好，一年到头几乎白干了。像我们这样的没有集体经济的村子，如果谁指望当村干部养家糊口，那就是笑话。办了十多年的私校，就这样黄了，家庭主要收入来源也就此断了流，本就不宽裕的生活一下子窘迫起来。

少敏和英子去了杭州，少敏的弟弟在杭州做餐饮，给少敏找好了一个店面。少敏早年就断了当村干部的念头，说自己生了四个小孩，超生过了头，对上对下都过不了关，加上当村干部也养活不了一家人。少敏去杭州做餐饮，我难以想象他拿了十多年粉笔的手，怎么一下挪得动那笨重的面粉团。水到桥头自转弯，为了生活，人只有去适应生存。少敏的大女儿一岁大的时候就放在岳母家带养，现在差不多读高中了。少敏和英子结婚生了孩子后，少敏的岳父还是默认了女儿的婚事。少敏的二女儿读初中，三女儿和儿子在读小学，放在自己的父母身边，一下子几个孩子就都成了留守儿童。

我的三个哥哥也在杭州做餐饮，几个侄子都放在母亲身边，也是留守儿童。母亲能做的就是照顾好几个侄子吃饱穿暖，平时的教育监管还是由我负责。但村里大部分留守孩子都是爷爷奶奶隔代监护，缺乏正确的教育和管理方式，畸形成长的孩子不在少数。最令人担忧的是这些孩子的人身安全，他们平时放假骑电瓶车上马路，极易酿成交通事故；他们夏天结伴下河游泳，每年总会发生几起溺亡事故。大哥听说我们的私校办不下去了，也打电话叫我去杭州做餐饮，说做餐饮一年的收入比我在家三四年挣得还多。我自然知道妻子是不会同意的，当年女儿出生时，我想去上饶的一家报社应聘记者，她都没有答应。现在儿子都上小学了，妻子是绝对舍不得将儿子扔在家里的。我当然更不会答应去杭州做餐饮，村路真正硬化还没开始呢，丢下烂摊子说不当村干部拍屁股走人，怎么也说不过去。穷就穷一些吧，孩子成长也需要陪护，我和妻子想法是一样的。

晚风中，飘来一缕缕沁人心脾的桂花幽香，一轮像花季少女般渐渐恬静的皎月静静地躺在树腰间。中秋节的前两天，听人说华兵回来了。华兵比我小三四岁，算不上发小。他的堂爷爷承德早年被国民党抓壮丁充了兵，后来随国民党败退台湾。20世纪80年代承德回乡探亲后，出资帮助华兵的父亲国生在上海办了一家化工涂料厂。这些年，国生将厂子交由华兵主持经营，厂子发展的势头较好，在深圳还有分厂。村里刚开始筹资修路时，我被抹了面子后，就没有再打电话求他。这次，华兵侄女结婚，他回来做叔翁。听说华兵回来了，村里与他要好的发小也赶了回来。凌谋支书说陪我再当面找华兵说说修路捐资的事。虽然我有些不情愿，但想想村子修路还有几万元的缺口，也就答应了。华兵一家人在村里的房子也多年未维修，听说华兵在青毛的哥哥圣益家里，我们便去了。找到了华兵，他正在与几个要好的发小说说笑笑打牌消遣。青毛与华兵是最要好的发小，一直跟随华兵在上海打拼，这次也是陪华兵回村来的。等他们打完了那壶牌，华兵下了场，我们点点头打了招呼，便在院子里坐下来说话。我没有开口，凌谋支书便直奔主题谈修路捐资的事。华兵笑着对我们说，自己是雁荡村人，三年两头总要回来一两趟，回乡的路自己也要走，现在村里硬化路，理所当然要捐资，只是有些村干部做的事让他无语。"这是哪里的话，我做了什么不光彩的事让你无语了？"我马上回问了一句。华兵连忙解释，说的不是我，是说前几届村委会干部。他们几乎每年都打电话或在他回乡探亲访友时伸手向他要"捐资"，说修路桥和修灌溉站水渠，他每次都是出手一两万，结果村干部叫人拉几车鹅卵石填一下路面的坑坑洼洼，在水渠上换几个水泥管子就算完事了，把他捐的钱分了。华兵说自己挣来的钱也不是大水冲来的，自己被村干部"耍"了多次，越想越气，自己发誓以后村干部说再多的好话，都做铁公鸡了。

我冲着华兵笑道："你一句话扫过来，便让我躺着中枪，成了你心目中所谓的'村干部'，好像不公平吧？"华兵微微一笑说："村里的路真的硬化了，我华兵真的一毛不拔也说不过去，等我回上海再说！"我气往上涌，既为华兵的傲慢偏执而气愤，他竟把我当成了求人施舍的乞丐，也为一些村干部而气恼，他们的低素质影响了基层干部在群众心中的形象。我站起身，没有向华兵打招呼就起身离开了圣益的院子。不得不说，自己当时也欠理智。华兵回去一个月后，托人转手向村里捐资一万元修路。我用红纸张榜公布，并写了感谢信。听委托人的意思，华兵嗔怪我没在他面前说半句软话，不然剩下的修路款缺口他全付了。有没有家乡情怀在他，我总不能跪下去求他吧！我笑着对委托人说。

进入初冬，到了傍晚就哗啦啦地刮起西北风，村前小溪边的柳树飒飒地乱抖。小溪的水浅了许多，半枯的柳叶像花白的发丝一样，时不时地掉下来，有的被溪水带走了，有的被吹到路上，被风刮得像一只褐色的大虫子满地翻滚。我每天都会站在村口望着推平加宽但还未硬化的村路发呆。

沙塘汉村的路硬化一个多月了，但我们雁荡村道路硬化还没消息。几乎天天有村民问村路何时硬化，在外务工的人们也有打电话询问回家过春节有没有水泥路走。我多次问施工方，他们说上面没批准，自己不能动工。我每次去乡政府问主管的领导，他只说再等一段时间。那天，我真的急了，说再等下去，到了春节我怎么向村民解释。乡领导说可能是因为延长的里程未通过。凌谋支书陪我去了一趟县交通局，左转右转，才知道是自己不懂"人情世故"，关键审批环节卡了脖子。

事情解决后，村里道路终于开始硬化了，村民都奔走相告。开始铺路后，每天都有不少人看施工，村民代表们自发地去帮忙，大家都成了监工。村道硬化竣工的那天，谷生、王山羊、大馒头、窝头叔、讲南叔和一些村民还分别买了爆竹到施工的路段上燃放，整个村子像喝了烧酒一样兴奋。路终于修成了，那个准备笑话我的人，竟被村民们传为笑料。我那天笑着对现场的村民们说，修路也是一种活路，只要大家齐心协力就一定能成功！特别要感谢乡亲们的支持，不然自己还要倒着写"姜"字呢！说完，大家都哈哈大笑起来。

40. 子玉返乡

硬化后的村道通车后，收购农产品的大货车便直接开进了村子，停靠在老万年台前的空地上，村民们在家门口就可以出售自家的农产品了，结束了以前甲壳虫似的三轮车爬进爬出，进村收购农产品再驮运到集镇出售的历史。村民们的农产品卖出了好价钱，自然高兴得很，但我高兴不起来，施工承包人三天两头打电话催剩下的施工款，有时还骑摩托直接到我家催欠款。我只能满嘴客气说上一堆好话，说年底一定想办法还上，实在还不上就让乡政府扣村里的转移支付还施工款。我说这话没底气，扣村里的转移支付，村干部找我要工资过年又该咋办？

就在我为修路工程款一筹莫展的时候，听说子玉回村了。我感到很诧异，他们家搬离村子十多年了，他当年像一只水鸟飞离了湖乡，怎么突然飞回来了呢？子玉回村后，直接来找我。交谈中，子玉告诉我，当年他们一家搬到景德镇市，他在那里复读高中，考上了九江师院，是德成考上大学后第二年考上的。他毕业后分配到九江一所中学当教师，在九江找了女朋友成了家。他妻子家里是做水产生意的，挣钱如用钉耙撬钱，他的岳父说做老师就那么一点死工资，叫子玉干脆丢了算了。他便把编制挂在教育人事部门，自己也随他妻子一家人下海做起了水产生意，没几年就在九江市买了房。他的两个哥哥在景德镇一家瓷厂边开餐馆很多年了，这些年瓷厂一直走下坡路，餐馆生意很难做，也跟随他一起做水产生意。去年，父亲去世火化，因为父亲是志愿军老兵的原因，当时有些手续没办妥，父亲的骨灰也一直放在那边。现在已经办妥了手续，准备将父亲的骨灰送回老家安葬。他父亲去世后，母亲年纪大了，在外面觉得孤独，唠叨着要搬回村子住。加上他两个哥哥做水产生意不是很在行，赚不到什么钱。他们准备带一家子搬回村子，他自己想带两个哥哥承包雁荡汊搞水产养殖，凭借这些年在水产生意场的打拼，自己懂行情，也不愁销路。他问我能不能把他的这些事办妥？我说，你本身就是村里人，想什么时候搬回村就什么时候搬，你父亲是志愿军老兵，回乡安葬一定要搞一个追悼会，至于承包雁荡汊搞水产养殖，要看还在承包合同期的团鱼同意不同意半路上转包给你。子玉说团鱼那里他自己去搞定，无非是翻倍补上承包金，估价买下团鱼的水产品就是了。我说那可以，子玉又补了一条，说他要签十年养殖承包合同。我说，这个要召开村民代表会，子玉说可以，什么时候开会，他就什么时候请客。

听子玉的口气，一切都不在话下，势在必得。村民代表会上，大家基本同意子玉转接承包雁荡汊和老鼠汊的养殖权，但要求子玉一次性交付十年的承包金，以免事后难料。子玉似乎早有准备，答应一口气付十年的承包金，还承诺加固湖汊养殖设施。子玉回乡养殖，等于是村里送上门的"招商引资"，他交付的承包金又恰好解决了村里修路拖欠的工程款。我感觉身子也一下子轻了，笑着说子玉是雪中送炭的活菩萨。子玉说这是歪打正着，我说这是皆大欢喜。

过了不久，子玉一家子真的搬了回来，暂时挤住在请人收拾好的老房子里。安葬他父亲的骨灰时，村委会组织了追悼会，几乎在家的各户都送了花圈，子玉也摆了香仪酒答谢乡亲们。

子玉承包湖汊养殖不像以前水生和团鱼那样的小打小闹，确实舍得投入，请来推土机轰隆隆推了半个冬天，把村后的一座大山包推平了，在汊口筑起了厚实的圩堤，建了新水闸，挖了排水沟，安装了数个氧气泵和自动喂料机。第二年春天，子玉从九江运来一车的鱼苗，放养到雁荡汊里。

养鱼要看守，子玉不像水生和团鱼在湖边搭草棚子。他向村里申请了湖边的一块坡地，与他的大哥子明各建了一幢两层半楼房。他的二哥子油也在村中的老屋基上拆房还基后，建了一幢两层半楼房。子玉兄弟回村的一番大手笔，着实让村里人连声啧啧，刮目相看，也给村里带来了新的气息。

子玉回村后，一直忙得很。有一次，少敏从杭州回来看孩子。子玉和少敏兴冲冲提来两瓶清华婺往我家来。我叫妻子炒了几个菜，在屋弄口摆上一张小方桌。开喝前说好同时倒满杯，然后各自杯净，摆明着拼酒。我们边喝酒，边东拉西扯。后来喝高了，都拍着脑袋笑起来，说怎么三个人都当了老师？我笑着对子玉说，你是科班出身却不愿当老师，我和少敏是杂牌军却在教学生。子玉说，自己原本就不喜欢当老师，是当老师的姨父替他报的志愿。他笑着对我说，你读书时一直当班干，适合当干部。我自嘲道，连村干部都当不好，就适合当孩子王。少敏用筷子指着子玉说，要说当干部还得是你，有闯劲，情商高。子玉连连摆手，冲着少敏诡异地笑着说：要说情商，我们几个同学就你多情，真正当老师的料是你。我笑着补了一句：多情自古空余恨，多情总被无情伤，少敏迟早还是被情所累的。子玉显然赞同我的看法，点头哈哈大笑起来。少敏连连摆手，此情商非彼情商，笑骂我和子玉不安好心歪曲理解。说完，三个人"咔嚓"碰杯，咕咚咕咚干了杯中酒。那天，三个人把两瓶清华婆喝了个底朝天，也醉得像三坨烂泥巴。

子玉是个有想法的人。他又租了老鼠汊东岸边的一块大水田挖池子筑坝养牛蛙和甲鱼。湖汊边的梯田有好有歹，靠近水边的叫湖田，几乎年年被水淹，有"栽湖田，养母猪"的说法，意思是说湖田栽水稻靠运气，赶上不被水淹，多出来的粮食可以养一头母猪生猪崽子，家里发个小财。我家也有一块长条形的水田在湖汊边，水田下面还有三四阶水田，遇上涨水的年份，水位再高也只能淹到我家的水田，子玉的牛蛙池和甲鱼池就在我家水田的上一块。

靠山吃山，靠水吃水。靠湖汊的村子都想通过养殖业发家致富，不远的大塘村是远近有名的甲鱼村，几乎家家院子里挖了甲鱼池。子玉隔三岔五骑着摩托去大塘村"拜师学艺"。不知子玉听了谁的主意，说在甲鱼池里放几条水中老虎——墨鱼，既可以把池子里的水搅活，又可以搅得甲鱼不停游弋多吃食，也就长得快。结果，没几天花重金一次性买来的不少甲鱼苗都肚皮朝天泛了排，损失惨重。后来子玉才知道都是卖种苗的人设的局，自己那是往坑里跳了。子玉又重新试养，自己边养边摸索养殖技术，居然还真让他摸出了门道，甲鱼养得渐渐顺溜起来了。

子玉养牛蛙很不顺利。种蛙快要产卵的时候，一头挣脱了牵绳，到处乱窜的发情母牛把牛蛙池的拦网弄破了，种蛙都跳出池子爬跳到湖汊里去了。子玉划着腰盆到湖里找，他的两个哥哥穿着下水裤在湖边田沟里和草滩上找，费了好大的劲也没找回几只。种蛙被放回牛蛙池后，子玉十二万分小心看护。种蛙产了卵，没几天满池像逗号的蝌蚪在游动。哪知一天晚上雷风暴雨，又把蝌蚪们冲进了湖汊。子玉也不泄气，第二年继续养，很快卵变成了蝌蚪，蝌蚪变成了小牛蛙。牛蛙似乎养成功了，就等着小牛蛙们的个子长大。哪知道，进入夏季，烈日如万发火箭般射向牛蛙池，把池水晒得滚烫。牛蛙池挖得不是很深，四周又没有树荫，虽然子玉采取了应急措施，从湖汊里捞了不少水葫芦扔在池子上面，但水温太高了，还是上演了"滚水煮牛蛙"的惨剧。我去看禾田水的时候，看到子玉夫妻俩正站在池子里捞肚皮朝天的小牛蛙往岸上扔。他们脸上的水珠像豆子一样噗哒噗哒掉入池子里，看上去是汗水，但我想也一定夹杂着泪水。水里求财，很多时候真的是一场空。

我站在牛蛙池边，劝慰了子玉几句，子玉却乐观得很，说做事哪有一帆风顺的，自己还要继续养，半途而废才是最不划算的。我问他，投资下去那么多的钱，收回了多少？子玉说这两年雁荡汉养的鱼卖出了好价钱，不然就亏大了。子玉的老婆显然有怨气，说这些年积攒的钱都被子玉折腾得差不多了，再这样下去，她就回九江去了。我打气地劝她，说："创业艰难，子玉下了这么大的决心回乡创业，投资了不少成本，也吃了不少苦，真的不能有泄气的想法，不然的话真的会前功尽弃，做妻子的要坚强地支持自己的丈夫才是。"子玉的老婆笑了笑说，男怕选错了行，女怕选错了郎，嫁鸡随鸡嫁狗随狗，说归说，做归做，自己会支持子玉创业的。我听了，心里松了口气。

过了些日子，子玉来找我，说村里的几座山头从分产到户后就一直光头，荒了这么多年了，没有充分利用，怪可惜的，想与他的堂弟黑市合伙承包村里的董家山和鲇鱼山两座荒山搞砂糖橘种植。子玉的堂弟黑市是农村里第一批超生的孩子，这些超生的孩子都被村里人习惯性地直呼为黑市。有的人家超生了两个孩子，就有了大黑市、小黑市。村里叫黑市的男女不少于 10 个。我对子玉说，你是虱子多了不怕痒吧？水产养殖就够你折腾的了，还要和黑市一起搞荒山种植。我问，你还有钱投资？他答，没有。那怎么弄？我疑惑地问。可以申请贷款嘛！子玉答得干脆。我说现在上面正搞林权改革，荒山都化整为零分到了户，有点难度。子玉说，荒山切片式地分了，各家各户都不多，自个种植什么都上不了规模，起不到多大的作用，也还是放在那里荒着，如果村委会进行流转整合让他承包，成片种植砂糖橘，他按面积出承包金，忙时还会付工资请村里人除草喷药，自己挣到了钱，乡亲们也有收益，两全其美的事。我对子玉说，你说得简单，集体的东西就是这样，平时都不管它，一个个事不关己，搁在那里浪费没人说事，一旦谁想动用它，就有人站出来指责这个，批评那个，怀疑谁得了好处，生怕别人发了财。

"知道有难度，才找你商量，想听听你的意见。"子玉笑着点头说。"管家三年，猪狗都嫌。卖力不讨好，家里都快要成贫困户了。"我叹了口气，没有正面回答子玉的话。"你好歹也是党员，怎么也说这样没素质的牢骚话？"子玉责问我。"不是牢骚话，是真话！"我一本正经地说。"是不是因为我承包雁荡汉养殖的事，来财还在背后拱火？"子玉听我的口气不是开玩笑，诧异地问我。

子玉说来财在背后拱火，也是事实。火根被撤职后，自己养了数头牛，每天早出晚归，表面上两耳不闻窗外事，一副局外人的样子，实际上他和来财在背后使绊子就一直没消停过。建国当村支书，我担任村委会主任时，他们一直叽叽呱呱和我唱反调。三个村委会合并后，尤其雁荡村的事务基本由我主持后，他们觉得我年轻，反调唱得更高。听说有一次火根与村里的几个老干部在来财家里喝酒，醉后说自己最佩服《三国演义》中的司马懿。来财几个可能听不懂，但看过《三国演义》的人都知道火根想说的是什么。火根背后钻空子出主意，来财和团鱼出面拱火。我和建国之前清理溪沟，维修灌溉站和修路，这样的实事是好事，火根和来财都要鸡蛋里挑骨头，说我和建国无利不起早。好在村里重要的事，我都是经村民代表会议讨论通过的，村务也及时公开。每次火根和来财他们找什么碴儿，我就公开透明什么，让他们自己"打脸"，加上村民代表的支持，他们兴风作浪不起来。但这一两年，火根和来财他们抓住我大力支持子玉承包雁荡汉养殖的事大做文章。说我和子玉是同学，是我们两人用手段逼迫团鱼中途出让承包权，说子玉能签订十年水面养殖承包合同是我的授意，甚至说我和子玉合伙承包了湖汉，我有一半的暗股，说得有鼻子有眼。他们多次到乡里告状，乡主要领导也找我谈过话。我说，可以接受上级任何方式的调查，时间可以证明一切。乡里几位主要领导也知道我当村主任确实为村里做了不少实事，叫我不要理会他们，但要注意方式方法，村里的事牵扯到亲朋好友要注意回避。

今天，子玉又说想要承包荒山种植砂糖橘，是好事，我本应大力支持的，但想到这一两年火根和来财钻空子找碴儿，我自然把牢骚话放了出来，不过我说的也是心里话。因为当干部不作为，自然不会得罪人，似乎人人喜欢，可自己在其位不谋其政，良心上过不去，当混场的干部也没意义。可要是想作为，就会触动一部分人的利益，得罪一批人，别人就会想办法钻空子，背后使绊子，搞得自己身心疲惫。我当了两届村委会主任后，发现自己的缺陷越来越明显，身上那份自我清高始终摆脱不了，遇人遇事还是不"灵活"。

"你参加明年的村级换届选举吧！"我郑重地对子玉说。

"你开什么玩笑，我与你商量承包荒山的事，你却转移话题说选举？"子玉翻起眼皮好奇地瞅着我。

"说的是真话，下一届我不想再参选了。"我说得很干脆。

"当得好好的，这些年村委会的各项工作都被你理顺了，你也给村里做了一些实事，乡里的领导和村里乡亲们对你的评价都好得很，怎么有这样的想法？"子玉语气里带有责备的意味。

"乡亲们说我是一名好村干部，我就是一名好干部吗？他们只是把我与以前的村干部相比较而言，认为我知识文化高一点，觉悟高一点，办事公正一些，这就是一名好村干部吗？"我反问子玉，也是在反问自己。

子玉不说话，我只好继续说自己的想法。我说，仅凭自己现在所做的，就觉得自己是称职的村干部，那是自我满足或者说是自欺欺人。"火车跑得快，全靠车头带"，村里要发展，一定要有一个有文化、觉悟高、干劲足、敢担当、带富能力强的人来引领。子玉可能觉得我说的话在理，轻轻地点了点头。

"我也认真思考过，你没有回乡之前，村子里可能还没有符合这些条件的人选，现在你回乡了，我觉得自己不能占着位子而影响村子的发展，你应该是替代我的不二人选。"我终于把自己要说的话抖了出来。

"老同学，你跑题了，还是说我承包荒山的事吧！"子玉想岔开话题。

"我记得你今天来找我说的话题，但我今天说的这些话可是半点不含糊的。正因为是老同学，我觉得你各方面条件都具备，我才让位于你，换成别人我还真的不放心！"为了气氛不至于太严肃，我换成了半开玩笑的语气说。

"让位于我，好像是你任免我当村干部似的。"子玉笑道。

"是我退位心切，说急了一点，但我是真心希望你参选。"我马上改口道。

"你还只当了两届，怎么就打退堂鼓？叫我参选，我这一点思想准备都没有。"子玉摇头晃脑地说。

"该说的都说了，不该说的以后再说。现在说正事，你承包荒山种砂糖橘是利民利村的好事，我全力支持，先把报告和规划方案写好，到时一起去乡政府请示领导，争取得到县林业局的扶持。阻力再大，我也尽力在自己卸职之前帮助你把这件事办好。"我说完，站了起来。

"我们是老同学，客气话我就不说了。老同学今天说的题外话，我回去也会考虑考虑的。"子玉满脸灿烂地站起身，边说边往外走。

41. 参加乡干部招录考试

入秋，轻悠悠的湖风从西北的白沙洲水面荡过来，身上有了凉意。我和子玉沿着雁荡汊的围圩散步，这是我们难有的清闲时光。夕阳下的草洲上，一群白鹭正三三两两围着几头低头吃草的水牛。有的白鹭尾随牛尾趋步而行；有的白鹭分立牛身两侧，牛走亦走，似闲庭信步，又似保驾护航；有的白鹭立于牛前，面牛退行；有的白鹭干脆站在牛背或牛头上，身子晃晃悠悠却神态自若。白鹭们边走边不停地低首啄着水牛身上的不同部位，水牛却一点也不厌烦白鹭们的"围攻"，反而显得更悠哉乐哉。入秋了，如此和谐而充满温馨的画面，就要随着这个凉意淡淡的季节远去了。白鹭们扇扇翅膀起飞了，"一行白鹭上青天"，那飞扬起的几笔洁白，衬托出远山的苍翠和天空的深远。

秋水长天，湖乡风景依旧。回过身子望望村子，感觉这几年村子的变化还是很大的，村里的砖瓦房几乎被春笋般冒出的楼房淹没了。我告诉子玉，前不久我的中学老师叶副书记从偏远的乡镇调回了乡政府任职。"你还有当乡干部的老师？"子玉惊讶地问。我对子玉说，叶老师是我非常敬佩的老师，并不是因为他是乡干部。叶老师是寒门子弟，凭自学考上大学，分配到乡初中当了几年老师。早些年还没有实行公务员考试选拔干部，不少乡镇基层干部都是从教师队伍里选拔出来的。叶老师因为文笔不错，被选拔到乡政府从办公室主任干起，一直干到乡镇副书记，这些年一直在县里一个最偏远的乡镇任职。

这次叶老师回来，知道我当了村干部，很高兴。叶老师说看到我这些年在县报登载的报道和副刊发表的一些文字，有一篇宣传乡里工作亮点的《全力打造鄱湖湿地公园，着力建设县城后花园》报道反响不错，在写作上有点潜力。他还问了我在村委会工作的一些情况，我流露出自己不想再竞选的想法。叶老师说，他回乡任职后听说我这几年的村委会工作做得蛮出色的，乡里都已经提名评选我为优秀村干部了。叶老师还告诉我，说国家为了激励广大村干部干事创业的热情，年底前上面将开启"从优秀村干部中考录乡镇公务员"的试点工作。他叫我暂时不要说放弃的话，乡政府办公室的副主任调走了，正有一个位子空缺，届时与几位乡领导商量商量，可以先把我这个"笔杆子"调到乡政府办公室兼职锻炼锻炼，如果考录了乡镇公务员，便可名正言顺地进入乡政府工作。

子玉转过脸笑着说，借调到乡政府工作，这可是一次进入体制内的大好机会，不要错失了。我打断子玉的话，说考乡镇公务员的事还是个问号，但是到乡政府办公室兼职，让自己锻炼和过渡一下自己倒是愿意的。我接着告诉子玉，他承包荒山种砂糖橘的事已经有了眉目，问他竞选下一届村委会主任的事考虑得怎么样了？子玉回头笑指我是为了甩包袱，搞突然袭击。

"说甩包袱可就错了，应该是接力。说搞突然袭击也错了，上次给你打了预防针的。今天跟你说这些事，主要是与你商量一下，想提前借用你到村委会接替我的一些工作，如果你同意，我便请示蹲点的韩副乡长和乡里的主要领导。"我没有像子玉那样"激动"，而是平和地道出了自己真正要表达的意思。

"你的意思，不答应也得答应了！"子玉笑着摇摇头问道。"你这样的致富能人，玩谦虚干吗？我是让你人尽其才，为村子发展做贡献呀！"我也故意拉腔作调捧了子玉几句。

过了不久，乡里联席会议真的通过了我的任免调动事项。因为我的本届任期还没有结束，乡里下文任命我为雁荡村的支部书记（半年后履职），暂借用到乡政府办公室担任副主任。

江南的秋走得悄然，江南的冬也来得轻盈。不少树木的叶子依然留恋枝头，在冷风中扑棱棱地跳跃着，冬天就这样来了。我曾在北方的一座城市里领略过真正的秋风扫落叶，呼啦啦的大风几巴掌扇过来，黄叶纷纷快速跳离树枝。秋风继而又把地上的黄叶追得乱作一团，再抬头看树，刚才还黄叶满身，几乎是瞬间就脱成了光胳膊。江南的秋风是凉丝绵意的，江南的树叶是迷恋枝头的，有的树叶即使面黄肌瘦、浑身皲裂也不肯离开枝头，有的甚至能坚持到春天到来。我想做一片江南的树叶，有留恋枝头的情结，却又有北方枝头树叶的胆怯，风声一到，便想仓皇逃离枝头。

我去乡政府上班的第一天，出村口时遇见了讲南叔，我伸手掏香烟，他摆摆手，乐呵呵地说恭喜我高升了。我不知如何回答讲南叔，只是含糊其辞地说"没什么，没什么……""年轻人，无论到哪里都要好好干，干出样儿来！"讲南叔语重心长地对我说。我不住地点头，嘴里说着谢谢，答应着好的好的。

自己就要走上一个有些陌生的工作岗位，心里难免会有一种落寞与孤寂。一路上，这些年在村里教书和在村委会工作的往事，碎片式地在脑海里飘荡，只有讲南叔真诚而朴实的话语让自己得到了一份安然和心暖。

到了乡政府，在兼任办公室主任的常务蒋乡长那里报了到，接受了分工，便抽空到叶老师的办公室坐了一会儿，说些感谢他关心的话。叶老师轻声笑了笑说，到乡政府工作不像在村委会，要转变角色，明白自己只是一个借用的工作人员，要夹着尾巴做人，像黄牛般做事；要学会适应，不该问的不要问，不该说的不要说，多用眼去看，多动手去做，多用心去记，先锻炼锻炼，边做边看。我认真地听着，不住地点头。叶老师最后鼓励我平时多看文件，学写材料，发挥自己的特长，在县报上多发稿子，正面宣传乡政府工作。我退出办公室，内心对叶老师充满了感激。

乡政府办公室有两个女勤杂，都是乡领导的家属，每天上班后她们一个负责给各位领导办公室送报纸，一个负责用"热得快"烧水送到各办公室，再做点杂活儿，完了便整天看不到人影。兼任办公室主任的蒋乡长，平时都是电话遥控安排工作，外出时将印章交给我，有重要的事他才来办公室指点一下。收发文件、干部考勤登记、来人接待等事务基本落在了我一个人头上。

村前几株乌桕树红得像一团团烧着的火把插在溪边，苦楝树的叶子全掉光了，枝丫如枯槁的手伸向不明不朗的天空。此时已进入了初冬，"从优秀村干部中考录乡镇公务员"的试点文件也下来了（我至今还留存了当年的考试大纲）。这项政策对我来说太重要了，它很可能改变我的人生轨迹，我对国家的好政策满怀感激，对招录考试也充满了期待。很快，全乡符合条件的村干部都报了名，虽然全县实际招录的只有 5 人，但还是有不少乡干部认为我考录的概率非常大，我也充满了自信，并认真备考。

去市里考试，乡政府蛮重视的，为参加考试的十几位村干部安排了专车。备考中，我忽视了一些"三农"知识，偏重了理论知识，结果在考试中有几道有关农技知识的选择题没有把握。印象最深的一道是有关母鸡用电和用煤油灯孵小鸡，问哪个时间快的题目，一道是有关各种杂交稻品种成熟期的题目，回来查答案后知道自己答错了。

考完回来的路上，其他同去的村干部都大喊大叫议论题目，说这个对了，那个错了，我却坐在车上闷闷不乐。过了不久，成绩出来了，县内有50名村干部笔试入了大围，我笔试考了全县第四名，入了小围，大家都夸我考得不错，有的甚至提前恭喜我，但我自己不满意，没有考到第一，面试还说不准。我着手准备面试，有好心的乡干部提醒我，光是待在家里准备面试是不行的，也要去找找关系，否则面试玄乎得很。让我这样一个穷草根找关系，还要找准关键领导，自己连门闩都摸不到。好在有个乡领导愿意帮忙，说他有一个亲戚在市里的组织部做小领导，可以去咨询一下。我去的那天是周日，这位领导正在外面娱乐，我从下午两点一直等到晚上六点多。

他们收了场，才与我们匆匆见了一个面。这位领导见我后笑了笑，说如果我笔试考到第一，兴许希望大一些。按照他知道的以往情况，笔试入小围的不一定就能录取，在面试中"刷下来"的情况多得很，有些话他不好说得太明白。这位领导的话，让我的热情一下子降到了冰点。

面试的前一天晚上，住在指定的一家市里宾馆，听到不少人影响心情的负面议论，但我还是充满信心。面试设在一所专科学校，我们几十个人被安排在一间教室里候试，面试前有位领导来候试室做了简短的讲话，他振振有词说，请大家放心，一定会确保面试公平、公正、公开。我听了，又重新燃起了希望。领导讲话过后，便是上交手机，接着是抽号。按照规定，抽完号，除了工作人员之外，其他人是不能进候试室的。可是，号刚一抽完，就有几个人进入候试室分别向几位面试者快速轻声问了几句就走了。

我好像抽到的是20多号，有人带我穿过一段专用通道进入面试室。面试室内，有七位面试官，座位呈"人"字形分布。正中首席面试官看上去瘦长，五十岁左右，衣着整洁、身直端坐，显得很严肃。他的身后两侧各摆放了一组三人座位，两组里面都有一位女面试官，这几位面试官年龄看上去都四十岁左右，正在交头接耳地低声说话，好像在办公室上班聊天一样，我坐好了准备答题，他们却都没有停下来。离我的右侧不远坐的电脑前坐着的是一位男性工作员。我开始逐一答题，那位首席面试官听得很专注，还不时地点头微笑一下，而他身后的面试官们似乎根本没有听我答题，我心里咯噔一下凉了半截。当场打分，竟然不到80分，我拖着两条沉重的双腿，低头沮丧地走出了面试室。之前那位找过的市组织部领导说的话全部应验了，前五名中除了笔试第一名面试通过了，其余的都泡汤了。

回来后，我病倒了。子玉来看我，他已成功竞选上了村主任，进入了工作模式。子玉笑着劝慰我，说是金子总会发光的，不要因为一次挫折就那么伤感和老气横秋。我说现实太残酷了，只是自己辜负了充满期待的家人，辜负了对我充满期望的乡亲和领导。我接下来笑着对子玉说，雁荡村还要靠你这块"真金"改头换面啊！子玉摆摆手，说：都不要互相吹捧了，告诉你一件事，黑虎和翘嘴都在杭州犯事了。我惊问怎么回事？子玉说，昨天乡派出所张所长告诉他，说杭州那边传真过来，黑虎和翘嘴涉嫌重大诈骗，被当地公安部门扣了起来，估计要判好多年。我问，具体情况怎么回事？子玉说，杭州那边怎么能跟我们说具体的作案细节，只是通知我们这边罢了。不过问了在杭州的村里人，好像是黑虎安排翘嘴勾引了当地的一位富婆，让富婆喝了"听话"的饮料，搞到了富婆的银行账号和密码。钱到手后，还把富婆用麻袋套放在郊区，就差杀人灭口了。我说，也太玄乎了吧，怎么与电影的情节差不多。子玉说，村里人说黑虎干的事，可能比电影里的情节更"精彩"。我说，他不是搞长途汽车的吗？"以前是搞过一阵子长途，但他的本性能改吗？他们几个的话你也相信，都是挂羊头卖狗肉，唬人的。"子玉回村不到三四年，对村里在外务工村民的情况比我还摸得清。我说，自己当年在杭州收集资款时，如果大胆地劝翘嘴几句，他也许不至于是现在这样的结果。"你劝得了翘嘴？进了江湖，由得了他？他和猴子跟黑虎混，进牢房是迟早的事。"子玉不屑地说。我问子玉，猴子呢？张所长没有说到猴子，估计猴子没有他们严重，子玉道。我摇摇头，确实怨不得别人，做什么不好，偏偏走斜路。

回乡政府上班时，我想到了辞职，叶老师和一些乡干部都劝慰我不要泄气，来年再考。我确实初心未泯，便准备"熬"下去。进乡政府办公室工作时间长了，我才发现这个部门的工作不是一般的复杂，自己被东拉西扯的关系和矛盾搞得晕头转向。我是一个情商很低的人，根本不能像泥鳅一样在淤泥里"打滚"。章乡长的年纪与我相仿，他列了一个提纲，叫我写了一篇乡镇特色工作的稿子，署了他的名字，登载在了县里的一份内刊上。不知是谁说这篇稿子是我写的，被祝书记知道了，认为我选"队"站。祝书记每次看到我，脸色便乌云斗暗。看人脸色的日子比吞了苍蝇还难受，我便向章乡长请辞。理由是自己在乡政府的薪水，连应酬都不够，一家子的生活早已捉襟见肘，被生活压得喘不过气来，自己的工作领导又不满意，不如辞职算了，省得让领导恶（wu）眼。章乡长说我是借用到乡政府的，乡政府每月只能补贴400元，至于辞职的气话就不要说了。后来，我终于与章乡长说妥了，每月补贴减半，自己在乡政府上班半天，到县城一所民办学校兼职半天。过了一段时间，听说不搞招录考试了，可能是因为去年的村干部公务员试点招录受到诟病了吧。我又动了辞职的想法，正在我犹豫不决的当儿，一件事彻底让我决意辞了职。端午节前几天，乡里购了一批粽子准备给乡干部发节日福利，常务副乡长交代我，每人一箱，做表签字领取。大家差不多都领了，还剩十几箱，准备等常务副乡长来处理。第二天，计生办的一位美女干事说她还要领两箱粽子，我不解。她说祝书记叫她来的。我叫她打电话问常务副乡长，她不打，鼻子一哼，转身就走了。谁不知道这里面的猫腻，我知道后果自然很严重。没过多久，常务副乡长打电话过来，训斥我是榆木脑袋，不知变通。这事太难做了，我气不打一处来。对于我来说，再待下去已经没了意义，我便毅然辞了职。

子玉听说我辞了职，极力劝我回村委会任职。我说不要劝了，马都知道不吃回头草呢！我进了县城那所先前兼职的民办学校任教，又开始了吃粉笔灰的日子。生活似乎又回到了原点。

那一年特别闹心，好在后来烦心事都趋于平静了。不久我在县城租了房子，把妻子和孩子也安顿好了，一家人开始了城里的生活。那年夏天，国家也有一件特别大的喜事，就是第二十九届夏季奥运会在北京举行。

两年后，"三合一"的村委会又"一分三"恢复成了合并前的样子，子玉也就成了村支书。后来，又听说招录优秀村干部入乡镇，改为推荐选拔方式，当年几个与我一同参加笔试未入围的村干部都按政策被招入为乡镇公务员。很多人替我惋惜，说我当年如果能在乡政府"坚持"两三年，推荐选拔乡镇公务员绝对有我的份，人生可能又是一种形态。我只是苦笑着说了一句："人生没有如果。"

42. 村子里没了贫困户

人是会行走的树

灵魂是栖息在这棵树上的鸟

许多会行走的树

从贫瘠的荒野走来

走进了城市的丛林

它们想努力适应丛林生存法则

希望自己的故事能长得茂盛些

能呼吸到新鲜的空气，仰望到阳光

……

刚到县城打拼时，我就是一棵野草。我忘记了所有伤心绝望的事，从零开始，踏下一个个脚印，找一份养家糊口的工作，蜷缩在城市的一隅生活。每天精疲力尽地回到暂辟的住所，我内心的不安也翻山越岭而来。无助、不如意、被鄙视，城市生存法则的残酷，曾让自己一次次萌生返乡之意。但我不敢再回乡村，更不敢迈步往回走，自己已经没有了退路，因为身后可能是万丈深渊。然而，陌生而坚硬的城市没有柔软的安慰，不坚强地挺起肩膀，生存的希望就会像晚风中城市河流边漂浮的泡沫般一触就破。咬牙努力，拼命向前，我内心开始播种上进，成功也渐渐地向自己靠拢。写这首《行走的树》那年，我已经在城市里打拼了十多年，自认为是一棵树了，在泪水和汗水的浸润中，在压力和努力的驱动下，自己的付出开始结果了。回溯往昔，进城后的第一年，大女儿读初中；第三年，在城里按揭购房；次年，一家人在城里新居过春节。三个孩子相继升入高中后，家里经济压力越来越大，紧接着是三个孩子先后读大学，家里又按揭买了私家车，全面进入房贷、车贷、学供时代，经济压力"空前"大。记得有一年，家里窘迫得过了腊月二十几还没办年货。直到大女儿大学毕业后，家里经济负担开始减轻。进城十多年，虽然写满了艰辛，但也收获了欣慰，就是把三个孩子都培养成才了。

进城打拼后，自己像被不停抽打的陀螺般连轴转，虽然我和妻子几乎每月都会回老家看母亲，但每次回老家都是匆匆地去，像被风刮起的树叶在家门口打几圈旋，待不到个把钟头又匆匆地回城里，对村子的了解也就越来越模糊。

每次回到村里，从村口到家门口的路上看不到几个人影。村里青壮年都到城市里务工去了，剩下的大多是"三留"群体——留守儿童、留守妇女和留守老人。像我母亲一样的"空巢老人"也不少，每天洗衣、做饭，自己照顾自己，虽然不缺钱，但内心很孤独，找不到以前农村老人那种儿孙绕膝的幸福。村里年纪稍小和身体健旺的老人每天会走出户外聚在一起聊聊天，看看老戏（光碟），打打小麻将。而像我母亲这样年纪大的，一般很少出门的，一是腿脚不灵便，二是他们总是替子女着想，怕自己外出万一摔了胳膊断了腿，反倒"麻烦"子女。记得有一次晚上，母亲老毛病犯了，邻居大婶打过电话来，我和妻子心急火燎地连夜赶回乡下。母亲躺在床上，看脸色，身体应该是虚得很，表姐陪在一旁，说刚打完点滴。我将从县城带来的还保持着温热的馄饨喂给母亲吃，母亲却使劲摆手，示意让表姐喂她，并用微弱的语气催我连夜回县城，不要耽误了第二天上班……翌日，我为母亲买了个老人手机，以便每天给她打个电话。母亲没什么文化，自从有了手机她便天天等着手机响，一有谁到家里串门，她就要别人教她打电话。

我进城打拼的头几年，有时回到村里，母亲总会把她平日里在村里小超市里收集到的"情报"一股脑地抖给我和妻子听。说谁家的媳妇生了儿子罚了款；哪几家人的儿子从云南、贵州、四川、安徽带了媳妇回来，有的没过多久就偷着跑了；谁家的孩子没人管偷了几千元钱跑到城里打游戏，一个多月不归家；谁得了癌症，治病花了十几万，拖垮了家里，还是没治好……

小超市是村里的"情报集散地"。晴朗的天气小超市门口两边坐着不少聊天的老人，当有陌生人或平时很少回来的村里人经过，那绝对都要被老人们的目光齐刷刷地"检阅"一遍。"检阅"之后，便是他们轻声低语抛掷过来的指指点点。快则当天，晚则翌日，老人很快把"受检阅人"编成段子在村里传播，直到有下一批"受检阅人"，才会更新他们的段子。我和妻子每次带孩子们回村看母亲，当然也会受到同样的"礼遇"。两个女儿就是因为过不了老人们的"目光刷屏关"而不愿回村子。其实，年轻人哪里理解农村老人生活圈子的狭窄，他们不能像城市老人一样去老年大学、公园、茶室等地方丰富自己的晚年生活，只能从小超市这个人气高的地方收集"素材"，加工成或真或幻的段子来娱乐自己，以此打发和填充他们的孤独且"无聊"的时光。

有一次回村，母亲告诉我们，说丰清得了食管癌，开始只能吃面条米粉，接着是喝米汤，后来只能喝水，躺了一个多月"饿"死了。前不久石老爹到医院检查，发现自己得了肺癌，儿子在外地务工，他知道自己儿子生活压力大，也就一直没告诉儿子自己生病的事。他一个人在家自己照顾自己，病情越来越严重，有点生不如死，可能是在半夜，他竟从自家楼顶跳了下来，等村里人清晨发现，人早走了。他儿子回来，捶胸顿足呼天抢地地好不伤心。还有同庚娘前些天也中风去世了。同庚娘的子女都在杭州务工，同庚娘中风的时候，还是邻居发现的，因抢救得太晚，她的子女还没赶到家，同庚娘就走了……母亲哀叹了几声，自言自语地说：石老爹和同庚娘真惨啊，辛苦了一辈子，落得个这样的结果……我和妻子听了，都沉默了很久。以前，我们兄弟几个也曾想接母亲到城里照顾，但母亲说自己是穷鬼命，吃得苦，享不来福，还是乡下好，叫我们不要折腾她。邻居大叔也说："一个人在一个环境里生活了将近一辈子，如果刻意改变她，反而还会适得其反。"我们兄弟几个只好顺其自然，让母亲在乡下住着。但听到母亲说起石老爹和同庚娘的结局，又不免担心母亲会出现同样的境况。

后来的几年里，我和妻子回村，母亲跟我们说的则是村里的新变化。谁家盖了楼房，谁家在城里买了房，谁家又买了车，谁家娶媳妇花了几十万。母亲告诉我一个大新闻，说村里的老万年台拆了，国生的儿子华兵捐资30多万元建新戏台，戏台建好了就开谱，村里人都推举国生点谱，20年修一次宗谱，能点谱可是光宗耀祖的事儿。华兵能捐这么多钱建戏台，可以说是老人们的福音。

我们鄱阳素有"中国民间戏曲之乡"的美誉,县内有 10 多个专业剧团,乡乡都有戏班子,县内戏台有 600 多座,几乎村村都有戏台,人们特别喜欢看戏听饶河调。农村里开谱、老人做寿、过重阳节都少不了请戏班子唱大戏。戏台上红的进绿的出,灯光璀璨,色彩斑斓,幕后乐队锣鼓铿锵、丝竹悠扬,饶河调时而高亢时而婉转,演员们咿咿呀呀唱得摇头晃脑,台下的老年戏迷们听得如醉如痴,真的是做戏的"癫子"、看戏的"混子"。台上名角的一句特色唱腔,惹得台下叫好声一片;台下两边搭满了做小吃买卖的各色帐篷,饶河调的味道和油条、米饺、葱饼、炒螺蛳、猪血糊、烧烤等小吃的香味交融弥漫,荡进村弄,飘向田野,几里外都能闻到浓浓的"戏味"。

每个村的戏台也是村里老年人的活动中心。华兵建了戏台,村里的老人们也就有了聚在一起凑热闹娱乐的地方,大家可以在一起听戏、看戏、打牌聊天了。以前,我对华兵的看法有误会或者说是有偏见,华兵能个人捐资建戏台(老年人活动中心),对他的这种家乡情怀我由衷地钦佩。

我老家的楼房还是 1998 年建的,一家子进城后,只有母亲住着。2017 年端午节回家,母亲说房子漏水都滴到一楼了。我和妻子商量后,决定把楼房彻底翻修一下。母亲高兴地说,要的要的。母亲说村子离县城又不是很远,家里买了车子路又好走,回家方便得很,房子修好了节假日你们夫妻俩多回村里住住。母亲还说,村里的环境越来越好了,村前的小溪清挖了,铺了下水道,村子里里外外的路都浇了水泥,安装了太阳能路灯,叫我和妻子以后退休了干脆回村住,城里的房子就留给儿子住。我觉得母亲说的蛮有道理的。

房子虽然是包给别人修,但我还是隔三岔五地回家看看。回家次数多了,听母亲说村里的事儿也就多了。母亲告诉我和妻子,说村里来了扶贫的干部,叫来挖土机把光头的土坯房扒了,给光头盖了新房。不仅扒了光头的房子,还扒了几十年没挪窝的生梓家的房子,扒了以前住碾屋的亮子家房子,扒了胡寡妇家的破砖瓦房,都先后给他们几家盖了新房。我知道母亲说的是国家帮助贫困户进行的危房改造工程。母亲不知道"两不愁三保障"政策,她说国家的政策太好了,村里给光头建了房子不说,还给光头安排了什么低保,又买了一头种牛给光头养。光头只会放牛,其他的事他确实不会干。光头每天村前山后放牛,种牛下了哞哞子(牛犊子),养个一年半载卖了,一头牛一万多元哩，够他花的。母亲说连最穷最可怜的光头吃、住、穿、用、治病都不用愁，村里真的就没了穷人了。"60多岁的光头还请扶贫干部帮他找个媳妇过日子呢！"母亲的最后一句话，把我和妻子逗得笑得差点到地上找牙。

我的母亲是新中国成立前过来的人，吃过很多苦，虽然没有文化，但她越老反而越开明，经常说自己老了却赶上了好时代，真想活到一百岁。不过，有一次回去，母亲有点生气地告诉我：村里有些好吃懒做的人都争着当"贫困户"，甚至争得吵到乡政府互相举报；还有的人家条件好得很，住楼房、买了车，为了评上"贫困户"，硬是把自家老人的户口分开，让自己的父母吃低保。母亲不屑地说，当"贫困户"有啥光荣？我笑着说，国家的好政策，都被这些人钻空子想歪了，国家不会养懒汉，干部会用好扶贫政策纠正这些不正常现象的，您耳不听心不烦，不要操这份心。母亲正色对我道："我不是瞎操心，我是要提醒你们兄弟几个，人要踏实本分，世上好东西多得很，该是自己的就要，不光彩的东西绝对不能去占。"我说你儿子都这么大年纪了，还给我说这个道理。母亲笑了笑说，不跟你们说这些乌七八糟的事，拿个东西给你们看看。母亲说着，转身进了卧室，出来时把一个红本子递给我和妻子看。母亲说前几天村干部给她办了老人证，说上了60岁的老人每个月可以领100元钱。村干部还说村里要学团张村，办"孝老食堂"，一个月交180元钱，就可以一日三餐在孝老食堂吃"大锅饭"。我说国家政策真的太好了，竟然给你们这些老人发"零花钱"，如果村里办了"孝老食堂"，那确实解决了村里留守老人、空巢老人、孤寡老人在生活方面的大问题。我笑着对母亲补说了一句，180元吃一个月哪够啊，少的都是政府补上的。母亲笑着点头，说确实不够，还是党和政府的政策好啊！

那年立冬过后，县文明办安排我们学校党支部结对帮扶一个乡村，改善人居环境。我是学校副校长兼支部专职副书记，校党支部邓书记让我负责对接这项工作，我自然想到了帮扶我们老家的村子。

我对接村里前，电话联系了子玉，询问了一些脱贫攻坚的政策和帮扶的方式。子玉告诉我，去年下半年上面派了扶贫工作队驻村抓脱贫攻坚工作，对标对表摸清核定了村里的几十个建档立卡贫困户，对因病因残等情况没有劳动能力的贫困户进行政策兜底，该进低保的进低保，该进五保的进五保；

其他原因致贫的有劳动能力的，再根据致贫原因进行"量身打造"的脱贫措施，到现在还有十几个有劳动能力却无一技之长的贫困户还没落实"就业"，像承祖的儿媳妇菊娇、志平、团鱼……

承祖的情况我知道些，早年我们曾在粮库工地一起做工，是个"开心麻花"，可他老婆肚子不争气，生了三个女儿，还想生儿子，便拖家带口离开村子，几年没回家，也是村里出了名的超生游击队之一。后来，他老婆生了个儿子，几个女儿也到了上学的年龄，他又拖家带口地回了村子。他先是借钱交了超生的社会抚养费，给几个孩子上了户口。两个女儿放在我的私校读书，学费一直拖欠着。他老婆桂娥在家带孩子并种了几块田，全家的生活几乎都靠他一把泥刀和一把灰刷子干石匠活支撑着，日子过得像苦瓜榨出的汁。冬天他的两个女儿来上学，穿的是单薄的补丁旧衣，冻得身子瑟抖，脸色发紫流鼻涕，妻子看着她们实在可怜，便找了一些旧衣服给她们套上。承祖天晴干户外砌墙的活，下雨天干室内粉刷的活，几乎没歇息过。他不能停下来，一停下来，一家子都要挨饿。那年腊月，承祖下工地晚了，骑着旧摩托从县城回家，在江家村急拐弯处摔跌而亡，出车祸的那年还不到四十岁。承祖出车祸后，他的老婆没有改嫁，家里的境况一直不好。后来，我离开村子，对他们家的情况也就不清楚了。

子玉说桂娥患了肠癌，她的儿媳妇菊娇是外省嫁过来的，在家带孩子读书和照顾婆婆，一家几口全靠承祖的儿子在县城建筑工地做工养活。虽然村里给承祖的老婆安排了低保，但一家人的生活仍很困难。

志平是我的老庚（我们家乡同岁的人互相称老庚），一个特别老实的人。志平的爷爷会先是村里新中国成立前的二号地主，一家人因成分不好被压得抬不起头。志平的父亲生梓是一个本分的农民，身体一直不好。志平的母亲是一个疯傻的女人，疯癫病一年总要发作一两回，村里便租三轮车将她送到精神病院。病情稳定了，志平就把他母亲接回家。志平有两个妹妹，一个出门打工时候，跟外乡人跑了。一个妹妹与人换亲，帮志平换了个智力有障碍的女人。志平的爷爷比我父亲晚去世两三年，志平的母亲好像是我离开村子后的第二年去世的。志平的傻女人为他生两个女儿，都有智力障碍。大女儿嫁给了亮子的二儿子，每天就知道牵着小孩来回从村头的自己家走到村尾的娘家，我和妻子回家有时也会看到她从我家门口经过。不清楚小女儿嫁到了哪个村子。志平的父亲生梓也得了病，时好时歹。志平这些年一直在团双公路旁的水泥店卸货和送货。他穿着脏得不能再脏的工作服，头上披着防灰帽，浑身就像从水泥堆里掏出来的一样，他骑着一辆无挡板的电动三轮车，载着一车水泥呼噜噜地在路上跑。后来，我经过水泥店，看到卸货的换了人。有一次，我路上遇到志平骑着一辆残障人专用电瓶车，整个人看上去皮包骨、眼睛深陷、眼白泛青，就像埋了半年，从棺材里扶起来的半个鬼。

子玉说，志平去年在搬运水泥时撞了，开始只是淤青就没注意，后来不断消瘦，检查后才发现受了内伤，吃了差不多一水桶中药，虽然有所好转，但体力活是干不了了。他家就像用竹筛衬底的木桶，几乎没有一点底子了，村里给志平的父亲和志平的老婆都安排了低保，一家子没了劳动力，光靠吃低保也不是个办法，也还是脱不了贫。

至于团鱼，我就搞不清楚，他家怎么也成了贫困户？只知道他有个智障的孙子。子玉告诉我，团鱼的儿媳妇可能是怀孕的时候吃多了药，生了一个智障的孩子。团鱼的儿子和儿媳在外面打工，基本上对这个孩子不管不顾。孩子都十几岁了，还要团鱼的老婆一把屎一把尿地照顾。团鱼的老婆说，不知自己夫妻俩哪辈子作了孽，老天搞这样一个"恶债"孙子来让他们赎罪。团鱼自从有了这个孙子，只能在家种一点田地，几乎只能糊嘴。团鱼夫妻俩都六十多岁了，也快被这个孙子"折磨"得发疯了，怪可怜的，村里给团鱼的孙子安排了低保。

子玉电话里告诉我这些，我一直没说话。最后，子玉又补了一句：团鱼家评上贫困户村里人有异议，后来看到团鱼的儿子和儿媳不在团鱼的户口簿上，也就没人说什么了。

子玉电话里笑着对我说："你在县城十多年了，积累了一些'资源'，要有家乡情怀啊！"我回怼子玉道："一个穷教书的，能有什么'资源'，何况是在一所民办学校，只能说尽自己一份力。"

我把自己从子玉那里了解的帮扶政策和村里的情况跟学校其他领导做了汇报，也一起商量了以怎样的方式帮扶。过了几天，我和学校的邓书记与黄校长三个人开了一部车，专程去我们村里接洽结对帮扶的事。乡里驻村的第一书记廖书记和子玉，还有几个村干部热情地站在村部门口接待我们。子玉虽与我都人到中年，但却没有发福，只是头发麻白稀疏了不少。村里早几年就在钟子岭建了三层楼的村部，一楼是便民服务站。我们在村部院子里卸下了带来的几十个环保垃圾桶，便进了村部。子玉递烟倒水时，黑市骑着电瓶车送来几筐砂糖橘，几个村干部往桌子上捧了一把砂糖橘，说是刚从树上摘下来的。我问黑市承包荒山种的砂糖橘结果几年了，黑市说差不多五六年了。我剥了一个橘子，甜得很，有点不相信是自己村子的荒山上种出来的。

落座后，廖书记向我们三个人介绍村里的基本情况：雁荡村是"十三五"贫困村之一，全村建档立卡贫困户共 52 户 164 人，占全村总人口 15%。他是去年 9 月份到村里任第一书记的，刚来村子时，为了摸索村民村情，花费了一段时间。每次去村民家走访，问村民对致富有啥想法的时候，他们除了抱怨，也说不出道道。问有啥困难需要解决，他们则说出一箩筐来。后来入户多了，掌握的情况也多了，慢慢就摸清了村子的一些情况。譬如：村里的基础设施相对比较落后，村民还是怨言颇多的。村民并不是没有致富的想法和点子，但就是怕动手，又不愿承担风险，想要政策扶持，把风险让上级政府扛，缺乏内生动力。

邓书记是我们学校的投资者和法人，下海经商前曾在乡镇工作了多年，对农村工作非常了解，与廖书记对起话来很投机。他说，民间有句老话："只有享不了的福，没有受不了的罪。"有些村民习惯了贫穷，他们有"等、靠、要"的心理很正常，可以理解。若想改变他们的贫困现状，首先是要转变他们脑子里的"困"，扶贫先扶志很重要。廖书记连连点头，说邓书记真正说到点子上去了。邓书记侧过脸，叫我把准备好的一万元帮扶款拿出来交给村里。我笑着对廖书记说，我们是一所民办学校，拿不出更多的资金帮扶村里，这一万元只能表示我们对扶贫工作的一点心意。廖书记和子玉都站起来表示非常感谢！邓书记说，学校帮扶资金有限，但我们学校是寄宿制学校，村里如果有需要帮扶的贫困户，学校也会尽力安排一些岗位，让能胜任工作的贫困人口到学校当生活老师或食堂勤杂工，通过增加贫困户收入让他们早日脱贫。子玉说，那太好了，村里就有这样的帮扶对象！邓书记让我直接与子玉对接，做好妥善安排。

同去的黄校长接过话，说扶贫干部和村干部要把各项扶贫政策、脱贫计划落实到位，让贫困群众感受到实实在在的扶贫效果和变化确实是一件不容易的事，担子重、责任大。廖书记使劲地点了点头说：是啊，责任太大了，脱贫攻坚只能赢，不能败！败了就会失掉老百姓的信任，自己拍拍屁股走了，只会留下骂名。

正说着，邓书记的手机响了，接完电话他站起来说自己有点急事，马上要回去，大家也都站了起来。廖书记说，现在村子里正从基础设施入手，改变村容村貌，改善村民的生产生活环境，原本想请你们几个到村子里转转，指导指导工作！邓书记说指导谈不上，只能下次再来看村子的变化。黄校长不好意思地对我说，原本他想和邓书记过一会儿到我家看看我的母亲，也只能下次看了。邓书记让我留下来，回去看望母亲。

邓书记和黄校长走后，我又在村部坐了一会儿。子玉说，村里准备打算用学校这一万元捐款做村里环卫费的启动资金，安排两个到三个贫困人口"就业"，作为工资发放给他们，等一年后村民看到村子环卫改善的效果，再向村民自筹环卫费。廖书记对子玉说，你头脑里有人选就说出来。子玉说他个人想安排承祖的儿媳妇菊娇打扫村子的卫生，安排团鱼负责收运垃圾，增加他们两家的收入。只是志平不能干体力活，想找个轻巧的事让他做，有点难度。我说，自己与小区的社区书记还比较熟，让她帮忙安排志平在小区当一个门卫。廖书记笑着对我说，那再好不过了。我站起来向廖书记告别，他握着我的手，说正是有各方的支持，他和子玉一班人对带领村民夺取脱贫攻坚的最后胜利才充满了信心！我说，有你们这两位好"书记"做领头雁，全村脱贫的梦想一定会实现，村民们不会忘记你们的功劳的。说完，大家都笑了。

子玉陪我往村子里走，从钟子岭下去穿过田垄再上坡就是我家。我们边走边说着话，子玉满脑子都是脱贫攻坚，一出口就谈脱贫话题。他对我说，"国家有好政策，加上各方支援和干群的齐心协力，村子脱贫指日可待，但贫困户脱了贫会不会再返贫是难题，村里只是一味地接受'输血'是长久不了的，还必须要有'造血'功能。"我点点头，表示赞同，说大家现在想尽办法摘掉这个"贫困"的帽子，就是为了以后不再戴上这个帽子，问子玉有什么好的"造血"思路。子玉说，"想把种植结构调整到位，引导和指导村民大片地种中药材艾叶和葛根以及杂粮红薯，这些中药材和杂粮易种易管理，种植成本和技术含量都不高，只在家的妇女和中老年人劳动力就可以。再就是'招引'村里在外创业成功的年轻人回乡创业，目前有意向回村创业的是德明"。我打断子玉的话，"德明准备回村创什么业？""办服装厂"，子玉说。他不是在大东的厂里做主管吗？我疑惑地问。"那是你十几年前在大东厂里看到的德明，他早从大东服装厂出来了，自己在杭州租办了一家服装厂。德明在服装行业摸滚了这么多年，有经验，不愁订单和销路。据说他在杭州的厂子比大东还大。他准备在离村部不远的路边建一幢三层楼10多个制衣车间的服装厂，投资可能达数百万元。厂子办起来了，一些村民可以在家门口就业。"子玉还没说完，我内心就已经为德明鼓起掌来。

我又问了子玉和黑市承包的橘子园情况。子玉说橘子园还可以，前段时间过国庆节发抖音做广告，吸引了不少城里人开车来橘园采摘砂糖橘，他们在橘园里采摘拍照，着实让黑市和帮忙的村民们忙活了几天。平时的假日，也有城里人来采摘橘子，有些宾馆酒店办喜宴也会来橘园订购橘子，销路是不愁。橘园需要锄草、施肥和喷药时，或者采摘期会请村里人做临工，每人一天80元。"你致富，村民也跟着受益啊！"我夸了子玉一句，又问他雁荡汉水产养殖效益好吗？子玉淡淡地笑着说，水里求财，时好时歹，甲鱼和牛蛙这几年销路不是很好，没养了，只养鱼。自己早顾不上了雁荡汉养殖的一摊子事了，都是他两个哥哥在管理。乡政府撤销综治办后，建国回村，他便把自己的股权转让给了建国，还请了坤叔喂鱼食。我说，看新闻联播，可能过两年国家将实施长江流域十年禁捕政策，水产养殖业可能会迎来更好的发展。子玉说，他也看到了相关新闻，说早应该修复长江流域水生态了，现在湖里的鱼类资源都快枯竭了，对水质要求很高的江猪和白鳍都已经成了濒危物种了。

我们湖乡人都把江豚叫作江猪，把白鳍豚叫作白鳍，源于湖乡妇孺皆知的一个荒唐的传说：从前有一位商人早年失散了一位女儿，若干年后商人在外经商，在花船上调戏一位风尘女子后，与这位女子对饮闲聊中发现这个女子竟是自己失散多年的女儿。商人羞愧难当，跳入湖中，变成了江猪，他的女儿更觉无脸活于人世，也跳入湖中，变成了白鳍。这对父女觉得造化弄人，变成江猪和白鳍后内心生冤，时不时拱翻鄱阳湖的过往船只。过去船家渔人在湖中遇见江猪白鳍都远远避之。父亲在世时曾说，他年轻时挂帆驾船到鄱阳湖打草（割草）或过湖到南昌装粪（做肥料），坐在船头吃饭都能看到江猪拱背和白鳍嬉浪。他说，那时多得是像乳猪一样的鱼撞船头。可惜，我出生的第二年，一条长几十公里的联圩，阻隔了鄱阳湖东南的内珠湖，沿岸村子的船只进入大湖。我17岁时才从县城码头坐船过鄱阳湖到省城南昌，可我在大湖里没有见到江猪白鳍，我曾多次去鄱阳湖中的莲湖岛和长山岛，坐上渔船想去一睹江猪和白鳍跃出水面的风姿，却总是失望而归，直到现在也没亲眼见过江猪白鳍。

人们说到十年禁捕话题，既担心终有一天湖里的鱼类资源会因滥捕而枯竭，又担心禁捕会减少他们现时收入，大家内心都很矛盾。不过，大多数湖乡人们对长江流域实施十年禁捕充满了期待，都希望湖乡能重现儿时记忆中的湖区生态。如果若干年后水生态环境改善了，去鄱阳湖看江猪白鳍也就不再是一件憾事了。

到家后，我与母亲随便聊了几句，说过几天再来看她，便坐上子玉的车返城了。

43. 裂变

不是苦恼太多
而是我们的胸怀不够开阔
不是幸福太少
而是我们还不懂得如何生活

——汪国真《生命总是美丽的》

傍晚起风了，田埂上的草也由灰青转成灰黄，坝坡的野菊花蓬蓬勃勃，因晚风的凉冷，瑟瑟摇曳，我的目光从北面影影绰绰的群山扫过不远处的山丘、树林、田垄、村庄，然后像一只水鸟静静地落在远处湖边成片的秋荷上，又钻入云朵般的芦荻里，长久浸透在城市喧嚣的身子便有了虚无的幽感，觉得一切事物在空气的流淌里都泛着轻浅而久违的秋味。

我坐在子玉送我回城的小车上，感觉时间快得猝不及防，我们都不再是往昔的青葱少年了，而是两个头发渐已花白的中年男人。我对子玉说，今天被"脱贫攻坚"塞满了脑子，聊聊别的吧！子玉可能知道我想听什么，问我与少敏有过联系吗？我说这么多年只通过两次电话，一次是多年前他一个亲戚想到县城读书，他打电话联系了我一次，当时大家都忙，也没有空聊多余的话题；一次是三年前他父亲胡霸去世，那次我在北京培训，更没有聊什么。胡霸去世后，他带来的那个女人（少敏的后妈），回景市与以前的儿女生活了，这件事我是知道的。子玉又问我知不知道少敏与英子离婚的事？我说什么时候的事？子玉反问我是真不知道还是假不知道？我说当然真的不知道。子玉说，那我就说给你听。

少敏和英子去杭州大概做了半年的早点，生意不好不坏的。暑假里，一所职业专科学校招生，老师们经常到少敏店里吃早点，一来二熟，少敏到这所学校应聘当了老师。英子没有应聘上，就回来陪最小的女儿读书。英子陪读，空虚无聊染上了打麻将赌博的恶习，输了不少钱，还与不三不四的牌友混在了一起，便与少敏发生了矛盾。少敏天生就是一个情种，又有情商魅力，一名女生喜欢上了他，加上少敏与英子两地分居，情感又出现了裂痕，这名女生恰好填补了空缺。接下来，离婚也就成了自然而然的事了。他俩离婚时，女儿都已出嫁，儿子也到了结婚的年龄，英子没有再婚。少敏与那名女生结婚后，生了个孩子，一直在杭州生活，几乎没回来过。英子在县城继续过"自由"的生活，她二女儿在这样的环境下，高中没读完，就进出县城的娱乐场所。去年，他们的儿子结婚，少敏回了一趟家。据说，儿子结婚的花费基本上是少敏出的，婚事是英子张罗的，可能是因为儿子判给了少敏吧。儿子婚事结束后，少敏就立马去了杭州，好像再也没回过村子。

我听得目瞪口呆，怎么会这样，他们是青梅竹马，自由恋爱，还曾为了爱情冲破家庭和世俗的枷锁。记得我还以他们的故事为原型背景，写过一篇微型小说《那段无缘的爱》，怎么就真的被我小说的结局言中了呢？

子玉接着说，翘嘴也离婚了，猴子也离婚了。我说这是什么节奏，都把离婚当成一种时髦了，不离婚的反而显得老土似的，这个世界到底怎么了，爱情竟然脆弱到如此不堪？我在想，彼此就算没有了爱情，也还有亲情啊！难道都不为孩子着想的，怎么就这样自私呢？我告诉子玉，我所在的学校做了一项调查，现在单亲的孩子竟占全校的5%，让人无法理解。"人心太浮躁了！"子玉也摇头。我说，不能简单用浮躁来解释，一定是有更深层次的原因。譬如压力和诱惑，这也可能是主因。子玉说，这个问题让社会学家去分析，我们不说这个话题。

我问翘嘴和猴子他们什么时候出来的？子玉说，猴子判了3年，翘嘴判了6年，黑虎判了10年，他们三个从里面出来，都没回村子，可能觉得丢脸。猴子出来后，知道自己的老婆跟在杭州打工的来财有染，一气之下离了婚，两个儿子，一人一个。我说，来财现在差不多有60岁吧！子玉说，应该60好几了，只是他看上去像50多岁。我问子玉："猴子的老婆应该与来财相差十多岁，怎么会搞在一起？""你去了城里之后，来财不久后也去了杭州。来财的亲戚介绍他在建筑工地上包食堂，搞得蛮好的，花钱阔绰，猴子的老婆自然会黏上他。来财的后老婆一直在家里带孩子，可能一直都被蒙在鼓里。来财与猴子的老婆前两年断了关系，因为来财的儿子接手管事了，他过不了儿子的关。来财把自家的老楼房推了，又建了一幢新楼房，听说蛮气派的。现在来财在家里监工盖楼房，去杭州的次数也少了。"

子玉一口气说完来财，接着又说到猴子的情况：猴子可能是因为在外面乱来，搞垮了身体，听说还欠了差不多30万元的债。去年猴子回来了，在章家山搭了个简易房，养了几头牛，晚上找人打麻将，收了场便在村里到处瞎窜，乱敲别人家的门，村里的留守妇女每到晚上都把门关得紧紧的。

我说，猴子回来了，自己却没碰见过一次。"你怎么碰见他，白天他在山上，垫一个旧毯子，撑一把伞，倒在草地里睡大觉。他儿子在杭州做水电，也没回过村。"子玉淡淡地说。

我叹了口气，问翘嘴呢？子玉摇摇头，说翘嘴出来后，好不容易找到了自己的老婆，他老婆见面第一句话就是离婚，瓜扭不住就扯断算了。翘嘴的弟弟妹妹凑钱给他买了一辆出租车，后来他认识了一位安徽的离异女子，去了安徽生活，把车子给了儿子开。半路夫妻，翘嘴在安徽生活不到两年就掰了，他又回了杭州，成了一个"自由职业者"。我不说话了，侧脸看着车窗外，傍晚的秋阳在山头徘徊，不肯落下山去，几只野鸟前后相距很远，吃力地张着翅膀向山下的树林飞去。

"您还要问黑虎吧?"子玉笑着问。我说，黑虎的事说不说无所谓。子玉说，黑虎好像是前年放出来的，他老婆翠花可不敢跟他说离婚，黑虎放出狠话，翠花胆敢说离婚，就打残了她，自己再进一趟号子。黑虎这辈子算是完了，五十多岁了，还能蹦跶多高，他的几个儿子都没读什么书，跟他年轻时候差不多，除了干些乌七八糟的事和在娱乐场所打滚，什么也不会。

完了、完了，我的大脑似乎同时遭遇冷热两股空气，冰火两重天，形成了强对流，似乎听到了噼噼啪啪的电闪雷鸣。我笑着对子玉说，今天自己回村成了记者，你成了采访对象，你也说累了，我也听累了。要不要去下馆子喝几杯。子玉摇头，说等我乡下房子翻修好了，再好好地喝几杯。我闭上眼睛回放着子玉讲述的，感觉回家的几个小时像是看了一部蒙太奇式的电影，感觉十几年下来，一切如梦般似真似幻。

过了一段时间，我回村看母亲，来财从我家门口经过，他身体微胖，那张马脸上的络腮胡子刮得发青，瓦泥色的额头上横着几道平水纹，眼睛里透着淡定。这是我到城里后，与来财第一次打照面。他看到我就停了下来，笑着冲我点点头说，老弟回来了! 我也点头笑着，叫了一声，来财叔，好多年不见! 我从口袋里掏出香烟，递了一支过去。村里都是熟人，虽然自己不抽烟，但每次回老家我口袋里都会带一包香烟，免得见到人打招呼尴尬。来财接过香烟，点着后轻轻吸了口，说："老弟，还是你扮得好（老家方言，有成就的意思），县城买了房，家里的房子又翻修，特别是你仨孩子都培养得好，都考上了好大学，扳了你前世的本了!"来财说完把嘴噘了噘，朝我竖了竖大拇指。我浅浅一笑说："都只是有碗饭吃，您老发了大财，是大老板，哪能跟您比。""老弟，不要说发财的事，这个时代，除非好吃懒做或者是生了重病，只要踏实勤劳，谁的日子也差不了哪里去。"来财两手做着翻动的动作，说得振振有词。他说的确实有道理，我也认同。来财把手抬起来，冲我挥了挥，叹了口气说："老弟，你现在扮得不错，我也还好，你也快奔五十了，我也快奔七十了，介喜、火根两位老支书和佑前、窝头叔都睡进土里好几年了。还有你的宝香嫂，一个人民公社时期的女劳模，怎么就中风了呢？瘫在床上那么多年，都成了皮包骨，六十多岁就走了。大家在世的时候，都曾有过一些恩恩怨怨，现在回过头来想想，当初争什么、吵什么，真的没多大意思。我也是快入土的人了，以前我们也有些不愉快，都不要放在心上。"我冲着来财笑道："都是一个土疙瘩上生活的，说恩恩怨怨就言重了，有一些是是非非也在所难免，以前的不愉快早被风刮过鄱阳湖了。"

说实话，眼前的这个人，当年我确实对他有过咬牙切齿的恨，不过现在没有了，不但没有了，还要感谢他，感谢他把我逼成了"小强"。虎子对来财的恨可能胜过我十倍，但他也没有了。来财当初在暴风雨的圩堤上逼走了虎子，也背负了沉重的心债，后来托人将自己的女儿说媒嫁给了虎子的哥哥，希望能以此得到虎子一家人的原谅，但虎子的母亲并不领情。听表姐说，去年中秋节，十几年杳无音信的虎子竟然回来了。虎子带回一个云南苗族的妻子和两个虎头虎脑的儿子，当他看到"仇人"的女儿成了嫂子，听到侄子、侄女喊他叔叔，"恨"就在他心中慢慢蒸腾汽化了。虎子待了几天就带着妻子和两个儿子走了。虎子一定吃了很多苦，只是没人能撬开他的嘴让他说出来。哪怕是见到日夜思念的娘，他也不肯说出来，可能是他看到"仇恨"变成了"亲情"，他内心和解了，把内心的"苦"憋了回去。

人生在世，谁不想有尊严地活着。想要有尊严地活着，就要为自己争取尊严并维护自己的尊严，身心也就会不断出现矛盾和挣扎，也就要不断寻找和解，跟他人和解，跟这个世界和解，特别是跟自己和解。因为这个世界，原本就没有绝对的对与错。与自己和解了，自己的身心才会得到彻底的解脱。

不过，村里也有不跟自己和解的，像牤牯和春艳夫妻俩，像猴子，像风林，像扁腾……

牤牯和春艳是戏台上的夫妻，做了几十年搭档，演给儿女看，演给别人看，两人演得苦，但即便苦还在演。我有时回村里，偶尔会在进村的路上遇到牤牯和春艳，但两人不是同时走在一起的。他俩都70多岁了，牤牯眼睛已经没有了以前的凶光，眼珠子暗淡得像烂豆豉，背驼得能拱起一个脑袋大的包，双脚拖着步子，缓慢地往前移，鞋子"沙沙"地摩擦水泥路面，声音有点刺耳。春艳也成了一个老妪，低头慢行，身子瑟缩，少妇时风流放荡的影子荡然无存了。他们的两个儿子很争气，大东在杭州办服装厂挣了不少钱；小东在杭州办修理厂，也腰缠万贯。兄弟两个都是村里的富豪级人物，早就在城里买了房子。去年兄弟俩又在村口并排建了两幢大别墅，忉牯住大东的别墅，春艳住小东的别墅，两人像老死不相往来的邻居。搞不清楚，他俩为什么到老都不能和解。

有一天，二哥打电话给我，说猴子死了，叫我买个花圈送送。我惊讶，问年纪轻轻，怎么一下子就死了。二哥说，可能是喝酒醉死的。我回村后，猴子的姐夫告诉我，猴子被讨债的拽到山洼里揍了一顿，晚上他自个喝了闷酒就睡了。死后嘴里还有酒气，床头有几片拨开了的头孢，猴子酒后是故意喝头孢，还是误喝头孢，没有人知道真正原因。有人说，猴子知道酒后不能喝头孢，他是故意的。他平时喝醉酒后常说自己早死早好，死了就可以还清债，干净脱身了。猴子死后，尸体蜷缩僵硬，他的族亲们按住尸体把骨骼掰断了才穿了衣入殓，然后烧成了灰，与村里老去的老人们在章家山成了邻居。村里早两年实行了火葬，村里过世的人不再葬在自家的祖坟山上，按先后顺序排队葬在章家山新墓地。猴子比我小一岁，与我一样父亲早逝，年少也受了不少白眼，可他走了一条不归路，而且宁死也不与自己和解。

风林是村里最早外出闯荡的一个，有了一些钱后手就痒痒，戒不了赌。他早两年得了肠癌，便回到了村里，刘寡妇也跟回来服侍他。身体里引插了一根管子，腰上挂了个瓶子，脸上黄得像草纸，他只能喝一些流质的食物。天气好的时候，风林慢腾腾地在村里散步，有时走到半路便托着瓶子蹲下来，脸上很难受的样子，看到有人来了，便低下了头。半年后，风林走了，据说他趁刘寡妇不在家的时候，偷吃了三个肉包子。肉包子是刘寡妇到集镇买来吃剩的，估计风林喝流质食物喝腻了，看到肉包子太想吃了。吃了后，犯了病，风林就走了，就去了另一个世界。风林吃肉包子时，一定知道后果，但他想的可能是能饱一次口福离开这个世界，比在这个世界痛苦苟活强。

扁腾也是村里最早外出闯荡的手艺人。他喜欢抽烟，干活嘴不离烟。他烟不离嘴不算，还把香烟接起来抽，他的嘴巴是灶口，鼻子是烟囱，一天雷打不动地烧三包香烟，鼻毛都熏得像卷发，还没满花甲便得了肺癌，医药费花了几十万。他也是趁妻子不注意，接连抽了几支烟，偷着过了一把烟瘾，医生说他命到头了，从杭州运回来的第二天就走了。他生病时，曾冲着他妻子嚷嚷，不能抽烟还不如早点死，死了好到那头去抽烟。扁腾的丧事，是乌卵带着两个侄子操办的。乌卵还在杭州做他的手艺，家里的楼房盖在村口，装修得不错，女儿出嫁了，自己做了外公，儿子也谈恋爱了。扁腾病亡后，我去送花圈，乌卵八十多岁的母亲倒在了摇椅上，哭叹白发人送黑发人。

母亲说，真是说不来的事，以前生活苦，夫妻能共苦，没人说要离婚，现在日子过好了，夫妻却不愿在一起，动不动就闹离婚；以前没钱花，大家都自自在在、安分守己，现在有钱了，都想方设法往钱坑里跳；以前吃不饱肚子，病也少，现在生活好了，生病的也多，不是这个癌就是那个癌。不能说母亲说得多有道理，她说的只是她看到的或知道的事实，这些事实是人性裂变的必然？我没有想明白，可能很长时间也想不明白。路一定是要往前走的，日子长似牛毛，不可能倒回过去，但我却真真切切地怀念过去。

44. 喜年回乡

2019年国庆节，县城街道的路灯杆上都安装了通红的灯箱国旗，每家商铺门前飘动着鲜红的国旗，人们把小国旗贴在小车门上，插在电动车扶手上，孩子们把国旗粘贴在小脸蛋上，把小国旗举在手上，街面上人流熙熙攘攘，人们的脸上笑容灿烂，鲜艳的国旗像天上的红霞，流苏在县城的大街小巷。我开车载着一家人从县城鲜红的喜庆氛围里快闪到了宁静祥和的乡村。路上的车辆像溪流般流淌着，瓦蓝瓦蓝的天空不带一丝云彩，像冲洗后的翡翠一般，是那般温润，衬托出乡野的鲜活明净。打开车窗，和煦的阳光和温情的秋风扑面而来。田野里稻浪澎湃，像金色的潮水向小山脚下冲浪，然后荡漾开来，转身涌向湖边。田野坡地间可见零星的农人身影。如今的乡村十月，原野上已没有了过去的那股热火朝天的繁忙，机械化的收割设备的场面替代了人工挥汗如雨的情景。收获的季节，农民不再脚步匆匆，而是在恬静的生活中从容地完成土地上的收获。

新中国成立70华诞的大喜之年，也是我们家的好运年，两个女儿这年都考取了公办教师，儿子也在这一年大学毕业并入了党，还被推免到一所军校读研，房子经过一年多的翻修也已竣工。母亲说，儿啊，托党和国家的福，这么多高兴的事都涌向我们家，一定要回老家办一场喜酒。我和妻子都答应了，说就放在国庆节办吧！

国庆节我们一家人回到乡下，乌卵、亮波和村里在外务工的年轻人也驾车回来了。我在老家摆了十多桌酒席，亲朋好友都来了，我特别邀请了讲南叔、谷生、王山羊、大馒头等健在的叔佬来我家喝喜酒。大家在厅堂里看国庆70周年阅兵直播，开心地聊着国家翻天覆地的变化和新气象，脸上洋溢着油然而生的自豪感。

喜酒开席后，我们一家人一桌桌地敬酒。大家举杯回敬，夸我和我妻子，培养了三个大学生，真的不容易；他们更夸我的家庭，说我一家有四位教师，一位未来的军官。我笑道，要夸还是夸我们生活在这样一个伟大的国度和不断奋进的好时代。村里人送来祝贺的烟花正在门前燃放，红红的火星接连不断地"嗖嗖"窜上了天空发出"砰砰"脆响，绽放出流星雨般的美丽焰火。那天，我做好了一醉方休的准备，干了一杯又一杯，转了一圈又一圈，也不知道什么时候醉了，但是醉得很幸福！

国庆节的几天假期里，天气格外好，我们一家人已经有十多年没有真正意义上的村居生活了，都想趁长假把村里村外重新用脚丈量一遍。

走出家门，村口的小水库里鹅鸭自在地漂游嬉戏。坝坡上水杉、桑树、冲天柳、乌桕树、木槿都正在悄悄换装，原来青春的颜色渐渐开始斑斓。八哥、麻雀、乌鸫等鸟儿在杂树间叽叽啾啾，不停地上下飞动，你追我赶。树下的野黄菊在清风里微笑摇曳，几只花蝶扇动翅膀掠过粼粼的水波来与野菊花亲吻，呢喃了几句属于它们的情话又翩跹而去。村前那条自北向南蜿蜒的潺潺小溪不见了。扶贫工作队进驻村子后，为了改善村子的人居环境，治理污水，沿着村边深挖了小溪，埋下了粗黑的下水管，垒砌了坝坡，小溪上面全部硬化了，与环村路拼合在了一起，路面宽得可以往来小车。小溪的下游建了个排污处理站，下水道一直通到湖边。几个出村口都建了垃圾池，每隔几户的人家门前都摆放了绿色的垃圾桶。桂娥的儿媳妇菊娇和团鱼成了村里的专职清洁工。菊娇每天扫路面，团鱼每天骑着电动三轮车负责到各家收垃圾和倒路边的垃圾桶，然后集中运到垃圾场。

我和妻子已经很多年没有走进村子溜达了，便从横弄折入竖道，感受着村子的新变化，追寻着旧记忆。村内的横弄竖道、环村路都硬化了。村道平宽、路面干爽、各家的庭院洁净、楼房俨然错落。水泥路、下水道、自来水、电信网络已通至各家各户，路边每隔十多米就是一盏太阳能板路灯。村口和村中的十字路口安装了天网（摄像头）。自从有了高速路网，不仅方便了人们的出行，还解决了车匪路霸问题。现在有了"天网"，不仅有助于公安刑侦，也大幅减少了各类偷盗，让老百姓有了安全感。

老门市部还在，它原是村里新中国成立前唯一的小洋楼，是志平曾祖父盖的，新中国成立后改建成了门市部。老门市部青砖黛瓦、磉墩木柱，龙头墙依然不失昔日作为翘楚的威风。老门市部曾是村里和邻村的购物中心，上演了半个世纪的村级商贸活动，如今繁华褪尽，只剩下未倒的躯壳。屋檐下还有黄泥燕窝，早已不见了燕子轻捷的身影，只有几根不长的稻草在燕窝边游丝般地荡挂着，像是告诉我春天这里曾有一窝热乎乎的生命在老门市部屋檐下孵育长大。屋檐与穿枋的拐角处结了一张破了几个洞的蜘蛛网。在我的记忆里，蜘蛛是很勤劳的，即使刮风它也会晃晃悠悠抢修自己"家"的，网破了没有蜘蛛来修，与老门市部一样的命运，都被主人废弃了。麻雀飞来，钻进墙脊下的砖洞里，里面可能是它的安乐窝。这样上百年的老房子砌的都是"万"字斗墙，砌墙的时候灌了泥浆，麻雀之类的小鸟最喜欢找破砖墙安家。墙脚缝里的青苔头发丝似的密密匝匝地生长，像毛茸茸的棉鞋套在老门市部的墙脚上。青砖墙像一张立着的格子本，用手抚摸着每个砖格，像是在触摸这座老房子无声的岁月沧桑。老门市部后面的拐角处还有一堵半腰高的夯土墙，看上去是一个老牛棚的"遗迹"。这堵夯土墙被风蚀得像叠起来的两块条形酥饼，隔层缝还隐约可见。记得儿时的春天里，我和小伙伴们都喜欢站在夯土墙边，用瘦竹签捅土墙隔层缝里的"野蜜蜂"，然后把捅到的"野蜜蜂"装入空的药瓶子里，再到地里摘一朵油菜花放进瓶子里。一般养不了几天，"野蜜蜂"就死了。

走进村中老巷，会锡、欲茂、敏高子家的老屋还在，虽然是破门倒壁，早已没人居住了，但仍不失古色古香的韵味。这几座老屋是村子里仅剩的上百年老建筑，都是典型的"明厅暗房"的江南砖瓦房。暗房墙壁上的"一线窗"已不多见了，成了村子赣派建筑的历史留存。可能过不了多久，这些老房子就会从人们的视线里消失。因为建设秀美乡村，农村房屋改造，整治空心村，农民建房要落实"一户一宅，拆屋还基"，就必须拆除老房子。会锡、欲茂、敏高子几家的老屋拆除是迟早的事。其实，他们几家的老屋在村里并不算"老"，资格最老的要算我家的老屋，但我家的老屋只剩下两堵墙了。

我家的老屋原是一座明清乡村大户天井式赣派大宅。老宅建于何朝何代无从考证，据说老宅有两个天井，第一个天井是三合院，有口水井，这口井至今还保留着；第二个天井是楼层和厢房围合而成的，天井两边有窄窄的"备弄"，整个老屋是抬梁式和穿斗式的建筑组合。我是在老宅出生的，当时老屋里还住着八户人家，被村里人称为"老八家"。我两岁时，鄱阳湖涨大水，老宅被淹后就拆分了。我家用拆分的砖瓦梁柱在现在的屋基上拼建了一幢十柱到头的房子。我们一家人在这座新建的"老屋"里住了 26 年。1998年之后，我和四哥先后盖了楼房，都搬离了老屋。后来三哥盖楼房，要占用老屋南面地基，只好拆了"新老屋"。二哥则在"新老屋"的北墙和西墙基础上盖了砖瓦平房。家里翻修房子，儿子建议把老屋的西墙修成赣派龙头墙。砌龙头墙就要做赣派龙头子，做龙头子的工艺要比徽派马头墙的马头工艺复杂很多。村里只剩冬贵、成和、武仂、幺明、德毛、闯田几个老手艺人会做赣派龙头了。冬贵快 80 岁了，已经爬不上架了。成和、幺明都改了行，不做石匠了。德毛、闯田则在杭州打工，早不做这"下里巴人"的活了。只有 55岁的石匠武仂在家带孙子，我便"三顾茅庐"地请他给我家老墙做龙头。他找出已经生了锈的家伙（工具），爬上了竹架，嘴里飚上一根烟，立马恢复了以前老手艺人的架势，虔诚地做着每道工序。冬贵师傅则每天站在竹架下面"指指点点"，两个老手艺人合作了四五天，终于把前后四个叠形如品字的龙头做好了。我家的小院建好后，不少村里人来看四个仿古赣派龙头，都说四龙翘首，仰望星空，栩栩如生。他们还说我家的这两堵斑驳"古墙"和四个仿古龙头将是村里未来最珍贵的历史"遗迹"。人们说的珍贵，并不是"古墙"和"龙头"有多珍贵，而是说传统的民间工匠的技艺会脱传和消失。现在年轻的工匠都在外面搞装修，传统的民间建筑技艺没人学了，也找不到可拜师的老匠人了。像村里的篾匠文光、铁匠周驼子、木匠长生，锯匠义驼子、讲清，这些老手艺人都相继患病离世了。健在的寥寥，像老木匠德才、东和、锯匠爱勇、盛东，都如石匠冬贵一般快 80 岁了。有时回村里，偶尔会遇到老工匠中的一个，遂老成了朽木。就连昔日虎背熊腰，走路生风的盛东也背如弯弓，缓步蹒跚，说起话来喘气咳嗽，也没有了当年老师傅的神采了。

村里的老万年台前几年拆了，在原址建起了高大美观的"渭水楼"。姜姓是最古老的姓氏，村里的姜姓都追认渭水姜尚为始祖，戏台成了上溯根亲的注脚。渭水楼是华兵在村里竖起的有形的口碑，蟠龙盘柱、彩凤翔梁、墙绘壁画。戏台建成后，凤凰山一脉的姜姓在这里举行了开谱大典。每年的重阳节，都要请县赣剧团为村里的老人演个两天三夜的老戏曲。戏台也是村里的老年活动中心，平日里回村经过戏台偶尔也会听到村里老年串堂班在台上吹拉弹唱，热热闹闹的像是谁家在做喜事一样。

人还没走近渭水楼，DJ 音乐大水漫灌似的往我耳中涌。渭水楼前的广场上，十几位村妇在 DJ 乐曲伴奏下，曲臂弯腰，身姿舒展，跳着节奏欢快的广场舞。听说国庆节当天全乡各村的舞蹈队在天鹅公园广场举行了广场舞大赛，村里的腰鼓队还拿了名次，这些大嫂大婶愈发跳得起劲了，说重阳节还要到县城新旅游景点饶州古镇的古戏台上参加全县广场舞决赛。如今，农村物质生活富裕了，精神文化生活也跟着"富裕"了！我看到八十多岁的母亲也挂着拐杖和几个大妈们站在墙边笑眯眯地看跳舞，她老有所乐，我也很高兴。

村小学紧挨着渭水楼，鲜艳的五星红旗在教学楼上空迎风飘扬，这一抹红艳是村里最高的标志。村小是我的母校，也是我工作过的地方，经历了数次改造。我在村小读书的时候，学校是人字梁平房，盖的是土瓦，砌的是泥墩子墙，两排长房子分成多间教室，挤了四五百学生。晴天下了课，操场上人声鼎沸，尘土飞扬，整个校园就像烧开的水般滚烫。那时，校园没有围墙，也没有厕所，学校周边都是村民搭建的木轿形旱厕，刮大风的天气，教室飘来翻滚的粪臭味，我们都笑骂有人"放氢弹"，炸得教室里人仰马翻。不仅如此，有小偷把泥墩子墙脚挖开一个洞，钻进教师办公室进行"洗劫"，搞得教师第二天上课时只能拍巴掌（没有了教材）。我进村小教书后，学校改建成了砖瓦平房，砌了围墙，配套了蹲厕。那会儿，学校还有两三百学生，人们在学校周边的田地里干活都能听到村小传出的朗朗读书声。我办私校后，学校建成了两层的教学楼，添了不少配套的设施。我离村进城后，村小的学生越来越少了。如今的村小教学楼像是穿衣打扮了的俏姑娘，漂漂亮亮的，学校里的各类设施也更加齐全了，可整个学校却只剩下十几个学生，大都是实在无法进城的"漏网之鱼"。学校还配了一名校长和三个老师。村小已经不是完小了，只收小学一二年级学生，萎缩成了教学点。三年级以上的学生要么去了县城读书，要么到 1 里外的乡集镇的九年一贯制学校读书。

在县城买了房子的村里人，把自家的孩子带到城里读书，没买房子的也会想办法在县城租房陪读。这样的教育情形也不光是我们村，全国乡村教育的情形都差不多吧！城市化进程几乎席卷了一切，很多事物，包括人们的观念，也跟着被打包席卷进了城市。以前"轰轰烈烈"抓计划生育的几十年内，人们都拼命地生小孩。这些年国家计划生育政策逐年松动，甚至放开了，有些地方还出台政策鼓励生育，然而很多人却没了生的"欲望"，说生得起养不易。人们都担心自己生多了，培养不好，孩子会输在起跑线上，输掉未来。优质教育资源集中在城市里，农村教育资源的"匮乏"，让许多农村家长想尽一切办法将自己的孩子送到城市学校就读。为了孩子进城读书，他们不惜一切代价到城市买房或租房陪读，通过各种关系"争取"进入城里好一点的学校。每到暑假，我都会接到老家亲戚朋友的电话，托我想办法让他们的孩子进城读书。为了培养孩子，人们陷入了空前的内卷之中，一个家庭培养孩子的成本越来越大，于是乎城市的学校像蛋糕越做越大，乡村学校很快被掏空了，就像大城市"吸虹"周边小城市一样。这让我想到科幻电影中可怕的暴风眼，一股好似无形的力量把云团内卷到那无底的旋涡之中去。有不少的乡村学校是空壳学校，不少的村庄也在急速消失，有的村子成了几个人的村庄，甚至成了无人村。我到过县内偏远乡镇的一个叫黎湖的山村，群山环绕、竹木苍翠、溪流泉瀑、景色秀美，可是全村只剩下三四户人居住，常住人口不到 15 个人，村里人大都搬到山外到城里定居了。一座有数百年历史的村子犹如一棵原本盘虬卧龙的参天大树，变得根脉枯裂、枝叶凋零，让人唏嘘不已。

眼前的操场是我们儿时的乐园。我和儿时玩伴曾在这里一起玩过老鹰捉小鸡、老虎吃猪的游戏。"牵牵塞塞窣窣索，禾秆扎鸡窝，三个吊吊子，四个老鸡母（母在这里读 mo），蒸的蒸，炆的炆，一脚踢开老板的门。"大家嘻嘻哈哈一溜烟牵成接龙，嘴里嗷呜嗷呜地嚷唱着倒背如流的童谣，手脚动作幅度夸张而滑稽，一场游戏下来，表演的和围观的个个都笑歪了嘴，开心得冒泡。那时，操场和学校的走廊就是杂技表演场，我们就是杂技小演员。在这里，我们这些小孩儿拔河、跑阵、放风筝、扔沙包、蹲西瓜、丢手绢、练王字（跳房子）、踢毽子、滚铁环、抽陀螺、打豆角、斗高跷、挤暖和子、赛纸飞机……虽然那时我们身上穿的衣服有破洞打补丁，吃的零食是家里做的冻米糖、干粑和自己放牛时摘的野果，但我们的童年生活却精彩无比。现在不少小学生，周一到周五在学校起早贪黑地学习，周末的两天又去学唱歌跳舞或画画弹琴，小小年纪就学得那么累、那么苦。我有一位书法家朋友问他大学毕业的女儿，能记得那些童年快乐的事吗？他女儿觉得很诧异，说对于童年自己大脑里是一片空白，只记得每天从家里到学校或到培训班。居然没有童年，太悲催了！严格来讲，朋友的女儿不是没有童年，是原本属于她的童年成长中的天性乐趣几乎被所谓的学习榨干了。学习扼杀了孩子的兴趣爱好，又真的学到了很多有用的知识吗？我站在冷冷清清的村小前，怅然若失。许久，我只得自我安慰，相信有一天这里又会恢复成我儿时的盎然生机，回归成孩子们的乐园。

节庆假期，房前屋后少了乡民们劳作的影子。德明的服装厂也放假了，不少村妇聚在村中小超市里，嗑着瓜子儿，吃着从黑市的果园里采摘的砂糖橘，东家长西家短地聊着，不时传来她们爽朗的笑声。环村一遭，遇到不少乡里乡亲，他们衣着新款，笑如春风，都热情地招呼我们一家人进屋喝茶，夸我和妻子还是老样子，显年轻。我们在村中慢悠悠地逛荡，耳边不时有车鸣喇叭声，有小轿车从身边驶过，村里几乎各家的院内都停着一辆小车，可以显见人们的生活大多富足。

那天下午，我去了村委会找子玉聊天。放假了，廖书记和其他村干部都回家了，只有子玉在村部值班。村部较三年前又有了新变化，宣传橱窗里有了"村规民约""移风易俗红黑榜"和"村务公开栏"，驻足浏览，一村民情，尽在其中。坐下来后，子玉对我说，党和政府提出我国将在 2020 年全部实现脱贫，千百年来多少代人的梦想就要实现了，着实让人振奋。这些年国家的"三农"政策好，廖书记带队驻村扶贫后，县里的对口帮扶单位给予了大量的人、财、物的助力，经过全村干群两三年的不懈奋斗，村里已实现了整体脱贫，准备国庆节后向上面申请进行脱贫验收。

我连声说：喜事、喜事，多少代农民的梦想实现了！村子能有现在这样脱胎换骨般的发展，真的不容易，有国家的支持，也有你和廖书记这一批干部付出的辛勤汗水。子玉连忙摆手叫我不要急着夸奖他，他说，村子这些年虽然有大变化，但与几里外的狮子山村相比还差很多呢。子玉说的狮子山村，我自然熟悉，这个村是全乡文旅融合发展助推脱贫攻坚示范点，全市都有名。这个村充分利用紧邻鄱阳湖边的地理优势和本村保护较好的山水生态资源，搞起了乡村旅游产业发展。村子沿湖绕村铺设了玻璃栈道，溪涧上搭建了秋千桥，山脑上建了亭子，田地畈上建了风雨长廊，村里的生态果园内种植了品种互补的马家柚、香梨、柑橘、蜜桃等水果。村里种植的黄金菊在加工后，成了一村一品的特色农产品，非常畅销。狮子山村内道路清洁、茂林修竹、鸟鸣花香；村边良田美池、菜畦葱茏、小桥流水；湖边沙滩上散落着花花绿绿的休闲帐篷。村里有奶茶店、烧烤店、小吃店和各种休闲娱乐设施，村里的民宅也华丽转身变成了"民宿"。每到假日，城里的游客纷至沓来休闲度假。如今的狮子山村已打造成了鄱阳湖湿地公园的前客厅，成了城区的后花园，村民都变成了"管家"，带动了村民脱贫增收，实现了乡村振兴。子玉说，我们村也要立足自身自然资源，坚持生态优先、绿色发展，推动生态产业化，带动村民增收致富，巩固脱贫成果。我说，向狮子山村学习是对的，但每个村都有每个村的特点，可不能照抄照搬啊！子玉说照抄照搬当然行不通，等再过几年，村子退耕还林成果显现后，也一定会找到一条更适合村子可持续发展和乡村振兴之路的。我赞同子玉的想法，事在人为固然重要，但要把一件事做成功，天时地利人和缺一不可，急于求成做的事要么适得其反，要么经不住时间的检验。一个村子的发展有一个探索新路子的过程，不能一窝蜂地都去搞乡村旅游产业，这也是国家提出精准扶贫的目的所在。

我们在村部聊了一会儿后，子玉说陪我到外面转转。我们沿着蜿蜒水泥路一路向北，然后爬上离钟子岭不远的一座土山包。这里视野开阔，明净的天空下，远近景物尽收眼里。金秋的雁荡村是彩色的，碧绿的湖汊呈"U"

形环抱着村子，连片成熟的稻子沿湖岸涂上了一层金边。半山腰的坡地是色彩最绚烂的一层，有灌木和野树相间的混交林，有即将落叶的金黄色的灌木，有半黄半绿的乌桕树和野枫，还有常绿的杉树和樟树，其间各种鸟儿在林间的灌丛翻飞，还有大黄牛和黄牛犊子穿行吃草，时不时会有哞哞的牛叫声传入耳中。

我问子玉，"现在还有人养耕牛？"

子玉笑着说："我们南方要养耕牛也是养力气大的水牛呀！怎么会养黄牛呢？再说了，现在谁还养耕牛，耕牛每天要一个劳力牵在手上的，划算吗？这是村里好仈、乌鲤、力新子、福贵子几家养的肉牛。你看，钟子岭北坡的那一排房子是好仈的牛棚，他家养的牛最多，有30多条，好仈在牛棚旁建了一栋自家住的楼房；董家山灌溉站旁的那一排房子是乌鲤的牛棚，也有30来条肉牛；鲇鱼山脚下那一排房子是力新子的牛棚，有20多条肉牛；福贵子家也有10来条肉牛。"

我惊讶地问子玉："怎么这么多的养牛户，村里都成了肉牛基地了？"

子玉笑着对我说："这些放养的肉牛供不应求，他们几家加起来差不多养了100条肉牛，收入都很可观！""这就是你说的退耕还林后可持续发展的乡村振兴之路？"子玉点点头，说他正在探索引领村民湖汊养鱼、水田种稻、荒地种果树、林地养牛养鸡、路边田地搞塑料大棚种蔬菜或特色农产品的立体养殖和种植发展之路。

再往前走，就到了董家山，我很想看看青山灌溉站。子玉说青山灌溉站已经彻底进行了升级改造。真的，架构抽水管的水泥柱子都进行了加固粉刷，抽水管也全部换了，乌油油的，原先的青砖灰瓦的机房已改建成涂了黄色外墙漆的水泥平顶房。机房旁水泥台上的变压器是崭新的，从窗外往里看，机房里的所有的机组水泵和配套设备也都是最新的。从储水池里挖出的淤泥晾放在池坝上。在我的意识里，我觉得青山灌溉站只会一天天老去，被人们遗忘，成为记忆。没想到，国家竟然没有遗忘这位水利功臣，不仅为它治病疗伤，还注入新的动力，让它继续焕发出生命活力，为家乡的农业在做贡献。我急切地掏出手机，从不同的角度拍了数张青山灌溉站的照片。

子玉指了指远处杨家洼成片的白色塑料大棚对我说，那是县农业农村局在村里搞的大棚蔬菜种植示范基地，有 20 多亩，等大棚周边的田地流转到位了，还要扩大规模。他转身指着不远处水渠边停放的一辆辆私家车和董家山东面坡地、鲇鱼山北面坡地成片的橘子林给我看。我知道那是子玉和黑市承包的砂糖橘果园，放眼望去，依稀可见树林中有不少人在采摘橘子，可能是城里人在国庆假期来体验采摘生活的。视线往南转移，紧靠鲇鱼山橘子园的南坡上是一排排太阳能光伏电池板，如一本本铺展的新书，在秋阳沐浴下蓝波荡漾。子玉接着告诉我，南坡的沙子地根本不能种东西，浪费了也可惜，便在县供电部门的支持下搞了太阳能发电新项目，这些太阳能电是可以回收的，也可以为村里增加一部分收入。子玉又接着告诉我，他已经将自己橘子园的全部股份转让给了村里没有安置到位的贫困户。

子玉当然做得很对，我从心里佩服子玉。现在国家的"三农"政策非常好，关键是需要像子玉这样想干事、会干事、有责任、肯担当的农村基层干部。我发自内心夸子玉从一个返乡者成了一个农村坚守者，带领村民脱贫致富奔小康，成了村民心中的领头雁。子玉摇摇头，说没有我的路走得好，当老师培养人才，特别是把自家的三个孩子培养得那么优秀！我不知道子玉话里有没有讥讽我的成分，即使有，我也不会生气责怪他，因为这些年我反思了自己，虽然自己表面看上去混得还可以，但与子玉对比，自己是一个乡村振兴的逃避者。

往回走的路上，子玉说农村工作太过复杂，这些年自己累得很，现在国家招录了不少大学生到农村当村官，村里去年分配了一个小徐当他的助理，相信年轻人以后会做得更好，自己也准备退了。我说新老更替是事物发展的规律，大学生当村官也是时代发展的趋势，只有这样农村才会建设和发展得更好。

有些道理只有人到中年才明白：一个人的进步和成功，一个家庭的兴旺和幸福，一个村的富裕和文明，一个国家的发展和强大都需要一种精神的传承和接力式的奋斗，除此之外没有捷径。

尾 声

夕阳还未落下，晚霞已尽显奢华，绚烂地铺满了半边天空，湖边的水草被抹上一层橙红，湖面上闪烁着粼粼波光，沙滩上绿色的湖须草、白色的湖蚌壳、黄色的清水沙都被夕阳染上了迷离的梦幻色彩。湖风轻轻地吹，浪花嘻嘻哈哈地将湖须草和湖蚌壳一波一波地送到岸边。我和小伙伴们穿着短裤衩，光着脚丫扑在湖里打咕噜响子，双手撑在湖底，两脚不停地踩水，水花乱溅，叫着、笑着，好不开心。

这是我近些年反复做的一个梦。梦里是鄱阳湖边一个叫雁荡洲的地方。每次做这个梦后，我就像一个离家出走的孩子，在听到母亲的召唤后，强烈地想回到湖乡老家。我离开老家在城里生活了十几年，可梦里还时常在雁荡村生活，要么在儿时破旧的教室里读书，要么与儿时小伙伴们在湖边放牛和捕鱼，要么在田地里干农活，要么在村小给孩子们上课，要么是在给村民解决纠纷……

天高云淡，清亮清亮的溪水沿着山脚汩汩地流淌，山坡的杂草灌木和野树看上去有些放肆，连原先通往湖边的小路几乎也被它们霸占了。我凭着记忆，沿着小路粗略的痕迹像一个野外探险队长带着队员摸索着走向湖边。十多年的退耕还湖和退耕还林已经让往昔的湖汊和村野变了模样，变得狂野、随性、放荡不羁。湖田又成了湖滩草洲，鹭鸶像硕大的雪片翩然落下，在荸荠草丛中诗意地踱步。坡地上灌木野树葱茏散漫，伯劳、八哥、丝毛雀在树丛中竞飞争鸣，不时有野鸡从茂密的灌木丛中冲飞而出。听村里人讲，在野外遇到黄鼠狼是十分稀松平常的事，野猪时常糟蹋菜园子，有人还看到多年不见的獾猪。我感叹自由生长的力量和大自然神奇的修复力，更惊叹大自然的宽容和博爱，只要给她休养生息的机会，她便努力进行自我修复，以自由奔放的姿态还人类以壮美与慷慨。天地人和谐共生，才是地球应有的美丽姿态。

越是走近雁荡洲，我内心越是不安。多少年前，有个放牛的男孩站在雁荡洲边望鄱阳湖。湖面刮起大风，浪花竟逐，狂澜飞溅，巨浪击岸，他兴奋地凌风高喊：我看见大海了，我看见大海了！

夏天的午后，男孩戴着破草帽和他的哥哥们赤脚走在雁荡洲边的水田里耘草，火辣辣的太阳像无数枚针扎在男孩的背上，汗水湿透了他打着补丁的衣服，额头的汗珠顺着面颊流淌，有的流进嘴里咸涩涩的，有的吧嗒吧嗒掉在禾叶上，有的直接滚落到水田里。蚂蟥爬上男孩的脚背脚肚，噬吸男孩的血液，吸到肚皮滚圆也不愿松口。

不知什么时候，乌云魔鬼般地从西南面的龙吼山后面冒了出来，它的身躯迅速地膨胀变形，张牙舞爪地遮盖了半个天空。湖风骤起，昏暗的湖面波涛汹涌。霎时，雷电震闪，炸裂了乌云的内脏，乌云的身躯从天穹坍塌倾斜下来。暴风雨如千军万马从龙吼山踏浪冲杀过来，男孩和他的哥哥们吓得扔掉了禾耙，撒开脚丫子向山坡狂奔。男孩全然不顾路边的倒挂刺划破了他的脚肚，浑然不知路上沙子硌了他的脚底，他像树叶一样在狂风中飘忽翻滚，跌倒后他立马爬起来继续狂奔。

男孩和他的哥哥们一口气跑到了坡岭村口，暴雨也赶上了他们的脚步，密集的雨点像无数箭头一样嗖嗖地射刺在男孩的后背上，痛得他浑身战栗。男孩咬牙忍受阵痛之后，全身麻木了，他反而放慢了脚步，任凭滂沱大雨劈头盖脸砸打他，雨水漫过他的额头，冲入他的眼眶，携裹着他的泪水顺着面颊灌入嘴里，然后又像瀑布一样从他的下巴冲刷了下去。

那样惊心动魄的暴风骤雨，男孩在湖边经历了多少次已经记不清了，对男孩来说每一次都是刻骨铭心的苦痛。男孩暗暗发誓，他一定要逃离这个叫雁荡洲的地方，虽然这个地名是那样富有诗意。

男孩记起儿时，有一次母亲带他去邻村看电影。路上，母亲对他说："幺儿，你以后要好好读书，不要做一个摸牛屁股的（摸牛屁股就是当农民）。"接着，母亲又问他："幺儿，你以后有出息了，带姆妈到哪里过好日子呀？"

他没多想，就脱口说带母亲到北京、上海过好日子。因为好日子在城市里，连农村的三岁孩童都知道。而农村，则是贫苦落后的代名词，是农民的桎梏，大多数农民竭力送自家的孩子读书，就是想让孩子长本事逃离农村。农村的孩子发奋读书的原动力也来自逃离农村的强烈愿望。我知道自己用"逃离"这个词，对农村是一种伤害，但我觉得用这个词更真实。

可惜，男孩没有实现自己在母亲面前的夸口，直到而立之年后才走出雁荡村。《乡土中国》的作者费孝通曾经提到：在父母的眼中，孩子是自我的一部分，子女是他理想自我再来一次的机会。男孩做了父亲后，自然想让他的孩子实现自己的"理想"，以至于他不让自己的三个孩子干农活。他这样做，不是溺爱他的孩子，而是想让他的孩子疏离农业，与农村形成隔膜，通过发奋读书逃离雁荡村。

当男孩年过半百，在城市里生活了多年后，当年自己发誓要逃离的雁荡洲却成了他魂牵梦绕的地方，他这才发现当初自己发誓逃离雁荡洲和人为让自己的孩子与农村形成隔膜是多么的浅薄和庸俗。他越来越怀旧，他越来越想回归乡村。他说雁荡洲是鄱阳湖的孩子，自己是雁荡洲的孩子。因为雁荡洲是他的根，是他生命的原点。他的血液、肌肤、骨骼、毛发都源于雁荡洲的滋养，甚至自己的呼吸里都有雁荡洲的气息。

他很想把自己亲历的雁荡洲故事写出来，他要告诉逃离了雁荡洲和正在逃离雁荡洲的人们：乡村是城市的根脉，乡村是传统文化的最后一道保护屏障。农民、农村、农业是民族赖以生存的根基，城市的绿叶红花再光华灿烂，没有根脉提供养分也终究会黯淡失色。如果乡村消亡了，如果没有传统文化了，民族精神何以传承？人们的灵魂将何处栖息？他认为当下乡村的颓废只是暂时的，国家继脱贫攻坚之后正着手实施乡村振兴计划，让农民回归农村、农业，培优培强乡村的根脉，源源不断地向城市主干茎叶输送养分，假以时日，中国这棵参天大树必定会枝繁叶茂、生机勃勃。

于是，他修好了雁荡村老家的房子，节假日有空的时候便与妻子回一趟老家。他和妻子在雁荡洲漫步，寻找在雁荡洲生活的岁月的足迹。他说，等他和妻子退休后，他们会全身回归雁荡村。到那时，雁荡村的传统文化内核一定会重新充实起来，将会有更多逃离的人回归雁荡村。

每个雁荡村人都有自己的故事，村里有人老去，有人出生，有人离开村子，也有人回到村子。多数雁荡村的人春天飞离湖乡，冬天飞回湖乡，像候鸟般生存，他们的生命轨迹曲折起伏，但都没有偏离人生的方向；一部分雁荡村人像留鸟般默默地坚守在雁荡洲，用智慧振兴湖乡，用双手建设秀美家园；还有一部分雁荡村人在城市的森林里迷失方向，故乡虽然很近，对他们来说却很遥远。其实，故乡不会拒绝任何游子，就像母亲不会嫌弃自己落魄犯错的孩子一样。

······

我又回到了雁荡洲，站在明净的天空下，看秋水长天群山绵延。湖水的气息随波荡漾氤氲，芦荻蓁蓁随风摇曳。游隼、乌鸫鸣脆扑棱棱地掠过头顶，花田鸡从圳沟密匝的水草中钻出来，快步穿过田埂又钻进水田里，雀鹰扇动翅膀在草滩上空久久盘旋，倏地像石头一样垂直落下。成对的油鸭子从青灰色的芦苇丛慢悠悠地荡出来，"嘣"地一下钻进水里，湖面上只留下草帽般的水纹。黑色的鱼鹰静静地立在网桩上，然后像一道黑色的闪电一样，划过湖面。早到的大雁从远处连绵起伏的远山变换着队形一路长歌飞来，在夕阳落山前找到软绵绵的草滩宿营。一对东方白鹳像两片云翼从云端飘向高耸的钢塔，那里有它们的宫殿，它们是鄱阳湖鸟类中的王者，它们居高临下，扇动骄傲的羽翼引吭高歌，沧桑而豪迈，它们羽翼下是鄱阳湖的深沉邈远，是江南草原的汹涌澎湃，是湖汊原野上的袅袅炊烟。

书评一　回望有径

◎ 周武华

　　已有很多年没有一口气看完一部长篇小说了，读完文友姜盛武的《雁荡洲纪事》是拿到样书的第二天晚上十点。

　　雁荡洲是鄱阳湖的东岸一隅，自然生态具有典型的江南湖乡之色，社会生态则纵贯改革开放四十多年的嬗变历程。雁荡洲是作者的精神原点，其自然生态的唯美与社会生态的艰涩，交织成特有的情感脉络，读者顺着文字能清晰地感到，作者在多年乡村与都市的往返中，在多次生存与发展的博弈中，恋念又失落，寻觅又逃离，回归又纠结迷茫……《雁荡洲纪事》无疑是一部个人及家族命运史，作者于天命之年完成此作，是对自身及家族慰藉性交付。

　　改革开放的四十多年里，是中国农村数千年历程最特殊的时段，《雁荡洲纪事》凭作者的亲力亲为并以文学的使命担当，全景式地呈现了我国南方湖乡纷繁浩荡的纪实场景。

　　20世纪90年代，乡村干部收提留，两村旱季争水，乡村干部抓计划生育工作，村委会换届选举；取消农业税农民的欢天喜地；新农村建设修路村民的热情参与；脱贫攻坚战孤寡残弱吃"孝老食堂"的温馨；留守儿童城乡结对的帮扶……发生的一切似若眼前重现。尽管有些暗淡的农耕事件令人唏嘘，但作者并不施以决绝的肯定或否定，而是心绪平静并予以细腻的铺陈。

　　在城市化高歌猛进文化"失重"的当下，我们已心神憔悴，我们开始有意无意地在寻求传统文化的回归。我想，任何文化都源于自然山水及人间袅袅炊烟，因而只要回望乡村走进家园，去看看青山绿水、去听听童谣山歌、去亲受乡俗节礼，那么我们就有了最真切的文化气息与文化皈依。

　　未来历史的非凡总须酝酿，未来历史的高光总须绸缪。从这一点看，《雁荡洲纪事》让乡村历史事件悉数登场，是文化乡人对历史文化的深重拷问，也是一眼深情的回眸！

（作者系中学语文高级教师、知名作家）

书评二　对故乡的叙述从来就不会停歇

◎ 张新冬

　　叙述故乡是人生的一门必修课。

　　就口才与文字而言，虽然自己没能抵达及格线，但并不影响我发现越来越多善于叙述故乡的朋友。这次将一部长达 19 多万字的乡土散文《雁荡洲纪事》呈现给大家的，却是平日里并不善攀谈的姜盛武老师，可见除了习惯舞弄浪潮的大海，静谧如镜的潭水同样也可以拥有深渊。

　　关于故乡，我们常常会想到鲁迅的绍兴、茅盾的乌镇、沈从文的凤凰、莫言的高密、贾平凹的商州……关于故乡，爱好写作的人对福克纳的那句名言都会感同身受：我的像邮票那样大小的故乡是值得好好描写的，而且，即使写一辈子，我也写不尽那里的人和事。

　　姜盛武的故乡雁荡洲村，这个位于鄱阳湖边的普通村子，却幸运地拥有了一个愿意为她默默用文字叙述的人，这一写就是 19 多万字，这一写就穿越了近半个世纪的光阴，这一写就呈现了数十个真实人物的命运与风貌。同为爱好写作并且愿意为家乡书写的我，能体会到其中的艰辛与不易。如此庞大的叙述体量必定拥有与之匹配的驾驭难度，而且《雁荡洲纪事》作为一部完整结构面貌呈现的超长篇幅的作品，难度更高。显而易见，这样的叙述仅凭一片赤子之情是无法实现的，作者凭借多年的文字功夫与创作思路为叙述与故乡之间搭建了一座桥梁，以"我"的成长经历将雁荡洲村的人和事串联起来，让读者可以清晰通畅地抵达这部长文，湖区雁荡洲的风情，形形色色的人物，时代在"我"及身边人刻下的烙印，在时光的自然延伸下，一幅乡土气息浓郁的长卷在读者眼前展开……"湖水荡悠悠，刚升起来的朝阳不小心滑落在湖里，像女人的一抹红唇在水中晃荡。"这样的比喻令人心旷神怡。比如《湖水荡悠悠》里的水生，让人联想起孙犁《荷花淀》里的水生，印象深刻的不仅是同样的姓名，还有不同的个性与命运。

姜盛武写的那些人物，是与其他作家笔下不同的，因为每个小人物的命运是不同的。粗看人在生活这本大书里面都有些相似，历经生老病死、婚丧嫁娶、喜怒哀乐，但终究是不一样的，因为他是雁荡洲会捕鱼的水生，她是家里开小卖部的英子，"我"是情系雁荡洲的我，这群人都真实地活在属于他们的一隅天地。诚如作者所言，《雁荡洲纪事》是一篇非虚构跨文本的文字。非虚构的写作，重在真实还原。也许这部作品里的人物难以被更多的读者看到，不像《平凡的世界》《人世间》里面的经典人物的影响深远，但这些更加平凡而真实的人，并不会因为没有提炼放大出所谓的典型命运而失去独具的意义。基层叙述者的作品与普通人的生活都有着类似的境遇，毕竟名家与网红都是世界中的极少数，而这正是生活的常态。写作者与读者更值得去做的，是尊重每一个活着的生命以及生命的生活。

最后，我想作者姜盛武肯定是经过了深入的采写寻觅，跋涉重温，个中的付出是旁人难以想象的，把这一切仅归功于良好的记忆是肤浅荒唐的。心血在繁密的字句间开花，都能被读者见证。

当然，叙述故乡的方式还有无数种，围炉夜话、侃侃而谈、歌以咏之、广场舞之、微信聊天、彻夜刷屏，直至觥筹交错，妙语连珠……而当喧嚣过后，能捧起一本用心叙述故乡的书，抵达我们心中的那个故乡，更是一件令人快意的事情。

而我们终究阻挡不住的是，故乡在叙述中活着，正在叙述中逝去。

（作者系中国散文学会会员、知名作家）

书评三　人生是一场不断自我修炼的过程

◎ 郭舒

雁荡村是"我"出生和成长之地。这里有童年的回忆，有成长的记忆，曾经的艰辛和眼泪，到后来都成了对雁荡村依依不舍的情怀。

"我"在雁荡村教书、办学校、结婚生子、当村干部，再到后来"我"从雁荡村"逃离"，后又向往有一天可以"回归"原点。作者围绕自己在雁荡村的成长史，叙述了改革开放以来，社会的进步、教育的改革、农村的变化以及人们思想观念的转变。

作者在失意和得意、逃离和回归、农村和城市之间日渐成长，变得坚强、高大。在这个过程中，作者坚守自我的心声，并不断修炼和完善自己，最后与自己和解，与世界和解。当他再次见到来财时，过去所有的不快烟消云散。辛酸和苦难已远去，快乐和幸福更值得珍惜和感恩。

农村不再是以前的农村，但也还是农村；"我"不再是以前的"我"，但"我"还是那个"我"。在阅读这本书的过程中，我几次恍惚里面有自己的影子，那失意、那眼泪、那努力、那逃离、那寻找、那坚守，几分相似，几分感怀，不禁湿眼了几次。

乡土的芬芳，飘荡在城市的东南西北方，飘荡在你我他的心里面。不管身在何方，心里总有一个声音在牵引着自己。

（作者系《上饶文学》责任编辑、青年作家）

跋

　　长篇乡土散文《雁荡洲纪事》作为鄱阳县文联 2021 年度文艺扶持项目，在县文联领导的关心指导下，在县作协各位老师、文友的帮助下，经过近两年的艰辛创作，全书共分四辑，以江南鄱阳湖地区为背景，通过个人对人生的回溯，对故乡人物的描述和对湖乡风情的回忆，以及个人的成长历程与对社会发展的认知，记载了家乡农村自人民公社末期转入改革开放，直至进入新时代脱贫攻坚和乡村振兴近半个世纪农村发展变迁和百姓生活的跌宕起伏，以对现实的洞察力勾勒当下乡村背景的深刻变化，体现在国家脱贫攻坚和乡村振兴等政策的有效实施，对农村、农民、农业产生的巨大影响，以小见大突出在中国共产党的领导下，国家走向富强，人民迈向幸福的主题。全书共19 万多字，于 2022 年秋完稿。个人要特别声明的是：《雁荡洲纪事》是文学作品，书中的人物和故事是经过艺术处理的非虚构。

　　《雁荡洲纪事》的出版，感谢县委常委、宣传部长李晓云，县宣传部副部长操海鹏和鄱阳县文联主席徐燕的关爱与鼓励，并给予创作项目的扶持；感谢秋实学校党支部书记邓定乾真诚鼓励创作此书；感谢原县委宣传部副部长胡柏涛，文学评论家、资深编辑左泽关心指导；感谢上饶市作家协会主席、上饶市文学院总编辑、中国作家协会会员、散文家石红许，《江西工人报》资深编辑、知名作家王志远，上饶市作家协会副主席、中国作家协会会员石立新，中国散文学会会员张新冬，中学语文高级教师、知名作家周武华，《上饶文学》责任编辑郭舒等各位老师用心至真至情的序言和书评；感谢著名书法家王新华先生为新书封面题字；还要感谢其他省市县作协的一些文友老师们提出的真诚而宝贵的建议，在《雁荡洲纪事》付梓印行之际，一并致谢！